中国作家协会
2022 年度定点深入生活项目

烟雨漫漓江

光盘 著

GUANGXI NORMAL UNIVERSITY PRESS
广西师范大学出版社
·桂林·

烟雨漫漓江
YANYU MAN LIJIANG

图书在版编目（CIP）数据

烟雨漫漓江 / 光盘著. -- 桂林 : 广西师范大学出版社，2023.11
ISBN 978-7-5598-6634-9

Ⅰ. ①烟… Ⅱ. ①光… Ⅲ. ①长篇小说－中国－当代 Ⅳ. ①I247.5

中国国家版本馆 CIP 数据核字（2023）第 225535 号

广西师范大学出版社出版发行
（广西桂林市五里店路 9 号　邮政编码：541004
网址：http://www.bbtpress.com）
出版人：黄轩庄
全国新华书店经销
广西民族印刷包装集团有限公司印刷
（南宁市高新区高新三路 1 号　邮政编码：530007）
开本：880 mm × 1 240 mm　1/32
印张：9.375　　　字数：170 千
2023 年 11 月第 1 版　　2023 年 11 月第 1 次印刷
印数：0 001~4 000 册　　定价：39. 00 元

自　序

为漓江立个小传

一直想写一部有关漓江的小说，写她的柔软细绵，写她的安静和美，写她柔中带刚的母性的力量。这个写作计划在心里酝酿多年，因此断断续续行走漓江许多回。

漓江虽不长，但她的大小支流众多，漓江流域面积宽阔，内涵丰盈，一部书不可能将其写尽。我选取漓江上游地区为切入口，以一户普通人家为例，讲述他们对故土的坚守与热爱，对野生动物、山林水源深切的情愫，以及这一家人的世俗生活。作品中人物保护自然生态的同时，也在捍卫人的社会生态，体现了人与自然、自然物与自然物、人与人和谐相处的美好形态。有朋友看过初稿后，将其定性为生态文学。我表示赞同。生态，包括人与自然，也包括人与人，自然物与自然物的包容、共情。

漓江是中国的漓江，也是世界的漓江，她能始终成为全球“网红”之地，与长期以来桂林人对她的精心呵护密切相关。漓江之美，之净，之纯，之柔，正是“绿水青山就是金山银山”的生动体现。通过书写漓江上游的小人物，为漓江立传，是我践行生态保护的具体行动。

动笔写作时，仍然感到素材不足，我制订出深入漓江流域采风计划。三四个月的定点深入漓江流域采风，为创作这部小说奠定了坚实基础，写作过程因此十分顺畅、愉快。

《烟雨漫漓江》只书写了漓江的一个角落，一个片段，她丰富的内涵和张力，我一生都写不完。

光盘

2023 年 8 月 12 日于桂林丰泽园

目 录

| 第一章 |

春绿柳

一

第一个返城高峰，通常出现在大年初七。赶在他们返城前，明灯带队巡山。正如明灯所料，巡山活动，一呼百应。

这里是漓江上游地区，大大小小的山体孕育出众多水量丰沛的漓江支流。漓江源头呢，在猫儿山腹地。猫儿山为华南第一峰，坐跨三县，地域宽广，有专业巡山员。猫儿山脚下非漓江源头核心区域，面积宽阔，山高林密，动植物种类同样不少，偷猎、盗采、盗伐者时有光顾。三四年前，漓江上游地区留守人员自发成立巡山队，推选明灯为队长。巡山没有报酬，过年过节，好心的村民会请巡山队员吃个饭喝餐酒。有时一个人请，有时几个人联合起来请。这些业余巡山队员，曾经到猫儿山国家级自然保护区管理处学习培训过，也跟过班，技能虽不能与专业巡山人员比，但责任感不相上下。

巡着山，明灯似乎嗅到一股异常气息。第二天，他将十来个准备回城的年轻人挽留下来。留下来的青壮年，被明灯重新编成三组，他带一组，堂弟明山带一组，九桑叔带一组。弟弟明亮今年没回乡过年，往年巡山，他要带一组。每一组带上宣传资料，先入村后巡山，也可以根据情况先巡山后入村。

明灯这组四个人，三个组员都在广东同一家私人企业工作，广东那边不断来电话催上班。被明灯挽留，他们心里不高兴，春节期间上班，工资三四倍，另有高额奖金，很诱人。但行走了两个村，发放一批宣传资料，宣讲过保护生态环境的重要性后，责任感、自豪感涌上心头，他们也不管广东那边的电话了。要家乡生态环境还是要工钱，他们一下子拎清了。

翻过一个小坡，便是牛塘村。一位队员提醒明灯："队长，你最好回避一下，我们三人进村够了。"

明灯说："我不能回避，越回避，矛盾越深。"

去年三月初一个雾浓阴冷的傍晚，明灯巡山时逮住牛塘村偷采珍稀植物的段苟。当时，段苟一只手提小捆南方红豆杉苗及兰花，另一只手提装有黑土的麻袋，得意扬扬走在下山路上。见到突然出现的明灯，段苟往石头背后的刺蓬里躲，躲不掉，便急忙隐藏树苗。无论段苟如何要花招，最终也没能躲藏过明灯的火眼金睛。见事情败露，段苟求情说："明灯，我是第一次，也是最后一次。帮帮忙。"段苟受桂林表叔所托，采些珍贵植物种到院子里。表叔在桂林一家医院当医生，那年明灯妈到桂林看病，表叔出过大力。明灯说："表叔的恩情我记得，我永远感谢他。可是，我不能用珍贵植物当感谢物资。"段苟说："没办法，表叔托我，我拒绝不了。出门时就想，偷采南方红豆杉苗，肯定不会顺利。果真，被你抓住。”段苟说了一大堆好话求情，明灯不答应，明灯说：“如果你种回去，事情到此为止，如果你不肯，我叫附近村民来评理，让你臭名远扬。”段苟知道明灯在这方面是牛脾气，谁也别想说服他，嘴里轻声骂着不干不净的话，将采来的植物种回原地。明灯当场给表叔打电话道歉，说：“段苟帮你扯的南方红豆杉苗和兰花，我拦下了。”表叔很生气，拍响桌子，说：“英雄，大英雄！”表叔挂断电话的声音像重拳打在明灯脸上。明灯给他发去一条信息：那小袋山里的黑土，我亲自送到你手上。表叔回了一个字：滚！

表叔记仇，且不说。段苟记仇，都快一年了。这一年，明灯上过牛塘村三四次，段苟总是对他风言风语，指桑骂槐。明灯不怕仇，怕的是段苟动歪脑子。段苟十六七岁时便学会了打猎。尤其，他捉鸟有一套，能卖钱的鸟高价出售，不能卖钱的杀来下酒。段苟改掉偷猎恶习，用了整整三十年。这里面有政策的强迫性，也有生态保护意识进入脑海。但自从去年明灯截获他盗采的南方红豆杉苗，他思想开始走向反面，时有破罐子破摔的言行。

明灯走进段苟家，恭贺他春节快乐，今年发大财，段苟不理，他对另外三位巡山队员却热情有加。明灯干站着，但并不尴尬。明灯说：“段苟，我们原本没有矛盾，就算有了矛盾，也可以面对面解决。你要记我一辈子仇？”段苟冷笑，说：“我跟你没仇啊，你想多了。”

听到响动，段苟家来了些村民，明灯借机宣讲保护生态环境的重要性、迫切性。明灯用了一个不恰当的比喻：破坏生态环境，就好比家里的垃圾不清理，越堆越多，又脏又臭。在场者笑骂明灯：“你家里才堆满垃圾！”

临别，明灯握住段苟的手，说：“我们永远做朋友，不做仇人。”离开牛塘村，一位巡山队员问：“队长，段苟服你了吗？”明灯长叹几口气，说：“没有，他肚子里那点小九九，我猜得透。有段苟这样的本地人，有惦记野生动植物的外来人，我们巡山的担子蛮重的。等你们都外出打工，农忙来了，巡山的人和时间都少了。那时最危险。”

“照这么讲，一年中，大部分时间是危险的。”这位队员说。

关于段苟记仇，明灯理解，换作谁，面子被剥，都会记仇。这么大个山区，采一小捆植物，对生态破坏看似不影响，但这好比堤坝，容不得点滴渗漏。乡里乡亲的，明灯不想当“恶人”，但他又不得不当“恶人”。

宣传加巡山，很快到傍晚。明灯预计今晚有偷猎者潜入，因为大批打工人员离乡，憋坏了的偷猎者定会抓住这个机会。天黑后，明灯按白天的分组分派任务，各组提了一面锣，按既定路线巡山守夜。明灯提着一面破锣，这是他三四年敲下来敲破的。破锣不碍事，只要声音足够大即可。深山老林里雾气浓，气温低，夜晚行走在山里的所有困难都要克服。各组到达指定位置，分别站在高处，选择视野好的地方。夜晚巡山有它的好，只要出现灯光，就容易发现、辨别。蹲守到凌晨一点，明灯这组果真发现电筒光线。明灯估摸着光线的目标区域，悄悄靠过去。

不多时，对方电筒光线与暗处的明灯相交。明灯开启电筒，光线猛然射在对方脸上。是段苟。明灯骂道："段苟你这个砍脑壳的，深更半夜到山里来干什么？！"段苟受惊吓，瘫坐在地，听出是明灯的声音，狂妄起来，嗔怪道："狗摄的明灯，你比猫儿山黑熊还凶！你凶什么凶！你凶什么凶！"骂过明灯，段苟站起来。

"你鬼鬼祟祟，进山来干什么？你半夜进山，不会有好事！"明灯说。

"我……我来巡山。"段苟说，"许你们巡山，不许我巡？"他结结巴巴，惊魂未定。

段苟曾经是巡山队员，自从去年与明灯结仇，不声不响退出队伍。今晚他说来巡山，明灯不信。不远处就是南方红豆杉连片生长地，那定是段苟的目标。明灯说："表叔又给你下任务了？"段苟说："莫乱讲，没有！"明灯说："你的阴谋不可能得逞，我天天盯你，盯死你。你趁早死了这条心。去年你种回去的南方红豆杉有两株没成活，回种的兰花也死了大半。这些，我都没跟你计较，帮你保密，要是讲给别人听，你没好果子吃。”段苟不吭声，跟在明灯后面巡山。明灯想，不管你真心还是假意，跟上便好。

又一轮巡山之后，队员在偷猎者容易出现的地点蹲守，累了，就在附近走走。凌晨三点多，明灯发现三束电筒光，光线缓缓朝山林深处移来。别的组也同时发现。对方光线移动，明灯提醒大家尽量不开电筒，借助微弱月光钻山林，截断对方去路。

不巧，碰上跨不过的溪流，路断了。明灯只好采取惯用招数：敲锣驱赶。明灯的破锣一响，别组的锣跟着响了，三组锣声在不同地点齐鸣。巡山队员高声喊叫，以声震贼，喊出狠话：“偷打野兽的，我打破你脑壳！”响声震天，好像每个山头都布满了人。听到锣声喊声，偷猎者转身逃走。

明灯一行继续蹲守，打更似的，久不久敲响锣，以静制动，一直到天亮。

第二夜，第三夜，明灯带队巡山，便不见了前晚的偷猎行为。明灯知道，这是一种假象。一整年跟偷猎者的斗智斗勇，这才开始。

随着最后一批打工者返城，乡村空了许多，生活恢复往日的安静。巡山队员也少去大半。明灯有些伤感。不过，没几天他便释怀——每年不都如此吗？

二

明亮写给明灯的信，九桑到镇上办事，帮带了回来。一个多月前，信就到了邮电所，业务员处理信件时，不小心把它处理到一个不起眼的角落。信今天才被发现。

九桑接过信，掂了掂，又对着光亮照看。信封是白色的，却不透光，九桑一个字没看到。九桑对明灯家所有事情都好奇，尤其对明灯妈。九桑年轻时喜欢明灯妈，现在还是。九桑爱唱山歌，他有许多固定听众。有那么一两年，他唱山歌，只想唱给明灯妈一个人听，白天在山头唱，夜晚到明灯妈门前唱。明灯妈喜欢九桑，情感却压在心里，不敢表露出来。有一天晚上，明灯的外公给九桑头上泼了盆冷水，门前的歌声从此消失。九桑心里有阴影，没有非去不可的事，他不去明灯他们村；没有非见不可的理由，他不见明灯妈。

明灯一家住山上，山下到山上有一公里多，走路要二十分钟。为了方便，有人搬到山下居住，这座叫边村的村庄因此分作两部分，山上的叫上边村，山下的叫下边村。国家投资修路，只修到山下，什么车都上不了山。九桑来送信，站在上山的路口观望了好一阵。上山的路平时行人稀少。确认无人下山，九桑扯开喉咙唱山歌。不远处有人回应他的山歌，却不见人影。九桑唱着山歌上山，到达明灯家门前，九桑喊明灯的名字。明灯犁田去了，听不见。明灯妈听出九桑的声音，她装作不知，在屋子里问："哪个在喊明灯？有什么好事？"

"明灯有一封信，我从镇上帮带回来了。"九桑说，"你是哪个？信我压在石头上，辛苦你转给明灯。"九桑知道明灯妈在说话，他也假装听不出。

"不亲自交到明灯手上，算什么送信人？"明灯妈说。

"我不是送信的邮递员，我顺便捎回来的。所以，我可以不亲自交到明灯手上，可以让人转交。"九桑说。

"你是哪个村的？是顺路吗？"明灯妈说。明灯妈的话问住了九桑。九桑他们村在外面，不需要经过明灯他们村。

"好吧，你要这么说，我无话可说了。我在这里等明灯。"九桑说。

"明灯刚出去犁田，要等很久，如果你愿意，就进家里等吧。"明灯妈说。

九桑心里起了涟漪。自从老伴去世，明灯父亲去世，九桑每天都有见明灯妈的冲动，却一次也没敢来。很多年前他唱山歌，一个"粉丝"嫁给了他，他并不满意，不心甘。如今虽然有了机会，但一想到头上被泼的那盆冷水，九桑的心又被冷冻起来。他跟老婆日子过得一般，平静无波澜。老婆去世前，他能把日子过下去，老婆意外去世后，他觉得日子没法过了。都是因为明灯妈。明灯父亲和九桑老婆在同一个月去世，不是什么巧合，也许是有某种神秘力量。九桑曾这么想着，行走一二十公里去向黑头讨教。黑头能掐会算，是当地有名的师公，讲经说道，大有一套。黑头跟九桑说："不是天意就是巧合，既然你还惦记明灯妈，那就大胆去爱。"九桑说："这是上面的安排。"他说的上面指老天。黑头说："想念人家，还用找理由吗？"九桑讨教回来，胆子却比年轻时候小多了。明灯外公那盆冷水，冷不丁就还往他头上"泼"一回。

九桑的心狂跳不止。他在明灯家门前徘徊，步子走得东倒西歪。明灯妈开始打油茶，捶茶声一锤一锤敲中九桑的心，咚咚咚，咚咚咚，响响的，痛痛的，却爽爽的。捶茶声消失后，油茶已经做好。九桑似乎看到筛好的冒着热腾腾香气的油茶。他抬头望时，突然看到已经去世多年的明灯外公，一盆闪着银光的冷水正向他劈头盖脸泼来。九桑吓住了，捂住胸口，往山下逃。他眼泪流出来，模糊了双眼。九桑骂自己胆小如鼠。九桑不能原谅自己，看四下无人，用力抽打自己的脸。

三

明亮来信只有一个意思：兄弟俩出资在下边村建楼房，将妈接下来住。明亮建房的理由写了好多条，颠三倒四，啰唆重复，篇幅超出了正常信件。明灯看了信，对妈说："明亮只有一个意思，你年岁大了，在山上住着不方便。我们兄弟俩在山下为你建一座房。"

一个多月前的信，明灯现在才接到，明亮并不知情，以为明灯不同意，就没再来信。明亮到广东东莞长安镇务工十余年，攒了些钱，他计划给母亲建房时，资金上多承担些。明亮已经在长安讨了老婆，老婆是四川凉山人，生下女儿后，就丢回老家。明灯像父亲一样对待侄女小佳。明亮感谢明灯，在家照顾了母亲，还要帮照顾小佳。老婆凉山老家过彝族年，明亮常陪老婆回去过，有时带上小佳，有时不带，直接从长安镇回凉山。过了彝族年，明亮觉得已经过过年了，春节他多数时候不回老家，厂里急需上班时，他上班，不急需上班，便做些别的能赚钱的事。春节期间，能赚钱的事很多，一个春节下来，他没花费多少，倒还挣了一大笔。明亮挣了钱，心里想着母亲和岳父岳母，适时给双方汇些钱。汇款不走邮局，走微信。母亲这边，通过明灯微信转；岳父母那边通过叔叔的微信转。叔叔在镇上当小学老师，微信玩得溜熟。明亮不让他俩白转，总要给上十元二十元辛苦费。但明灯及明亮外家叔叔商量好似的，都不要，如数转交。为母亲建房，明亮准备多出一部分钱，又担心老婆反对，一直没公开提出来。老婆凉山老家也需要扶持呢。明亮老婆漂亮，把她追到手，没少费心思，他对老婆言听计从，换着花样讨老婆喜欢。老婆呢，也没有因为长得漂亮，就高高在上，她对明亮也好。当初厂里有人劝说，一个广西桂林人，一个四川凉山人，生活习惯不同，以后生活会不顺畅。劝说明亮的人，都有私心，关于地域、生活习惯的理由并不充分。女孩这么漂亮，谁不想追？谁不想让自己的亲友追到手？

因为务工，来自五湖四海的人聚在一起，婚姻半径也突破了传统。本地女孩嫁到山西，本地男孩娶河南女孩，什么样的情况都有。明亮第一次带凉山老婆回来时，明亮妈见怪不怪，村里人见怪不怪。

建房这件简单的事，明亮选择写信，有他的理由。发微信吧，太直接；打电话，又怕明灯不同意，两人言语发生摩擦。明亮把建房的想法写在纸上，寄给明灯，便有了缓冲和退路。迟迟接不到明灯回复，明亮就放弃了。明亮建房为母亲，也为自己。他不想回村时再爬山了。公路已经通到山下，山下建房要多便捷就有多便捷。

明灯妈问明灯："建房的事你怎么看？"明灯说："我同意，就看妈你的意见。"明灯妈说："我还没想清楚，建房要花很多钱，但不建房，你又讨不到老婆。"明灯不同意妈的看法，建房费用兄弟俩一人一半，都能承受。建了房就能讨上老婆？他觉得不是这么回事。明灯妈不喜欢住到山下。山上的好，只有她自己感受得到。她在山上住了一辈子，从嫁过来就住山上，适应了山上的一切，换个环境，她估计难适应。从山上搬下来的村里人越来越多，明灯妈下山做客，主人留宿，她住过两回，不习惯，失眠，头疼，脑子中还闪出奇怪的念头。最奇怪的是，九桑老跳进脑海挤走别的美好回忆。那时候，老伴还没意外去世，别的男人跳进脑海，她心慌意乱，有负罪感。

山下有荒地，即使没荒地，也有条件开出建房地盘。山区山多林多溪流多，就是平地少。山下凡是平坦的地块，都种了田地建了房屋。明灯家山下那块荒地，早先由亲戚种着，亲戚外出打工后就撂荒至今，正好用来建房。建房，钱不是问题，只等妈一句话。明灯妈分析来分析去，最后决定房可建，房建好后，住不住再说。

明灯急忙给明亮打电话。明亮说："坏了，这么久不见大哥回信，以为大哥反对，建房那笔钱，刚借给老婆娘家人了。"明灯对凉山不了解，偶尔从电视上看到有关凉山的节目，他的印象并不深。明灯说："决定建房就建吧，钱的事情我想办法。”明灯手头的钱建不起一幢房。明亮缺钱，明灯没有告诉妈。妈存了多少钱，明灯不知道，那是妈养老的钱，不能动。

明灯的堂弟明山，三年前从外地回来建了新房。明山在工厂里认识一个女孩，她是桂林老乡，老家也在漓江流域。明山谈恋爱时，两人性格和生活习惯相差大，出现冲突时，互不相让。冲突归冲突，两人结婚事宜却提上日程。女朋友有个要求，明山必须有座新房，她才嫁。成家，建房，是山区男人普遍追求的目标。明山回老家来。地基是现成的，钱却不够，东凑西借，才凑够了建房的钱。房子建好后，女朋友却跟明山分了手。明山在回乡建房的三四个月时间里，女朋友被人勾走了。明山沉寂了一段时间，振作起来，准备重新出发。明山能“活”过来，明灯有功劳。明灯带他下田地劳作，进林子看野生动物的日常作息，看植物的花开花落，激起明山对家乡的热爱。明山留下来，在新房一楼开了个废品收购店。废品店生意兴隆，提前还清了所有债务。明山事业做得好，可是仍然缺女人。山区女孩都外出打工了，一打工就嫁了出去，很少愿意嫁回老家。

明灯下山来到明山家。明山新房在公路边，房前屋后废品堆积，有的能卖钱，有的不能，不能卖钱的需费工费柴油钱送到镇垃圾转运站，由专业人士统一填埋或焚烧发电处理。不能卖钱的废品，大部分是搭头捡来的。搭头本名叫什么，明灯不知道，搭头是外村人，一辈子没结婚，无儿无女，无依无靠，吃国家低保。明山经营废品店后，搭头就捡破烂来换钱。不管能不能回收，搭头都捡。明山分好类，不值钱的垃圾，明山也给他算钱。明灯看不过意，曾提醒明山："卖不出钱的垃圾你收它干吗？"明山意味深长地盯着明灯，明灯于是明白了。自从明山开了废品店，留守的各家各户都将有用垃圾当宝，卖不出钱的垃圾却乱扔。到头来，搭头只剩下毫无价值的垃圾可捡了。山区里有一个专捡无用垃圾的人，挺好啊。明灯佩服明山，兄弟俩会心大笑。

明山看到明灯的身影，出门迎接。收废品利润还行，就是比较脏，给垃圾分类需要顶着恶臭，耗去许多时间。明灯习惯了废品收购站的异味。他不捂鼻子，不屏住呼吸。在明山家吃饭，明灯也已经习惯。明山说："大哥，看你表情，是来借钱吧？"明灯大吃一惊，说："你猜得这么准，用的什么方法？"明山说："看你苦瓜脸就晓得了。"

明灯明亮兄弟为母亲建新房，明山支持。明山说："钱不够也要建，借钱建。我建这房子的时候，其中一部分钱不也是借的吗？"明灯犯愁，向人借钱他开不了口，他从来不向人借钱。再说，他不晓得向谁借。明山刚还清账，手头也不会有多少余钱。明山说："我手头有多少全凑给你，我再以我的名义帮你借。"明灯打退堂鼓，说："要不明年再建？"他今年的收入加明亮一年存款，明年就松多了。明山说：“好不容易念头上来，必须今年建，马上建。”

明山上心，他丢掉饭碗就帮借钱去了。明灯为明山看守铺子。搭头在明山出去不久，提着破烂进来。搭头捡的破烂一文不值。搭头走村串寨，去田间地头和山坡，只要可能出现垃圾的地方都去。每个周一，搭头的收获最多。城里一些人周末进山里来玩，素质差的游客，留下一些值钱及不值钱的垃圾。

搭头的垃圾袋放到地下，问明灯：“明山不在家？”明灯说：“出去了，借钱去了。”明灯意识到说漏了嘴，但再解释没用了。搭头不说话，家人似的进明山的屋子，坐在沙发上。有时候搭头来卖破烂，天色晚了，明山担心他走夜路不安全，留他一宿，给他提供吃喝。搭头说：“明山你是好人，你们兄弟几个都是好人。”明山说：“你也是好人，你捡掉垃圾,家乡的山山水水就干净了。你每天都在为家乡‘洗脸’。”

借钱不是容易的事，明山外出过中午了还不见回。明灯就不等了，他交代搭头看铺子。搭头说：“什么破烂是什么价格我都明白。”但明灯走后，搭头心里说，知道价格有什么用，我又没现金付人家。果真来了卖废品的，来者见明山不在，自己称了废品，再给明山打电话，告诉明山是什么类别的废品，多少斤，搭头老人可做证。明山说：“好的。”明山从微信将货款转给顾客。搭头称赞这个办法好。

傍晚，明山终于回来了。

“明山老板你借钱干什么？是不是要讨老婆了？你的喜酒我要吃的。”搭头说。

“影子都没有，哪有老婆讨。”明山说。

“我要是有个女儿就好了，一定让她嫁给你。我要是认识女孩子，一定介绍给你。”搭头说。

“过好你自己的日子吧，不用操心我的事。”明山说。

“我日子过得很好。领政府低保，又能捡破烂卖钱。我不再问你借钱干什么用了。我手头攒有一万八，全借给你。”搭头说。

“我的确还差两万。不过，你的钱我不能借。”明山说。

明山外出借钱的时候，不跟任何人提明灯，到了老同学顺宝那里，明山被逼问出借钱缘由。顺宝说：“我手头有五万，你来借钱，我最多借你三万，现在你说替明灯借钱，我决定借四万，留出一万备用。”

顺宝把明灯借钱建房的事告诉了牛宝，正好牛宝去黑头他们村走亲戚，随口将消息告诉了黑头。黑头主动上门，为明灯选择建房吉日，定夺房屋坐落方位。明灯不信风水，但身边人都信，他就由着。黑头的名气大，在漓江上游地区有广泛影响。明山建议，明灯家新房，最好建成吊脚楼式混砖结构。这一带住着瑶族、苗族、汉族，有建吊脚楼的传统。但近年，年轻人建房都不建吊脚楼了，吊脚楼工艺复杂，建造师傅难寻。年轻人建房都建洋楼，钢筋水泥红砖那种。明灯接受明山的建议，工艺复杂不怕，只要能请来建造师傅就成。建新式吊脚楼，成本跟建洋楼差不多。明灯打电话征求明亮的意见，明亮说：“好啊，建吊脚楼才有特色，将来可能的话，可开个有特色的农家乐旅馆。”

黑头交际广，他很快帮忙请来了吊脚楼建造师傅。

开工奠基前一天，明亮回来了。他借够了他那部分钱。实际上，凉山那边，听说明亮急用钱，退还大部分，明亮只需要借小部分。明山说：“既然钱凑够了，我把前些日子借的还给人家。”明山花了半天时间将钱还清。有借有还，再借不难。对方都说：“好，需要的时候随时来借。”

明灯会些木工活，建吊脚楼需要不少木头，需要做大量木工活。明灯忙完田地里的事，忙木工活。明亮啥都不会，只能做后勤工作。不几天，明灯将明亮劝回长安镇，说明亮没必要在老家浪费挣钱时间；后勤工作，妈能做。明亮听了劝，抱了抱明灯，坐上明山运破烂的车出山，回了长安。

四

三个多月后，明灯家的新房造好了。山下，只有他家这一座吊脚楼，便有鹤立鸡群的美感，让村里人艳羡不已，有人表示，将来建房，也选择建吊脚楼。

春天，如期而至。漓源河两岸柳树吐绿，百花争艳。几场春雨之后，河水更丰盈了。新房已收拾干净，明灯妈却不搬下山，她反过来劝明灯下山。山上人越来越少，她喜欢这种人少的环境。明灯说："山下，人也多不到哪里去。"明灯妈说："多一个，也是多。"这不是不下山的理由，明灯理解妈妈对山上的偏爱和不舍。山上的风物记忆，已融入妈妈的血脉。明灯妈离不开山上，其实明灯也一样离不开。

山区的农事，明灯样样精通。明灯育禾花鱼鱼苗这天，晓巷回来了。晓巷是九桑的小女，在桂林城里务工。晓巷比明灯小十几岁。明灯暗自喜欢晓巷。爱情不分年龄，明灯觉得只要晓巷同意，他俩的年龄不是个事。那年，晓巷考上了县城里的普通高中，但没去上，跟人到上海打工，又转去北京打工，最后回到离家最近的桂林。回到村里，晓巷总要上山，到明灯家玩一玩。可是她每次来的时间太短，或者回乡的时间太短，明灯来不及跟她说心里话。只要她单身回来，明灯心里便长出新的希望。今天，明灯带着无法抑制的喜悦去育鱼苗。

去年留下的种鱼在水田里，天冷时钻进明灯特制的"豪华"鱼窝。明灯在田埂最低处开挖口子，让田里的水接近放干，以便抓种鱼。出水口搁了倒过来的荆棘，倘若种鱼想顺水逃走，碰上倒刺，被刺痛，就会回头，远离。利用这个空当，明灯去打理育苗池。开挖的育苗池，选择在离清泉不远的地方，他用竹枧引泉水入池，水至九成时，再断水。育苗池里放入丝草、稻草，让鱼在里面住家产卵。明灯跟人家不同，每年必须换新的育苗池。明灯认为老育苗池不利于种鱼产卵，或者产卵量低、质量不高。明灯这个说法，在本地并不流行，重复用老池的大有人在。可能这只是明灯一个人的偏好，他喜爱做新鲜事。本地培育鱼苗的人不多了，明灯培育的鱼苗，大家都喜欢。去年明灯妈对明灯说：“你培育鱼苗是把好手，一到育人就软蛋了。”明灯深受打击。他年龄很大了，弟弟都结婚生子，而自己一次真正的恋爱都没谈过，更谈不上造人。山里缺女孩，他上哪里谈去？明灯妈说：“你就不能外出打工吗？”明灯不接妈的话。认识他的人都问过他为什么不外出打工。“在家千日好，异乡一日忧。”爷爷生前说过的话，明灯一直记着。

水田里的水放得差不多了，种鱼已经露出脊背。明灯回到水田，用露底的箩筐罩住在浅水里挣扎的鱼，一伸手，有如瓮中捉鳖。每抓到一条，他便挤挤鱼肚子，分出公母来。有经验的人能从种鱼体形上看出公母，但也有走眼时。对于那种看上去公不公母不母的种鱼，你就难分辨出公母来。从肚子里挤出牛奶色液体的是公鱼，挤出屎尿或者鱼子的则是母鱼。明灯挑出七条健壮公鱼、一条健壮母鱼放入桶中，提到育苗池边上，将种鱼放入池中。七条公鱼与一条母鱼的“爱情故事”马上就会上演。明灯只管等着优质鱼苗。育苗池小，七八个平方米。八条种鱼进去后，水被搅得很响，公鱼间的争斗十分激烈，鱼窝里风生水起。明灯看不清公鱼争斗的细节，好多年了，他都无心情详细观看种鱼如何交配。他有自己的猜测和想象，好多次想跟人交流一下育种经验，却找不到合适的人。

明灯离开育苗池，心思却还在那里。整个冬天，公鱼母鱼待在鱼窝里，公母之间并没有发生那种事情，一开春，放入育苗池，育儿习性立即被唤醒。或许是活泉水和新环境的作用，或许就是大自然神奇的力量。留在水田里的公母鱼，到了季节，也能在鱼窝里产卵育出鱼苗。明灯看不上水田里的鱼苗，等它们长到一定个头，他捞出鱼苗，走进山里，湿地，湖泊，大溪小溪，见水他就投放鱼苗。鱼苗若能长大，它们会从各条溪流，游到漓源河，游进六洞河，进入漓江，到达珠江水系。有一年，在广州打工回乡的件保跟明灯说，他见人在珠江捕到一条禾花鱼，那鱼可能是从我们边村出去的。明灯相信。本土的禾花鱼身子粗壮，紫乌色，个头不大，通常在二到三两间，容易识别。明灯想到一个办法，抓来一条禾花鱼想刻上“明灯”二字，让件保到珠江捕捞。刻刀找来了，却发现不好刻，还下不了手。于是制作了个“明灯”的吊牌，穿上尼龙线，在鱼尾打一个细孔，系上去。他打电话给件保，件保说，才一条，比大海捞针还难，你放一批吧。明灯便放了九条。九条，要是捕不到一条，只能说没有缘分。事实上进入大江大河，有“明灯”吊牌的禾花鱼再多也难有缘分捕到。明灯再问件保，抓到我的鱼了吗？件保没告诉他。明灯想，不正面回答，便是没捕获到。不管下游人能不能捕到，从那时起，到了收获禾花鱼时，明灯总要往漓江支流放生九条有吊牌的鱼。

有一回，明灯去桂林，受九桑委托，顺便给晓巷送做成菜的禾花鱼。明灯乐意，一万个乐意。不巧的是，晓巷到外地出差去了，后天才能回。如果明天能回，明灯可以等，后天才回他就不等了。鱼，晓巷委托同事代收了。香味诱人，同事没经受住诱惑，偷吃了一条，一吃停不下来，把鱼吃光了。晓巷回来，哈哈一笑，主动给父亲九桑和明灯打电话，说今年的禾花鱼特别好吃。鱼被同事吃掉这事，晓巷一直瞒着父亲和明灯。送鱼那次，没等到晓巷，明灯去流经桂林市区的漓江边玩耍，看到清悠悠的漓江水，立即想起家乡的大溪小河湿地湖泊，联想到老家一带特有的禾花鱼。后来到了往河里抛禾花鱼的时节，他行走十公里，绕过支流，直接往漓江干流投放禾花鱼苗。这些鱼苗如果命好，会穿过桂林城，饱览阳朔风光，进入珠江，游进大海。明灯不喜欢离开家乡，却希望自己放生的鱼，走得越远越好。

选好种鱼，明灯堵住水田缺口，引泉水入田，让田保持充足的水量。天气还冷，泉水温暖，入田后，整块田都暖和起来。灌水之前，明灯抓了几条鱼。现在，他提着这些鱼去看望晓巷。他还从家里取下一块腊肉，一挂香肠，跟鱼一道作为礼物送给晓巷家。

晓巷惊叫着迎接明灯。九桑出来招呼，看到香肠，他心里乐开了花。明灯妈做香肠在这一带有名，到了制作腊味时节，一些人买了上好的肉请明灯妈做。明灯妈忙得过来就上门帮忙，忙不过来时，对方送料上门。明灯妈不收钱，替人做事，她从不收钱。本地没有这个传统。今天你请我做事，明天我请你做，以工换工，也不计较多少工，都是相互帮助。但对方送礼物，明灯妈收，礼物是别人对工作的肯定和尊重。九桑好多年没吃上明灯妈做的香肠了。以往，九桑吃到明灯妈做的香肠，心里总是五味杂陈。九桑陪明灯说了一会话，抽了两根烟，就下厨房去了。九桑负责蒸腊肉香肠。新鲜的禾花鱼，等会儿由明灯做。明灯鱼养得好，做这道菜也比别人强。

明灯晓巷坐在堂屋里海聊，九桑时不时从厨房发出声音，问明灯妈近况。明灯如实回答。晓巷嫌父亲话多，对明灯说，我们到外面走走。九桑说，不要走太远，还要做鱼呢。外面到处是绿，绿得妖艳而不腻，加上盛开的百花，更有了丰富的美。

“回来住几天？”明灯问。

“说不准。就这么住着，到了该离开那天就离开。”晓巷说。

“就是说，会很长？”明灯说。

“可能会长，可能会短。短则一个月，长则两三个月。”晓巷说。

“太好了。”明灯说。

“是啊，太好了。”晓巷说。

九桑隐隐知道明灯喜欢晓巷，九桑并不表现出来。表面上，九桑仍然将明灯晓巷当作正常朋友关系看待。饭桌上，九桑话题都在明灯妈那里，不顾及明灯晓巷，老是抢话题或者主导话题。晓巷听人说过，父亲从年轻到现在，一直喜欢着明灯妈。以前，她不能让父亲背叛自己的母亲，母亲不在后，她花三年时间来消化，才慢慢理解和支持父亲。父辈的事晓巷不好说什么，她不反对就是支持。明灯跟晓巷一起吃饭，机会难得，九桑却当电灯泡，还自私地只顾心里那点事，明灯对九桑有意见，在心里反复埋怨。有九桑在，这顿饭吃得不痛快。

晓巷离开农村时间久了，不会干农活，不愿干农活，只能在田间地头走走，像来到农村的城里人，无病呻吟地感慨一番。第二天，晓巷去明灯他们上边村玩。上边村像“高原”，有“丘陵”，有高山，面积宽广。

明山刚知道晓巷回来了，正想去找她玩。明山开着运破烂的车去晓巷他们村。晓巷已经走小路离开了。明山掉转车头，回到下边村，停好车，走小路迎接晓巷。晓巷见到明山，很高兴。明山比她大好几岁，她不叫他哥，直接叫他的名字。明山问："你是来找我玩吗？"晓巷说："我找你大哥明灯玩，既然碰上了，我们就一起去玩吧。"

上山的路两边，开着各种颜色的野花，晓巷采了一把，又采来藤藤枝枝，做成花帽戴在头上。她问明山："要戴花帽吗？"明山说："我从来没戴过花帽，以前为了避太阳戴过绿枝叶帽。"晓巷笑着说："那你就戴过绿帽子喽？"明山跟着笑，说："如果我能马上讨个老婆，我愿戴一次绿帽子。"两人说着采野花，用枝枝藤藤编成圆圈，插上鲜花。明山戴在头上，晓巷说好看。晓巷为他拍照拍视频。晓巷又说："我给明灯哥也做一顶花帽。"明山想，晓巷管明灯叫明灯哥，管自己叫明山，有含义，就自作多情起来。明山说："我大哥不戴花帽的，你做了也白做。"晓巷说："那不一定。"晓巷坚持给明灯做花帽。两人说说笑笑，就到了上边村。明灯估摸着晓巷会来，特意留了只鸡，从泉水池里捉来一条大草鱼。生活在泉水池里的鱼，便是野生鱼。鸡呢，就叫鸡，不必强调土鸡。在偏远山区，没有土鸡这个词。很多年前，有个城里人，是个摄影家，他向明灯妈买鸡，说要土鸡。明灯妈说："我们这里没有土鸡，土鸡城里才有卖。"摄影家说："这么大个山区一只土鸡都没有？"明灯妈说："没有，没一家养土鸡。"这事成了个笑话。后来，明白过来的摄影家再进来买鸡时，再不敢在鸡前加一个土字。

晓巷往明灯头上戴好鲜花帽，多角度地为他拍照拍视频。她说：“明灯哥戴花帽就是比明山好看。”明山说：“花帽戴在牛屎上也好看。”三人说笑了一阵。说话间，明灯妈打好了油茶。喝油茶时，晓巷说：“我爸要跟我来，我没让。”明灯妈说：“他来干什么？他跟年轻人又玩不到一块。”明灯对晓巷说：“你不该反对九桑叔，他不跟我们玩，在村里玩也行，我妈不是在家吗？”明灯妈瞪了明灯一眼，明灯就不说话了。

五

午饭后明灯提议进山里玩，说是九狮岭上的桃花开了。晓巷欢呼。但明灯有个条件：先巡山。巡山有何难？不就是玩吗？晓巷想。今天阳光好，大地被照得金黄，地面干爽，山里风不冷。红的粉的桃花在金色阳光下，像美女化了妆，更加漂亮。

今天，明灯特意不穿巡山服，不带巡山装备，把自己弄成游客模样。他准备了柴刀，又为每人准备一根竹拐杖。春天刚到，万物正准备复苏。有的冬眠动物已经醒来。进山，特别要防备蛇虫之类，竹拐杖是理想之物，它既能防蛇又能助力上下坡。这里的人说，竹子是蛇的舅舅，竹棍一挥，蛇就不敢对人造次——尽管当下，冬眠的蛇还没苏醒，但带竹拐杖进山，成为人们进山的一种习惯。明山让明灯妈准备一壶糯米甜酒。进山，没有甜酒是不行的。通往各个山岭的山道仍清晰可见，因为路两边去年被削掉的枝叶还没长出来，因为山路常有明灯等巡山队员行走。往年，每当枝叶掩了路，明灯就砍去挡道的，明灯妈也帮着砍。这些山路还通往山谷的田地，春播秋收，都必须有通畅的道路保障。

不知谁哼了句山歌，明灯就唱了起来。明灯会唱十来首山歌，传统山歌有三个调子，明灯都掌握了。三个调子各有特色，都好听。词呢，大都是前辈留传下来的。歌词内容大致分为劝世、婚娶、劳动、生活等，也有诙谐的、教人如何追女孩子的。现在，这一带爱唱山歌的年轻人少了，即便从前爱唱，去到大城市，习惯了城里生活，偶尔回到家乡时就不爱唱了。山歌创新的内容不多，唯一一个有创新能力的九桑，创作了大约有三十首。他文化水平不高，新词不怎么打动人。还是传统的山歌歌词好，文雅，有思想，有韵味。九桑曾经将他创作的山歌手抄本送给明灯，明灯看不上，不认真学。九桑有自知之明，别人嫌弃他的新词，他不生别人的气，只生自己的气。平常日子，明灯外出干农活的路上，一个人低声唱，听到风吹草动立即闭嘴。在人前他从没放开嗓子唱过。到了野外，确认无人时，才放开声音唱。进山，唱山歌是一种自我陪伴，进深山，走夜路，还能用山歌壮胆。

今天明灯唱山歌唱得忘我，明山被感染，情不自禁跟着唱起来。明山回乡村收破烂开废品店，工作稳定后，终于像小时候那样，喜欢听人唱山歌了。但听到的山歌也不多，唱的人少了嘛。九桑是他的老师，他偷着学。他外出收破烂，进入别人的村口，不喊“收破烂”，而是唱山歌。人们听到他不成样子的山歌，便知道他来了，家有破烂的都如数拿到村口卖。

晓巷有爱唱山歌的父亲，她自小耳濡目染，不会唱也会哼了。晓巷给明灯明山“伴奏”，与明灯兄弟形成和声。

山里安静，除了他们仨唱山歌的声音，没有杂音。飞鸟停在枝头，不叫不动，摇头晃脑，看着经过的三个歌者。明灯走在前面，用柴刀开路。其实山路通畅，他挥舞柴刀是多余的，但这是开路人的习惯动作，走在前面，不挥舞手中柴刀，就不算尽职。巡过两座山，碰到一个斜坡，路分岔，而去九狮岭必须走斜坡。明灯停下脚步，回头，伸出手想拉晓巷。离开有两三步路，晓巷没跟上，明山抢前一步，牛拉车似的将晓巷拉上斜坡。上了坡，路更窄，平时几乎没人走。明灯说，再走一公里左右就能到达九狮岭。这么远啊。晓巷说。晓巷很小的时候来看过桃花，夏末初秋的时节还跟大人来采过野桃。好多年过去了，晓巷记不太清路，对野桃林也记忆模糊。

这才走多远，明灯说，你在城里待得太久了，失掉了山里人爬坡钻山的能力。

晓巷却说，山里的空气真好，山里，多自由。

明山将甜酒壶递给晓巷，晓巷拧开盖子，用小钢杯盛甜酒，甜酒以酒汁为主，夹杂着少量的糯米粒。晓巷递给明灯，说："明灯哥你喝。"明灯不喝，他说："还没到喝酒的时候，这才走多远，不好意思喝酒。"明山说他想喝，晓巷却不给，淘气地倒入自己嘴里。晓巷可爱的举止，明灯明亮都欣赏。

继续行走一公里，钻出山林，就看见桃花了。桃叶未出，桃花先艳。桃花山在对面岭，脚下隔着漓源河。这边看桃花很近，想走进桃花林却很远。看山跑死马。晓巷这才明白，她小时候随大人赏桃花采野桃，走的是山那边的路。不想，这边才是最佳观景处。那片野生的桃树林很大，沿着漓源河延伸有半公里。桃花倒映水面，似乎水天相接。

"站在这边，看那边的桃花，站在那边，看这里的李花杂花。"明灯说。原来这边李花多，各种各样的花组成的杂花也多，人在花中，倒看不到雄壮的美。明灯导游工作做得好，他将明山晓巷带到观景台。脚下是悬崖峭壁，不小心就会掉落下去喂鱼。明灯每年来赏桃花，基本是一个人。他在一年年一次次赏花中，找到了最佳观景台。这里能看近景，也能看远景，还能"广角"看对岸，还能看倒映在平静水面的桃花。漓源河恰好在此大拐弯，水面相对宽阔平静，桃花映入水镜时，没有遭水波扭曲，真实地再现。

晓巷拍照片，拍视频，拍桃花，拍人像，拍高山倒映，各个角度，各种组合。她发到朋友圈，立即得到许多朋友的点赞，朋友又转发出去，朋友的朋友再转发。一传十、十传百。晓巷拍照拍视频，一拍就忘记时间。她还当导演，指挥明灯明山当道具，当演员，配合她拍视频。不觉间，夕阳西下。太阳一收，山顶气温迅速下降。不巧的是，还下起了雨。明灯只相信阳光，却忽略了春天的天气爱变脸。明灯将身上的衣服脱下披到晓巷身上，明山脱给她的衣服她则顶在头上当斗笠。下山速度加快了。接近明灯的育苗池，雨明显加大。明灯带明山晓巷去到一个茅草房躲雨。这座微型茅草房，是明灯建来守夜用的。守谁呢？不是守稻田，不是守鱼塘，是守偷猎的人。茅草屋能容纳四五个人，地上的稻草干爽，干柴也没被淋湿。明灯从草床下的泥土里抠出打火机，用稻草引火，烧起一堆火。火烤着三人的身子，茅草屋里蒸腾起水汽。有明灯明山的外衣保护，晓巷身上几乎没湿，她趁机整理手机里的照片和视频。

育苗池里安静，只有人脚步靠近，里面才有响动。明灯猜想，公鱼母鱼该做的事，应该已经做完。母鱼等着产卵。想着鱼，明灯禁不住看了一眼晓巷。明灯心湖波动，明山则一直贪婪地盯着晓巷看，想象她当自己老婆的样子。

雨小了，似乎已经停下。雾气也薄了许多。明灯听到一阵说话声。有人，明灯说。他说着走出茅草屋，悄然朝声音奔去。明灯看到了不远处的三个人，他们正兴奋地说话。听口音，他们是外乡人，空着手从山里往外走。明灯隐藏好身子，不惊动他们，听他们说话，看他们走路。三个陌生人擦着上边村上方的山路，越走越远，最后消失在山林。那条路可以横着出山，再往下行走一两公里，便是乡村公路。明灯返回茅草屋。明山问是谁在说话，明灯告诉他和晓巷，是三个陌生人。他们从山里出来，一定干不出好事。

“今晚有事干了。”明灯说。

天黑下来。雨停了。回到家，明灯妈为他们做了红糖生姜茶，还放了带须的葱头。明山与众不同，他往姜茶里加香油加辣椒。刚淋过一场雨，需要及时祛湿寒，防止感冒。晓巷给明灯妈看桃花的视频照片，明灯妈说：“真好看，我哪天也要去看看。”九狮岭的桃花，在村里人眼中并不值钱，除了明灯，没有一个人专程去观赏。如果专程去了，一定带着别的目的，顺便看一眼桃花。桃花，村里也有，零零散散几棵，有的桃树开红花，有的开白花。桃花无非如此，能好看到哪里呢？没正儿八经看过九狮岭桃花的人，都这么认为。明灯妈看了晓巷的视频和照片，才发现，原来桃花可以这么美。九狮岭的桃花，因为偏僻，行路难，少人欣赏，桃子也少人采摘。九桑听说野桃能做果酒，那一年，他唱着山歌去九狮岭对面采成熟的桃子，挑回来酿酒。或许因为他酿造技艺差，他做的桃果酒不好喝。第二年他不再去采，不再惦记着酿酒。他的失败也让别人忽略了野桃。野桃不好吃，很硬，酸涩，不清香。野桃成熟后掉落到桃树下，大部分腐烂，有的顺斜坡滚入漓源河，有的则被顽皮的野兽推下山，咚咚咚掉进河里，成为水生动物的营养品。人们相信，野桃一定有特别的价值，只是没人去研究开发。倒是山里有许多野果，人们采些回来泡酒，有保健及药用功效，有的能滋阴壮阳。

晚上，晓巷没回家，住明灯家。明山说："既然如此，我也住明灯家好了。"明灯妈打了油茶，他们围在火塘边慢慢喝。晓巷让明灯妈讲些过去山里的事，明灯妈说："年轻人都不爱听了，你还听它干什么？"晓巷打开手机录像功能，请明灯妈开说。"旧事很多很多，从哪里讲起呢？讲什么呢？"明灯妈说，"以前，我辈像你们这么大时，早是几个孩子的父母了。"

"那就讲讲以前的婚俗吧。"晓巷说。

"以前婚俗比现在讲究多了。"明灯妈说。她并没有往下说，声音停在嘴边。明灯明山默默喝油茶，想听又怕听，他们两个大龄青年对"婚姻"敏感。过了一会儿，明灯妈说："有人唱山歌。"

三个年轻人仔细听听，都说没听到山歌声，外面什么声音也没有。

“有声音，是山歌声，有一个老男人在我们家外面唱。”明灯妈固执地说。

六

聊到很晚，大家才去床上睡觉。晓巷不去专门为她准备的房间，坚持要跟明灯妈睡。后来只听到明灯妈笑着嗔怪地说：“我进房间睡觉有什么好拍的？”晓巷嬉笑说：“记录你老人家原汁原味的生活。”上床关灯睡觉后，两人许久不说话。突然，明灯妈哼起山歌，声音很细，调门不高，像呓语。晓巷当然听得出，这是山歌中男女对唱的片段。晓巷摸出手机，打开录像功能。“伯娘，你能大声地从头来吗？”晓巷说。明灯妈停下，配合着从头唱起，并且声音大了许多。

今天下午偶遇那三个陌生人，明灯心里有了事。他睡得浅，母亲唱山歌时，他心潮澎湃。母亲为自己唱，也变相地教晓巷唱。凌晨四点，明灯起床，并叫醒明山。明山问干什么，明灯回答说抓贼去。听到“抓贼”二字，明山来了精神。两人分别抄起一根铁条出门。天还没亮，伸手见不着五指，毛毛细雨下不停，气温处在全天最低的时刻。兄弟俩打着电筒小心下山。地上湿滑，路不熟的话，都跌好几跤了。

到了山下公路，兄弟俩再往前行走一公里，到了一个岔路口，明灯电筒一照，果真照见了一辆越野车。越野车隐藏在路边的岔道上。电筒往里一照，没人。一摸车盖，温的。就是说，车上人离开不久。

“把轮胎气放掉。”明灯说。明山问，你确定？明灯说，确定。兄弟俩一人负责两个轮子。拔掉气门芯，哧地响了数秒钟，越野小车塌陷下去。

山里野生动物种类多，进来偷猎者屡禁不止。经过这些年的保护，野生动物数量逐年增长，已超过五六十年前了。那时候，山区冬天打猎是项重要的娱乐活动，家家户户有猎枪，每个成年男子都有猎枪猎袋，扛着猎枪背着猎袋，男人个个威风凛凛。虽然打猎，但打得并不密，每个村两三次。打猎也不求打到猎物，打的是一场热闹和娱乐，能打到就见人分肉，打不到也高兴回家。平时的狩猎活动，以娱乐为主，不过分索取，适可而止。后来，城里兴起吃野味，偷猎者多起来，有内外勾结的，也有外来的专业狩猎人员。专业人员打猎是高手，不到几年，动物数量直线下降。国家严禁打猎，出台野生动物保护法后，明目张胆的打猎者少了，但暗地里仍然很凶猛。森林警察抓了一些人，仍不能根治。有一年秋天，一辆挂着警用牌的小车，时常在傍晚时分进来，当天晚上或者第二天凌晨，这辆车带着打到的猎物离开。进来的是“警察”，人们敢怒不敢言。明灯也有几分惧怕。来的人穿着没有肩章的警服，手头有枪，谁围观他们谁就会被枪指着威胁。明灯思想斗争了好半个月，最终他大胆走进县政府、公安局报告。县政府和公安局都很重视，出动警力将那辆警车和人抓了。一查，发现是一辆假警车，那伙人是假警察。检察院起诉，法院判了他们。明灯受了表扬，桂林的报纸电视台采访他，他不接受。我保护家乡值得表扬吗？要表扬也仅限于家人表扬，不需要外人表扬。电视台采访不到，但报纸可以通过采访别人写成文章。最终明灯的事迹还是上了报纸。文章刊发后，这家报社的记者带来了当天的报纸，明灯看了报道，虽然完全真实，他还是不乐意上报纸，他说："如果谁敢进来偷猎，我砍掉他的脑袋。这句话我希望你登报纸。"记者说这句话不能登报，太暴力。记者回到桂林，又写了一篇报道，明灯说的原话他没登，登了意思差不多的话。外出打工的中青年人占去大多数，山区这么大，没人守护，山不安全，动植物不安全。明灯却留在家乡，呵护家乡，不羡慕外面的花花世界。人少，很多时候明灯一个人巡山，林业局奖励给他的望远镜能看到很远，用得勤，日晒雨淋，他一连用坏了两台。第二台刚坏，森林公安局张局长说下次再奖励他一台。若望远镜没坏，昨天下午他就带着去赏桃花了。偷猎者多，好在后来，在镇里指导帮助下，各村成立巡山队，或者多个村成立联合巡山队，加强了对森林的保护。

明灯跟明山斜靠在越野车上抽烟。明灯平时不抽，明山抽。但现在明灯抽。明灯拨通张局长的电话。看到明灯的电话，张局长明白有事了。张局长急忙调集人员指挥抓捕。山区大，明灯兄弟俩要准确找到偷猎现场，不大可能。偷猎者打猎有许多种方法，放铁夹，挖坑，射麻醉箭，直接放枪，每一种方法都很有效。有的动物在夜晚强光照射下致盲，傻傻地待在原地，坐以待毙。与其四下搜寻偷猎者，不如守株待兔。明灯有经验，确定昨天下午偶遇的那三个陌生人是偷猎者，他们是放铁夹狩猎，在野生动物的必经之路隐蔽安装铁齿锋利的夹子，等野兽经过时，死死夹住野兽双脚或双腿，然后捉活的。

从山上传来声音，还有光亮。明灯知道，偷猎者就要现身了。不多时，出现四个偷猎者，比昨天下午多出一个。他们夹到了一只野黑山羊，两只兔子。明灯明山埋伏在路两边，出其不意，抡起铁棍扫偷猎者的小腿。偷猎者受了伤，逃不掉了。等他们反应过来，兄弟俩已经钻入山林。兄弟俩监视着这四个偷猎者，不让他们逃跑。四个偷猎者叫着痛，骂着娘，然后相互埋怨。他们埋怨选错了地点，不该到反猎英雄明灯的边村来。

“你们跑不掉了，等着公安来处理吧！”明灯忍不住在暗处说话，“山区里到处有反猎英雄，到处是暗哨，谁来偷猎，必定有来无回！”

“我打碎偷猎者的脑袋！”明山挥舞铁棍，击打地面。

“放我们走，给你们很多钱。”其中一个说。

“走吧，我们不要钱。”明灯说。

“如果野兽也让我们带走，我们给你俩更多的钱。你们是两人吗？”这个人又说。

“我们不是两人，我们有几十人几百人几千人。”明灯说。

“那让我们走还是不让？”对方说。

“走啊，你们直接把车开进公安局！”明山说。

对方丢弃到手的猎物，忍着脚痛上车。发动，起步。“车胎没气了，全都没气了！”开车的叫起来。明灯兄弟俩哈哈大笑。

森林公安也赶到了。来了三辆警车，警灯闪烁。偷猎者束手就擒。张局长带的队，他握紧明灯的手，说：“如果我身边有了合适的女孩子，首先介绍给你。”明灯说：“你这话说了好几年了。”张局长说：“不是没有合适的嘛！”明山插话，说：“我也要。”张局长认识明山，说：“明山老板就算了，你堂堂一个破烂大王还愁找不到老婆！”

两只兔子死了，野黑山羊还活着。死兔警察带回去处理，野黑山羊明灯要求留下，治好它的伤后，放归山林。张局长满口答应。

凌晨六点，天还没亮透，气温仍然低，猜测只有1℃左右。明山回废品收购站开他的运破烂的车，明灯原地守护受重伤的野黑山羊。野黑山羊每两只脚捆绑在一起，一根大木棍从中穿过，偷猎人就是这么将野黑山羊抬下山的。这只野黑山羊体重估计有五十多公斤，是个头比较大那种，它的毛色乌黑发亮。明灯电筒照着它的头，只见它的眼里正流泪，被铁夹夹伤的脚还在流血。明灯嫌明山动作太慢，都去了十来分钟了还没回来。明山的车到达时，明灯埋怨他。明山说："我也想快啊，要是我的车能飞，你就没闲话了。"

兄弟俩将野黑山羊抬上车，运回明山家。他们轻轻将野黑山羊放到地面，用绳子固定四只脚，用家里备用的跌打损伤草药为野黑山羊包扎伤口。明灯熬了野三七水，灌给野黑山羊喝。兄弟俩从没给动物治过病，也是摸着石头过河。不过，听大人说过，人畜一理，治人的方法也能用来治动物。

"昨天桃花没白看，那场雨没白淋，否则就错过了抓贼。"明山感叹说。

"他们注定会栽在我们手中。我们不去巡山、看桃花，也要去看鱼育苗，不去看育苗，我一个人也会去巡山。他们无论如何逃不掉。"明灯说。

村里人听说救回一只野黑山羊，都来参观。他们七嘴八舌夸这只雄性野山羊长得帅，命大。野黑山羊吃过明灯喂的嫩草了，躺在地上安然入睡，它半闭着眼，没有了慌张恐惧的神色。村里一个奶孩子的少妇，她身上奶水丰富，孩子吃不完，她挤出来喂给野黑山羊吃。野黑山羊不吃。人们嘻嘻哈哈闹了一阵，明山急忙去镇上请兽医。晓巷闻讯，下山来。

“这下你有事做了，”明灯对晓巷说，“养护野黑山羊，是你当前首要任务。”

晓巷蹲下去，摸野黑山羊的黑毛。野黑山羊毛粗粝，硌得她手疼。“好好躺着养伤，千万不要站起来，不要碰着伤口。”晓巷告诫野黑山羊。野黑山羊听不懂人话，但它已经体会到了这群人的善意。晓巷给野黑山羊起了个名字，叫小瓦。为什么叫小瓦，她说不出理由。给野黑山羊取名，念头是突然到来的。很多天后，她仔细分析小瓦这个名字，才发现，原来跟那个男人有关，那个男人名字里有个瓦字。明灯明山对野黑山羊的名字没有异议，“小瓦，小瓦”，都跟着叫起来。一叫就叫顺了叫熟了。无论人还是动物，有了名字才便于养育。

县森林公安分局叫来记者，搞了次小型新闻发布会。公安局倒不是想摆功，而是希望通过各媒体报道森林公安打击非法偷猎的力度、山区群众参与保护野生动物的广泛性，以震慑偷猎者。参加完新闻发布会，有一个记者赶到下边村，采访明灯。记者到来时，晓巷已将明灯兄弟报警、抓贼及救野黑山羊的文字及视频，发到了朋友圈，被众人转发，圈了不少粉丝，赚取不少流量。

七

明山请来兽医后，没直接回家，他去了九桑家。九桑说：“我正要去明灯家看望野黑山羊，用山歌为它疗伤。”明山说：“小瓦又听不懂山歌，你唱也是白唱。”九桑说：“野生动物生活在山里，我一进山就唱山歌，唱了几十年，它们当然听得懂。”明山说：“我上你家，不是请你去看望小瓦，我要告诉你一个好消息。”

九桑坐直身子，洗耳恭听。明山说：“晓巷喜欢上我了。我喜欢她已不是一天两天。”九桑略为收敛笑容，说：“这是个好消息，但还不够好。”

“什么才是最好的消息？”明山问，“你是说我定下娶晓巷回家的日子，才是好消息？”

九桑摇头。明山说：“我跟晓巷的事，你老人家同意吗？”九桑望着明山，不说话。明山说：“你别这么看我呀，看得我浑身不自在。不过，你这么盯着我看，倒看得我的信心更足了。”九桑说：“我同意不同意没用，关键是你们双方。”九桑心里明白，明灯一直喜欢晓巷。一女不可能嫁二男。在心里，九桑更倾向于明灯。明灯有个妈呢，他那个妈，九桑想了一辈子。这点私心，必须留给明灯。

明山开着运破烂的车回村。他兴奋，一路唱歌，山歌民歌流行歌，想到哪句唱哪句。见着晓巷，明山的胆子又小了，胆子缩成一粒米那么大。他红着脸，喘着粗气，“我喜欢你”“我俩谈恋爱吧”这样的话，他一句说不出。晓巷弄来热水给小瓦洗澡。小瓦身上有股骚味，洗过澡，身上的味道淡了，但仍然有人们一时不能接受的野兽味。晓巷在桂林市里见过别人给宠物洗澡，有人还偷偷丢宠物狗猫进漓江洗澡。主人先将宠物放入漓江浸湿身子，然后往宠物身上喷洒洗浴液，揉搓完毕，将宠物丢入漓江，让流水冲洗。漓江水清，漓江水干净，不多久，宠物上岸，全身散发出香味。野黑山羊不同，毕竟生活在大自然中，走到哪玩到哪滚到哪，没有洗澡习惯，身上有难闻的气味在所难免。晓巷暂时接受不了小瓦身上的气味，她往它身上喷香水，带回来的香水喷去一半。人们闻了香水味，都说，你把小瓦的气味改变了，再这样下去，它回到山林，同伴不认它，它孤身一个，就活不下去啦。晓巷听不进，心想小瓦没那么脆弱，也不会在养好伤之后变成家养的山羊，失去野外生存能力。

晓巷正计划拍两个视频发朋友圈，一个是小瓦被治疗过程，伤势恢复过程；一个呢，还没想好。明灯提着捕野兽的铁夹进屋时，晓巷有了主意。捕获小瓦的铁夹，明灯刚刚从深山里找到。山里人从前有许多大小不一的铁夹，用来对付大小不同、习性不同的野兽。大到野猪麂子，小到山鼠麻雀，都在捕捉之列。国家严禁捕猎，人们保护野生动物意识增强后，山区男人的鸟铳上交，捕猎工具销毁，留作纪念的都锈成了废铁。明灯提来的铁夹是最大号那种，用来捕大型野兽的。铁夹上的双排铁齿闪着银光，锋利吓人。晓巷打开录像功能，问明灯这个叫什么，干什么用的，怎么使用。晓巷在山区长大，什么捕兽工具没见过？还用问吗？当明灯见她正拍视频，便明白了。明灯对晓巷提出的问题一一回答。接着他打开铁夹，两排尖利的铁齿分开，像猛兽张着的大嘴。铁夹上有机关，野兽碰到机关，强力弹簧猛然收缩，铁齿咬合，野兽的脚或者身体某个部位立即被紧紧咬住，挣脱不了。铁夹系在牢固的大树上，除非拉断四根绳子才可逃脱。即便逃脱，带着沉重的铁夹，如何活命？也有奋力挣扎逃脱的，但留下残疾，野兽生不如死，往往病死饿死。明灯小时候曾经在深山草丛中，发现一只尸体发臭的麂子，仔细检查、分析，确定它是从铁夹逃生时被折磨至死的。

“这就是伤害小瓦的铁夹。”明灯对着镜头愤怒地说。晓巷将镜头移向小瓦，最后定格在它的伤腿上。小瓦的伤口包扎着，白色纱布上有深色的血块。明灯提醒晓巷后退，他用长棍触碰铁夹机关，铁夹“啪”的一声咬合，因为弹力非常大，铁夹弹起一尺高，抛向另一处。这是个暴力的镜头，但晓巷必须保留，这是对偷猎者最大的控诉，也是唤起人们保护野生动物良知的“大片”。现在，铁夹少见了，铁匠铺少见了。生产劳动工具的厂子，镇里县里都有，但谁敢生产捕猎工具？这条地下生产线十分隐蔽，可能有一条产业链。生产出大型号铁夹，而且是质量特别好的，只有机械化程度比较高的厂家才能做到。

捕野兽的工具，除了粗暴野蛮的铁夹，还有“温柔文明”的套子。套子只有机关、弹簧和绳套，没有利器。套子是实实在在的活捉，活捉住的野兽价钱更高。晓巷由铁夹回想起了套子。明灯说，这一带还有保留套子做纪念的，但非常少了，一时难寻。晓巷说，难寻也要寻，你如果寻不来，就做一个套子演示给我拍视频。明灯说，好多年不做了，手生。既然你需要，我改天做一个试试。晓巷说，我要捕野兽的套子，还要捕麻雀的套子，大小都有代表，我的视频就丰富完美了。

可以想见，前天下午碰上的三个偷猎者，他们潜入深山，观察好了野黑山羊的行动路线。每种动物都有其生活轨迹，有与众不同的习性。能顺利地安装好铁夹并捕获野黑山羊，他们当中必定有“专家”。像段荀那种类型的，自小生活在山里，接触了许多动物，熟悉各种动物习性。明灯也是懂一些的，要是他偷猎，什么猎物都逃不出他手心。但他研究动物生活习惯，是为了更好地保护它们。能将笨重的大铁夹带入深山，说明这伙人对这里很熟悉，至少其中一个人很熟悉，搞不好是里应外合。山区以前就出过坏蛋，勾结外界偷伐树木，盗猎野生动物。现在仍在牢房的大海、木墩、义明就是这样的人。他们是家乡的败类，也是破坏大自然的败类。

上午，安顿好野黑山羊，明灯立即想挖出偷猎者的铁夹。明灯思忖，偷猎者没有将铁夹带下山，肯定是准备再次实施偷猎活动。偷猎者安装铁夹通常很隐蔽，但再隐蔽都会露出蛛丝马迹。另外，他们要做标记，否则，事后他们自己不一定能找到。明灯想，与其钻林海寻找，涉溪水寻找，费时费力，不如找个巧妙方法。明山去镇上请兽医的同时，明灯去向九桑借猎狗。九桑的猎狗，他用来做伴，不用作打猎。九桑那只猎狗跟他到过许多地方，有一次去灵川时差点被人搞死。九桑与猎狗亲密，当需要形影不离时，它紧跟，让它走开时，它就走开。这只猎狗聪明听话，是九桑的好战友好伙伴。九桑进山，都带着猎狗，带着山歌。猎狗在前面开路，他在后面不紧不慢跟着，高声放歌。倘若有鸟儿对九桑唱的山歌不满意，叽叽喳喳骂人，猎狗必定以怒吠还击；对挡道的蛇虫，猎狗奋力驱赶，发现野兽，猎狗却不追赶，热情跟它们打招呼。不同的野兽，有不同的叫声，猎狗采用相似的叫声回应。九桑通过猎狗不同的叫声，来分辨附近出现了哪种野兽。

明灯骑摩托来借猎狗，九桑早看见了他。九桑想，关于晓巷，明山前脚来表态，明灯后脚就来了。九桑又想，怎么办呢？九桑中意明灯，只要晓巷同意，他不反对。

“叔，借你的猎狗用一下。”明灯开口说的却是另外一件事。

“又要破案？”九桑说，“它在那里，你带走吧。”九桑叫了狗的名字，狗摇着尾巴过来。九桑又对猎狗说：“等下帮你哥破案，完成任务，我给你好吃的，完不成任务饿你三天。”明灯说：“叔叔，猎狗到底是你儿子还是孙子？有时候你叫它孙子。”九桑说：“我原本是叫它孙子的，晓巷要叫它弟弟，我只能给它升辈分。”明灯谢了九桑，慢慢开摩托车，猎狗跑着跟在后面。明灯加速，猎狗跟着加速。明灯走出几十米，九桑把明灯叫住，说：“我正想去看望小瓦，回来带上我。”

镇上兽医已经来给小瓦换过药了。此时，它正卧在地上吃晓巷明山一同割回来的嫩草。春天里，嫩草遍地都是，一割一大把。也不割太多，够它吃就行了，让它天天吃新鲜的。村里那个中年妇女多余的奶汁，小瓦也不嫌弃了。晓巷从村里买来黄豆，浸泡后，准备磨成豆浆，给小瓦补充营养。有人告诉她，不一定要磨成豆浆，黄豆泡胀后，直接喂小瓦亦可。后一个建议更好，因为更省事。

小瓦是雄性野黑山羊，湘江上游的沱巴山区，有一个叫周开林的黑山羊养殖户信息灵通，刚打电话来问，等它病好了，能不能卖给他配种？明灯说他做不了主，不是钱的事，这个得由政府说了算，或者由山里的野生动物说了算。

明灯在为上山找铁夹做准备工作，因此猎狗还在。猎狗试图跟小瓦说话，小瓦也许因为听不懂，爱理不理。猎狗急，叫声很大。九桑批评猎狗说：“不要对小瓦大喊大叫，它是尊贵的客人，对它要有礼貌，在它面前必须表现出有素质有教养，不能给我丢脸。”猎狗发出呜呜声，听进去了。接下来，猎狗友好地轻轻叫，大意是“见到你非常高兴，欢迎你来边村做客。我对你的遭遇表示真诚的问候和关切，愿你尽快康复，回归你大自然的家”。九桑摸摸猎狗的头，表扬了它。

九桑现编了一首山歌来赞美明灯明山，又现编了一首山歌来安慰小瓦。他用两种调子分别唱新编的山歌。词编得一般，但感情是真挚的。晓巷录了像，又意外得到一个好视频。

八

还有一个好视频，明灯没告诉晓巷，这便是今天上午他带着九桑的猎狗，寻找铁夹的过程。明灯不是有意不告诉晓巷的。猎狗寻找偷猎者的铁夹，要上坡，下坡，要钻林子，过棘蓬，越溪沟，晓巷行动不便，吃不消。拍视频这事，明灯已替晓巷完成。出发寻找铁夹前，明灯让猎狗靠近小瓦，多嗅嗅小瓦的气味，然后将猎狗带到抓捕偷猎者的现场。从这里开始，猎狗闻着小瓦的气味，反向寻找铁夹。猎狗寻找的路线清晰，因为小瓦一路留下的气味就是路线。猎狗敬业，它顺着小瓦的气味一路小跑。它的速度快，一下子就不见身影，只传来叫声。

等到传来猎狗密集的叫声，明灯明白，有戏了。

安装好的铁夹隐蔽在草丛中，铁夹周边撒满泡胀的大豆。黑山羊见到黄豆，就会走过来，走进圈套。偷猎者真是高手。猎狗精明，它知道有铁夹机关，不靠近不触碰，保持一定距离，扬扬得意大叫，提醒明灯。明灯用一根长棍子触碰机关，铁夹“啪”一声咬合。因为有绳子紧系着，铁夹只在原地轻轻跳了一下。明灯解开铁夹，叫猎狗再在周边检查一下。最终，猎狗找到了另外两只小铁夹。归来时，明灯挑着铁夹，猎狗则归心似箭，早不见影子。它回去向九桑邀功去了。

“你怎么找到铁夹的？”晓巷问明灯。

明灯将向她父亲借猎狗、闻小瓦身上气味、顺藤摸瓜的过程说了一遍。晓巷生气说：“明灯哥你好坏，这么大的好事都不带我。”明灯早想过，这事晓巷一旦知道，生气是肯定的。所以，他一边寻找，一边就拍了视频。他把视频调出来，转发给她。晓巷收到视频，立即编辑。

明山从外面收破烂回来，见到搁在地上的大小铁夹，咬着牙说："这些坏东西，丢进火炉熔了。"晓巷讥笑说："明山，你真没文化，谁家火炕能熔铁？铁匠铺都奈何不了。"明山说："那我就送它进钢铁厂，让它化为铁水，铸成有用的铁器。"

"不行，铁夹我们交给公安局，让公安以此为线索，斩断地下捕猎链条。"明灯说。

"好主意。我负责送铁夹吧，我有车。"明山说。

"我也要去。"晓巷说。

明山开车，晓巷坐副驾驶。这条前几年修好的乡村公路，以前是泥巴路，现在是水泥路，路面有三米六宽，加上路基，能会大车。明山的车开得比平时慢，平整的路面上，车子走起来稳稳当当。当初修这条乡村公路，国家出资大部分，当地群众集资小部分。参与修路的都是当地人，因此路修得扎实，几年过去，公路完好无损，像刚刚投入使用。其他好些地方修的公路，不到两年路面就坏了，修修补补，是偷工减料的结果。每一个环节上的人，都想利益最大化，结果就有使用不到三年，坏得不成样子的公路。车速度放慢，最终停下来，明山指着前方的斜坡说："从这个斜坡开始向前两公里，我参与了修建。"当时听说家乡修公路，本地所有男人和一部分女人，从外地赶回来参与。有工钱，但比起打工，比在别的修路工地少许多。明山滔滔不绝地给晓巷说起当年修路的往事。那年修路，晓巷没回来，听听修路的故事挺好的。晓巷下车录视频，车启动后将镜头伸出窗外，拍公路边的风景。上完斜坡有一百米的直路，紧接着就是拐弯。这条山区公路，路面虽好，但弯多。明山加大油门，速度比刚才快许多，转弯时，晓巷的身子被甩到明山身上。晓巷不制止，任由他加油开快车。弯道左转右转，晓巷的身子甩来甩去。晓巷说："明山，开慢点，再快我要吐了。"说完，晓巷干呕。明山停住车。晓巷下车呕吐了几分钟。

"你晕车？"明山问。

"从来不晕。"晓巷擦着嘴巴说。

"你今天怎么了？是不是我开得太快？"明山说。

晓巷摇头。

重新上车后，车速慢多了，车又如开始时那般平稳。晓巷身体也平复下来。她问明山："你女朋友怎么吹的？"明山有意做出轻松的表情说："她跟有钱人跑了。"晓巷说："有钱人能看上她，证明她有不少的优点。"明山想了想，说："我看不出她有哪些优点，背叛我的女人不可能有优点。"晓巷笑了，说："也对。"

明山那个女朋友，也可以说是未婚妻了，相貌不差，家里条件却很一般。他去过她家好几次。第一次上门，明山便以女婿的身份出现，出手也大方。他有的地方大方得不对，女朋友还批评他。不对主要在打红包方面。红包大小与远近亲疏有关系。有的亲戚虽然亲，但关系不好，红包就不能大。这些复杂关系，明山哪里知道。离开后，两人因此大吵了两场。女朋友并不理想，可明山要求不高，只想讨个老婆，成个家。所以他吵完之后主动和解，在原则问题上对女朋友百依百顺。女朋友叫他在老家建座洋房才嫁给他，也是她父亲的主意。他们事先说好了，婚礼不在他家办，在打工的城市办，像城里人一样。如果要在农村老家办也行，得先在城里办。明山又同意。外出务工的，好些人干不动后，回老家来，并不想在城里扎根。事实上也难以深扎，最终还得回到故乡，因此大家都热衷在老家建房。哪怕后代不回来，也要建。洋房一座建得比一座漂亮，比赛似的，炫耀似的。这些漂亮的洋房，通常空着，好像是专为成群结队的老鼠建的。享受洋房待遇的老鼠，成天叽叽叽，公开乐，感谢建房人祖宗十八代。明山女朋友在他回乡建房三四个月时间里变心，跟一个叫尤力的男人跑了。也不算跑了，她跟尤力还在那座城市。尤力老家在湖北，开了家装修公司。以前尤力替人打工，对装修熟门熟路后，自立门户开公司。公司小，一年纯利百来万。年收入百万的公司，发达城市里比比皆是，但比起明山，这可是令打工仔人人仰视的富人。尤力公司员工一半是湖北老乡，一半来自别的省份。明山女朋友的一个亲戚就是尤力的员工，她因此认识尤力。装修公司里什么样的工种都有，尤力样样精通。偶然机会，明山女朋友跟尤力见了一面，惦记上他，迅速要求见第二次，尤力成全了她，见到第三次，尤力直接说，好事不过三，你做我女朋友吧。明山女朋友说，好的，我也是这么想的，我那边婚事就此了断。明山女朋友打电话通知明山，两人从此分手。明山以为女友开玩笑，没当回事，房建好后去请女朋友来验收，这才发现女友真跟别人好了。明山问女友为什么，女友说："因为你穷，因为你家在山区，我想生活在城里。"明山说："老家建了房不影响我们生活在城里，我现在穷，不等于将来穷。"女友不答应回头，明山数日茶饭不香，又去找尤力，尤力说："我喜欢她，只要她不离开我，我就不抛弃她。"亲友劝明山：强扭的瓜不甜。又劝：天涯到处是芳草。明山以酒浇愁半月，开始说服自己。他发现自己很容易被自己说服：一个容易变心的女人不值得挽留。尤力身边女孩不少，与明山女朋友确立关系后，他跟别的女孩断绝来往，一心一意与她相处。不到半年，两人结婚。结婚那天，前女朋友的父亲刘凡贵，打通明山的电话，说，我女儿要嫁人了，嫁的人不是你，对不起啊。刘凡贵对明山满意，对尤力更满意。已走出阴影的明山说，做不成你女婿，我们做兄弟吧。刘凡贵不生气，欣然答应。明山后来借收破烂，专程看望过刘凡贵，两人称兄道弟，喝酒划拳时，大声喊“哥俩好”。当初女朋友变心，明山不服，一查，尤力是个小老板，便打了自己几个耳光，不追查了。她变了心，再追究，除了伤害自己，毫无意义。当然，有的人不这样处理，要么打上门，鱼死网破，要么清算感情账、经济账。明山跟女朋友相处的年月，花的钱几乎都是他的，她弟弟建房向她借钱，也是他出的。但她弟弟算到她头上，不认明山的账。分手后，这笔债，他也没有追过。明山并非喜欢做冤大头，他习惯把烦恼抛掉，一切向前看。

“明山，你是个好小伙子。跟女朋友分手好几年了，怎么还不讨老婆？”晓巷问。

明山说：“我做梦都想讨老婆，可是上哪里讨去？留守农村的有几个姑娘？我们这个大山区又有几个姑娘？她们都跑城里去了，她们都想嫁城里人，至少想嫁到条件好的农村。”

也是。晓巷心里说。然后就不说话。沉默一会儿，明山说：“等送了铁夹，卖完破烂，我请你吃饭。”晓巷走神，没听进去。明山又说了一遍。晓巷才说：“不用，饭店太贵，没必要。”

“继续进城打工啊，接触姑娘一多，你不就有机会讨老婆了？”冷不丁地，晓巷又说。

“不想进城打工了。建好房子，回乡生活了两年，感觉还是待在家乡好。”明山说。

晓巷说：“家乡的确好，山好，水好，清静。就是……唉，怎么说呢，总之，城市更好。”

“城市好是他们的，不是我的。在边村我才是主人。”明山说。

“明灯哥也是这么想的？”晓巷说。

“我大哥比我固执，他从来没去城里打过工，去的最远的地方，是我们镇上。在镇上，他打过几次临时工。”明山说，“我以前不理解大哥，现在我理解了。”

“人各有志，不必强求。”晓巷说，“应该这么说吧，不管生活在哪里，不管工作在哪里，过得满意快乐就是最适合的，不应比较城市农村的优劣、大城市小城市的优劣。用句装深沉的话说就是：人的快乐与满足，与生活地无关。”

明山想问晓巷个人情况，但没问出来。他对自己说：“我喜欢晓巷，她会感觉出来的。”晓巷不主动说她的个人生活，明山想知道，又怕知道。晓巷没带过男朋友回来，这是他的希望；但不带男朋友回来，并不代表她没有男朋友，也不能代表她愿意嫁在山区。

车进了森林公安分局，张局长说：“我们正好要去找铁夹，你们就给送来了，感谢哈。”张局长从办公室摸出一盒糖果，送给明山，明山不要。张局长说：“怎么能不要呢？我私人感谢你，我代表局里感谢你；再说我没少要你们送的野生藤茶。”明山赶紧说：“我大哥送你的，我没送过。”张局长说：“明灯是你大哥，谁送都是你们家的情意。”山区里，野生藤茶到处是，割了藤，藤第二年又长出来，每年秋末为最佳收割时间，割回来只需简单处理，等到长霜，就成了。藤茶口感好，有良好的保健功效。明山借机汇报小瓦伤势和治疗情况，张局长说：“好，你们做得很好。”说完，张局长看看晓巷，问明山：“你女朋友？”明山和晓巷打哈哈，急忙告辞。

九

明灯妈打好油茶，这次她多放了些生姜。喝油茶可去湿寒。明灯刚干农活回来，淋了毛毛雨，身上湿润。明灯坐在火塘边，热浪扑来，他全身冒热气。喝着油茶，明灯妈突然说了句无头无尾的话：“晓巷就很不错。”明灯明白母亲话里的意思，回答说：“不错。”明灯又说：“新房建好了，你不下山住，空在那里缺人气呢。”明灯妈不说话。明灯又说：“你离不开山上，两边轮流住嘛。”明灯妈说：“万事开头难，我起不了心呢。”

烤干身上的衣服，明灯下山，开启新房大门，检查了母亲房间的用品。一切准备就绪，就等主人来。明灯为自己也整理出一间，那是做样子的，他不打算住，如果母亲下山住，他更离不开山上。

傍晚，九桑来到下边村。他先在明山家落脚。明山家住人兼收购废品，一楼较乱，而且拥挤。明山热情招呼九桑，九桑爱答不理，却问：明灯呢？明山说山上呢。山上就是上边村，他们叫习惯了。九桑说：“你不要为我准备晚饭，你叫明灯为我准备。”明山说：“大哥不在，我怎么叫……好，我叫。你去山上吃还是在山下吃？”九桑严肃地望着明山，明山说：“那就叫大哥下来，免得你老人家上山。”

明灯接到明山电话，征求母亲的意见。母亲说：“九桑怎么突然要你请吃饭？”既然人家厚着脸皮上门求请饭，明灯妈不能不答应。明灯妈也是明山那个意思，同意明灯下山请九桑吃饭。明灯从家里挑选了一对腊猪脚，一只鸡，一壶十升装水酒。水酒是自酿的，纯粮，二十五六度。山里人能一口一大碗喝，皆因度数低。由此猜想，古代人一口气能喝掉一坛，估计那酒度数更低，水一样。懂酒的人评价说，喝酒要么喝好酒，要么喝自酿的纯粮食酒，山里的水酒低档到不能再低档，几元钱一斤，喝了却安全。明灯小跑下山。明山见了，对明灯说：“你不用拿这些酒肉的，我做好端到你家不就行了？”明灯说：“那不行，在我家请吃饭，必须全是我家食材，不然，九桑叔不高兴。”

新房早进过火了，亲朋好友前来祝贺过。明亮也带着老婆回来庆贺过。进过火后，新房可住可不住，但当年必须在新房过年。风俗是风俗，人是人，明灯和母亲就没按套路出牌，也没人说三道四。明灯妈常说，自己过就行了，管别人说什么。人有时候就是太在乎别人怎么看，好像为别人活着似的。由于平时不住人，不开火，突然请客，倒是有些许麻烦。但为了讨好九桑，明灯心无怨言。

下山时，明灯背后跟着明亮的女儿小佳，小佳跟大伯奶奶待一起的时间比父母多得多。小佳跟父母不亲，明亮两口子回来，小佳陌生，当他俩是客人。孩子不带在身边，感情好不了，不利于孩子的成长。可是明亮没办法，他们没有自己的家，平时各自住集体宿舍。明亮两口子曾经租过房子，怕花钱，只租了个单间配套，房小，容纳不下一家人。送小佳回老家后，明亮两口子退掉了租房。眼下，明亮与明灯共同出资为母亲建了房，又慷慨资助岳父一家，手头更紧，连单间配套也不敢租了。两人想在一起时，就去住宾馆，住最便宜那种。一周住一次，也比租房划算。小佳平时像跟屁虫，明灯也乐意。九狮岭看桃花，凌晨捉拿偷猎贼，小佳都不在家。小佳在镇里上学，住校。镇上有个中心校，山里有一半的留守孩子都在这里上小学，然后上初中。生源不太足，因为许多孩子跟着在外打工的父母，就地上学。明亮两口子，最初想过接小佳去长安镇上学，小佳不去，小佳跟向往城里的孩子不一样，她只喜欢山区老家。小佳犟，性格随伯伯明灯。明亮劝不住，就随她了。小佳成绩不错，估计将来能考上重点中学。明亮综合一想，不仅放弃带小佳在身边的念头，还十分放心地“抛弃”小佳。有一次，明亮跟老婆半开玩笑说："小佳就给她伯伯当女儿吧。"老婆没生气，说："可以考虑。大哥年纪不小了，讨老婆困难，很可能要单身一辈子。小佳跟他又亲，小佳愿意的话，以后就这么定。"两口子达成一致意见后，就计划要二胎，于是又谋划着租房。只要老婆怀上，就立即租房，租个两房两厅以上的，再大的代价也要付出。两三个月过去，密集开房，老婆就是怀不上。明亮分析说："在宾馆造人，选错了地方。租了房，心安定才能怀上。"老婆说，租了房万一也没怀上，不是白租了吗？明亮说，不要心疼钱，要改变观念，舍得下本。一咬牙，明亮就在离老婆工厂最近的小区租了套小三室一厅，贵是贵，但小区管理好，显得高档。果真，高档小区就是不一样，他们住进去第二个月，老婆怀上了。怀了二胎，明亮两口子更无心管小佳。

明灯杀好鸡，小佳扒鸡毛。明灯清洗腊猪脚，砍好，炖上。猪脚是山里人待客最硬的菜之一，鸡，肘子，猪脚，宴席上不可缺少，至少不可全缺。明山见没准备肘子，就在自家炕头取下一只，炖上。明灯知道后说："客人不多，菜太多。"明山说："菜一多，客人自然会多。"明灯立即明白明山说的，菜做多了，可以叫亲朋来吃。如果明山父母参加，明灯妈参加，人就不少了。可是明山父母住在桂林。明山姐夫孝顺，在桂林专门买了一套两居室给明山父母住。明山父母在桂林住得安然，极少回来。很多时候，有人产生明山没有父母的错觉，误会他跟明灯是亲兄弟。明山姐夫有两个门面，一个卖建材，一个卖桂林米粉。米粉店忙，明山父母进店帮忙，姐夫怕累着老人，不让帮忙，宁可花钱请服务员。姐叫姐夫安排明山进建材店工作，姐夫不同意，他说公司里不能有自己亲戚。姐夫承诺帮明山找一个满意的工作。后来工作找好了，明山不答应。明山哪儿也不去，只愿意在村里待着。他收破烂，比在城里干任何工作都快乐。他姐说："讨不到老婆，才是最大的不快乐。进了城，接触女孩机会多了，讨老婆的事容易解决。"讨老婆讲缘分，与在哪里工作没关系。明山认这个死理。他姐说："是不是上段恋爱深受打击，还没走出阴影？"明山沉默，私下想，也许真是这样，但又不完全是这样。

明灯还没做好饭，九桑待在明山家里静静等候。过了一会，明山来叫九桑上他家里坐，喝喝茶。九桑说："你家没电视机，我要看电视。"明灯想，家里平时没人住，买电视干什么呢。即便有电视，平时也没人看。看电视只是个习惯问题。比如说，上边村家里的电视，明灯只有小佳放假回来，他才跟着她看，平时让电视静默。明灯晚上睡得早，早上起得早。勤快的农村人有做不完的农活，他们早睡早起。母亲也不看电视，她还跟年轻时一样，白天上山下田，样样都干，晚上做女红。

明山听后，为九桑打开电视。九桑想找唱山歌的节目。

他曾有那么两次巧遇广西电视台播放山歌比赛。最紧张刺激的是现场编词对唱，你来我往，比知识比智慧，有情有趣。这种节目好看耐看。九桑翻来覆去，找不到唱山歌节目，明山帮他找，也没找到。九桑想生气说："什么破电视！"一气之下，关掉电视。明山说："脾气比受伤的野猪还大。没有唱山歌节目，你就自己唱嘛。"九桑说："天还早，还不是唱山歌的时候。再说，我唱给谁听？"明山说："你唱给小瓦听。你的山歌能为小瓦治伤。"说完他跟搭头一起大笑。九桑嘴里骂着不干不净的话，走向明灯家。九桑没骂别人，骂电视台不播山歌节目。明灯家在三十米开外，行走方便。正好晓巷喂小瓦吃完黄豆，闲着。九桑想听山歌，晓巷用手机搜索，搜到一个时长半个小时的视频，立即点开。听到山歌声，九桑转过身，问："哪里唱山歌？"晓巷说："手机在唱。"

有手机帮助，九桑心满意足。一个人看着乐着，跟着字幕跟着别人的调子唱。视频里，比赛唱山歌的是外地县，具体说是柳州那边的。他评价说，柳州就数宜山人唱山歌唱得好，还有三江、融水。晓巷笑了，宜山并不属柳州，属河池管辖。晓巷不纠正，反正广西到处都有人唱山歌，音调各有特色。看完这个视频，晓巷调出桂林山歌。九桑更熟悉桂林本土山歌，尽管各县各地域仍有差别，但只差在细微处。有差别是好事，说明桂林山歌摇曳多姿。

明灯妈没有下山吃晚饭。九桑很伤感，说：“我是老虎我是灾星，明灯妈不敢见呢。”大家不接话，都明白九桑上门求饭吃的目的。偏偏明灯妈不给他面子。两人爱恨情仇三四十年，心结不是想打开就能打开的。明灯妈被父亲强行嫁给明灯爸，她恨父亲，但更恨九桑。这种恨本来成了习惯，本来压在心底，偏偏命运作弄，九桑死了老婆，明灯妈死了男人。老天给他们创造机会，给他们打开通道，就是要折磨他们，惩罚他们。山区离婚率极低，人们脑子里几乎没有离婚的概念，旧时是这样，如今亦然。同时，也没有单身老人再婚的。过了五十，不管什么样的情况，都没人考虑再婚。明灯妈和九桑结合，人们不反对，但也没人公开支持。山区习惯是这样，风俗也是这样。

九桑喝了不少酒。酒后，他边喝油茶，边唱山歌。在座的都会几句，于是都唱。九桑唱情歌时，只由他一人唱，无人接茬。他唱得投入忘我，唱出对情人深切的思念。他的情人是明灯妈，大家都知道。小瓦听着山歌安然入睡。全村人都听到了山歌，他们安然入睡。九桑唱着唱着，走出屋子，唱往山上去。天太黑，明灯明山晓巷拦他，拦不住。后生只好为他照亮道路。九桑唱到明灯妈屋前台阶上，他连续地唱，反复地唱。突然，一盆冷水泼过来，冷水没对着九桑的头，在他右侧哗啦落地，大颗大颗的水珠溅到九桑身上。九桑的歌声戛然而止。

九桑流泪下山。他伤心地说：“当年她阿爸泼我冷水，今天她亲自泼我冷水……”

九桑不服，他想过了，即使明灯妈往他头上泼一万盆冷水，他也不怕，也要迎难而上。他不在乎任何人说闲话——事实上也不会有人说闲话。第二天上午，他独自上山。敲门，明灯妈“不在”。九桑喊明灯妈进山。明灯妈早听到了九桑叫她的名字，她不吭声，她躲到暗处，他在明处转着圈圈叫她。九桑的声音刺耳，明灯妈终于忍不住，呵斥道：“哪来的疯狗乱叫！”九桑听到声音，破涕为笑：“你这个臭老婆子，耍我耍得太开心了吧？”

“你不要过来，就在那里听我说话。”明灯妈说，“以后不要再为我唱山歌了，你不嫌丢人我还嫌呢。明灯的终身大事没解决，我哪有脸面哪有勇气嫁人……”

“你错了，先有父母的婚姻才有儿女的出生。”九桑说。

“现在，是这个道理吗？啊？！”明灯妈说。九桑被问住。他低声自语道，问题还是在明灯身上，只有他早讨老婆，我才能早日得到明灯他妈。

九桑下山。他问正伺候小瓦的晓巷：“你跟明灯的事，怎么打算？”晓巷愣了愣，明白了九桑的意思，说：“我们没事啊。”

“明山跟我说了他喜欢你，你不能跟明山，跟了明山，我就讨不到明灯他妈了。你要跟明灯。”九桑说。

“你倒会算计。”晓巷说，“事情不是你或者你们想的那样。我跟明灯哥明山哥都没事。”

“可是他们都喜欢你，怎么办？你反对我娶明灯妈，就明说。”九桑说。

“我不但不反对，还很支持。但我怎么支持你呢？追女朋友要靠自己。”晓巷说。

“没个正经。”九桑说，“我打定主意要讨明灯妈当老婆，别人说我老风流，让他们说好了。”

晓巷说：“没人公开说你老风流，如果他们私下说，你就装着听不见。问题是，我跟明灯哥没有事啊。我成不了你和明灯妈交换的筹码。”

“你就不能成为筹码吗？”九桑说。

“你又错了。”晓巷说，“过不了多久，你们会明白的。”

九桑见明山走进来，直言不讳地说：“明灯也喜欢晓巷，他喜欢在你前，你没戏……晓巷不嫁明灯，我的婚姻也没戏。”

晓巷说：“事情不是这样的，你们搞复杂了。”

明山说：“晓巷喜欢我，不喜欢大哥。大哥如果能讨个老婆，我伯娘心放下，就有心思嫁人了。我们为大哥找一个不就解决了吗？”

“好，你帮明灯找一个。”九桑说，“你有这个本事吗？”

九桑说得对，明山想，山里人讨老婆哪有那么容易，容易的话，明灯早就是两三个孩子的父亲了。

十

连续几天明山不跟明灯打招呼，两人心照不宣。明灯鼓起勇气打破了冷战的局面，对明山说：“你如果特别喜欢晓巷，你就上吧。大哥宁可打单身。”明山不看明灯，鼻子酸酸的，说：“你是大哥，理应你先讨老婆。我做小弟的，不能抢大哥喜欢的女人。”明山接着又补充一句：“我现在明白了，你喜欢晓巷不是一天两天，都有两三年了吧。”明灯想说，爱情不分先后，但他没说出来。他真想当仁不让，抢过晓巷。

明山借口说家里地盘小，让晓巷牵着小瓦到明灯家去。明灯家还没住人，宽敞着呢。晓巷看出明山不高兴，说：“你们都错了。”明山有情绪，怼晓巷说：“我们都错了，就你一个人对。”

小瓦搁到明灯家，大家养护它的程序和热情没变，但心情变了。明灯对明山有愧意，明山虽然退出竞争，心里却有一百个不乐意。明灯照顾明山的情绪，处处小心，处处让着他。明山为了回避，借外出收破烂，常不在家。明灯心中有愧，理论上不需要愧疚，他心里就是有愧，茶饭不香，觉也睡不安稳。

春天，阳光柔和明媚，嫩草、新芽、杨柳、泥土散发出的青春气息，芬芳着大地。往年，阳光灿烂的日子，有来自城里的零散的踏青者。他们基本在沿公路的两侧落脚，在低处，在河岸边游玩，搞烧烤，尽兴而去后留下垃圾。搭头拾破烂时，免不了骂这些不讲公德的人，但他又希望他们留下多多的垃圾，拾也拾不完。搭头收拾垃圾有耐心，每一处他收拾得干干净净才走，他像一个清洁工。有人对他说，不需要弄那么干净，这不是谁家客厅，也不是谁家院子。搭头说，不弄干净心里不舒服呢。搭头有充裕的时间，除了收拾垃圾，别无他事。明山开着车走村串户收破烂时，特别注意地上的垃圾，发现一处，打电话告诉搭头，有时候明山用车载搭头去。搭头后来有了电动三轮车，方便了，便在各村寨“巡捡”。搭头这辆电动三轮，是二手车，明山在县城旧货市场帮买的。这车买得值，便宜不说，质量还不错，开了两三年了，还好好的。搭头以捡垃圾为乐，以捡垃圾过日子。有一天明山问他：“如果没有垃圾捡了，你怎么办？”搭头被问住。搭头希望有捡不完的垃圾，他捡垃圾已成习惯，成为生活中不可或缺的重要部分，真无垃圾捡了，他不知道怎么办。明山逗他玩，只要有人居住，就会有垃圾。因为收破烂，明山到处跑，他发现附近有的村庄环境差，旧洗衣机旧电视旧皮鞋旧衣服旧背包，随处扔着。一些针对农村市场的日用品质量差，有的甚至就是翻新的旧电器。农村人买家用电器日常用品不讲质量，不认品牌，只图便宜，不良厂家抓住农村人这个特点，与商人勾结，专做低端产品。用不了多久，电器就坏了，废了。农村成了电器垃圾的流入地。深入各乡村，有捡不完的垃圾。搭头其实很清楚，垃圾捡不完。刚才明山冷不丁一问，将他问住。

今天明山又外出收破烂。阳光很好，明山心情却不好。晓巷明确表示不跟明山谈恋爱，明灯也表明了喜欢晓巷的态度。明山心里烦躁。路上，车辆多了许多，山区一向安静，公路车辆稀少，今天来这么多车，明山觉得很奇怪。

这些车辆载着游人。他们来看桃花。那天，桃花的视频，晓巷发朋友圈时，带着定位，视频被频繁转发，勾起城里人极大的观赏欲。明山一看手机上的日期，今天正是周末，城里人有时间呢。

九桑带着猎狗，在公路上悠闲散步。有人停住车，问九桑："老伯，往哪里去看桃花？"九桑告诉人家，看桃花有两条路，一条进桃花林，一条在九狮岭看，各有各的玩法。晓巷发的视频是隔岸看桃花，游客便选择这条隔岸观赏路线。车都停靠在下边村公路边，不一会将公路塞住了，前后塞了好几公里。

晓巷在朋友圈里爱晒自己的照片，游客认出了她。"我们请你当向导。"晓巷说："我要照料小瓦，我要当小瓦的玩伴，哪有时间。”游客七嘴八舌为晓巷出主意，又有人提出付她报酬，晓巷答应下来。

有了领头人，队伍就整齐了，长长的队伍跟在晓巷身后。明灯上早工回来，刚吃过早饭，他计划去看看小瓦后继续干农活。见来了这么多人，他想起电视里闹革命的队伍。“他们要干什么，是哪来的？”明灯问。晓巷说：“看桃花。县城的桂林的柳州的湖南永州的都有。”明灯说：“这么多人。”晓巷被游客催着向前。

进山后，心急的游客按晓巷指示的方向另辟道路。于是，就有了多支齐头并进的队伍。山里好看的东西多，溪流，湿地，小湖泊，还有茂密的林子、蓬勃的茎叶、娇艳的鲜花。一些人忍不住折枝采花，制成花帽，或者捧在手上。有一个小伙子采了花，献给女朋友。“不能折枝采花，要采只能采野草花。”明灯跟在后面，大声阻止。明灯的话没人听。明灯抢到前面，拦住采花人。对方人多，争辩，骂人，绕过明灯。游客来得太多，当天得有两千人吧。他们像碾压机，所到之处将低矮的草木踏平。两千人轮流占满山头，朝对岸桃花美景叫喊，胆大的挂在悬崖上拍照。明灯制止不了，不文明的人，你抽打他也没用。场面控制不住，晓巷知错，她哭着求游人不要破坏山林。制止不住。制止了这边，制止不了那边，制止了这两个人，无法制止那几个人。

“要是还有鸟枪，我开枪崩了你。”明灯绝望地喊。他的声音弱小，被乱糟糟的声音，乱糟糟的场面吞没。明灯给明山打电话，给九桑打电话，给所有留守在村的人打电话。明山立即结束收购破烂，匆匆赶回来，但他的车被堵在路上，他跑步两公里才回到村。明山带来长柄柴刀，他赶到九狮岭桃花观赏地时，只见狼藉一片。“谁干的？谁干的？给我站出来！”明山挥动柴刀，但没人理他。那些讲文明的游客帮着明山批评不文明的游客。那些害怕明山手中柴刀的人，早已丢下手中鲜花、头上花帽，躲了起来。游客素质参差不齐，但两千多人中，只要有几十个素质差或者不注意素质而放浪的人，也够山林受的了。

“都给我滚！”明山说。

“你这就不对了。你有权阻止他们采花，无权剥夺我们赏桃花。桃花是国家的，是大自然的。”有人说。

“不文明赏桃花，就必须给我滚！”明灯说。

“请放心，我文明，我全家文明，我们要赏花。”有人说。

明灯明山顾不过来，他们只好分头走来走去，及时制止不文明行为。晓巷将现场录成视频，将劫后景象发到朋友圈。网上谴责之声不断，留言无数，可是，并没能阻止现场的不文明。明灯明山巡来巡去走累了，村里人见制止不了，生气返回了。九桑现编山歌讽刺批评破坏山林的行为，有人认真听了，听进去了，有人没听，还冷嘲热讽。

往上边村赏桃花的道路堵死了，后来的游客就去了桃花林。他们深入桃花林，有人自由放肆地游览撒野。桃花林无人看守，他们随性攀爬采花，有人大枝大枝地折断树枝，采走艳丽的桃花。回程时，这些人车上装满桃花，拍了照片视频发朋友圈，炫耀一天的收获。

天色向晚时，游客终于下了山。他们被堵住了，有人出头指挥交通，但越指挥越乱。没人听他的。人人都想找到缺口尽快离开。不得已，有人报了警。交警到达后，研究出疏导方案，花了两个小时才把道路疏通。明灯给森林公安分局张局长打电话诉苦，请求张局长想办法。张局长看了晓巷拍的视频，也很心痛，他跟县局局长商量，决定明天实施交通管制，禁止任何观赏桃花的车辆进入。

“我们欢迎所有人来赏桃花，但我们还没准备好。等有一天，我们准备好了，邀请大家来。”晓巷在张局长授意下，在朋友圈留言。

第二天清早，搭头上山捡垃圾。一些人带走了快乐，却留下垃圾，带走了桃花美丽的身姿，还扯走了不少低矮植物。他们将采回的植物，种进自家花盆。还有人看上了山里肥沃的泥土，用小铁锹一袋袋挖走。只一天时间，九狮岭观景台周边就百孔千疮。搭头带着三个麻袋上山，还没到观景台，垃圾已塞满麻袋。观景台附近吃喝丢下的垃圾铺在绿树青草上，偏僻处还有尿液的恶臭。搭头大声骂娘，却欢乐地捡垃圾。他从没遇到过如此丰富的垃圾，它们能让他进一大笔账。他难过又高兴。

明灯到育苗池查看母鱼产卵情况。正常情况下，今天池子里的丝草上应该系满鱼卵。细看，育苗池水面漂浮着零星鱼卵，再细看，池里种鱼一条都没有了。毋庸置疑，八条种鱼遭劫。谁干的？从留下的粗暴痕迹看，是昨天赏桃花的某人发现了种鱼，顺走了。明灯心中燃起怒火，他站在育苗池边使劲拍打树枝，拍打地面。种鱼没了，今年育不出鱼苗，就得买鱼育，不光是买的问题，买来的鱼苗明灯信不过。

县公安局在路上布置警力守卡，禁止游人观赏桃花。县公安局昨晚通过公众号发布禁游和交通管制通知。许多人并没有看到。第一拨被拦住的人，与交警论理，骂公安矫枉过正，执法水平低；双方吵得不可开交。明灯携带铁棍，来到设卡处，不由分说，挥动铁棍，驱赶游客，“滚，你们这些贼！”有一个人的小腿被明灯铁棍击中。公安上来抱住明灯制止，明灯挣脱后将靠前一辆车的前挡风玻璃砸烂。明灯的铁棍呼呼生风，游客被打跑回去了。

“山里人野蛮，像野兽一样野蛮。”游客边跑边说。

“我们不能由着野蛮人撒野，必须好好治治这些野蛮人。”游客又说。

游客拿不出办法，在明灯铁棍挥舞和咆哮中越躲越远。两个年轻的警察跑上来，将明灯摁在地上，铐住双手。明灯不服，他说："我还没要他们的命呢，你们放开我。"明灯被押上警车。

晓巷打明山电话，说出大事了，明灯哥打游客被铐了。明山今天计划去三公里外的村庄收破烂，出村庄不久，他有种预感，今天有大事发生，立即掉头回来。明灯跟游客起冲突时，明山看到了。明山的车卡在路中间，死死堵住游客的车辆撤退。他从车上抄出一根木棒，追打游客。游客跑着躲着，说："我们又没偷你家东西，又没扯山上树苗，冤有头债有主啊！"明山说："我不拿你们出气拿哪个出气？！都是游客，你们是一伙的。不听公安劝，还跟公安对着干，你们就是坏人！"不一会儿，明山也被公安摁在地上。公安问他还打人不，明山说："打。"公安摁了明山几分钟，问他还打不。明山说："打，我还没打到人呢，怎么着也让我打一个吧。"公安继续死死摁住他。公安说："我们不想摁你，但你不听，有理讲理嘛，不要将有理变成无理。"明山说："我向谁讲理去？我不打他们，我就太没理了。"公安说："你再犟，我们就铐你。"明山说："铐吧，你若不铐，我还会打人。"公安铐住他的双手。明山站起来，跑向汽车，他试图用手铐砸车。公安又将他摁倒在地。公安说："你这么暴力，我们只好将你双脚也铐上。"公安没带脚镣，找来绳子捆住他双脚。游客吓住了，他们要求返程。一名警察开走明山的车，道路这才慢慢通畅。游客离开后，警车将明灯明山押到县公安局。

明灯兄弟气没有消，公安问话时，仍旧骂人。森林公安分局张局长过来探望，他同情这兄弟俩，嘴上没说，却狠狠地批评他俩。公安说，什么时候深刻认识到错误，什么时候出去。经过公安人员批评教育及一夜冷静思考，明灯兄弟态度缓和，气也消了。公安跟毁坏的车主商量赔偿事宜，对方说他不要赔偿金，他理解了明灯明山的粗暴。第二天中午，公安将明灯兄弟俩释放，张局长请兄弟俩吃了米粉，亲自开车送他们回去。

晓巷问张局长："看桃花，什么叫'我们还没准备好'？"张局长说，开发成旅游点，有了科学的管理措施，就准备好了。晓巷说我明白了。这里风景好，要是大投资，整体开发，倒是有前途。晓巷图一时痛快，一时虚名，往朋友圈发桃花美景，不想，引出祸端。

十一

交警实行交通管制，明灯兄弟跟游客起冲突，消息传到城里，游客便死了进来看桃花的心。部分游客对以明灯明山为代表的山区人，多有非议。他们上升到教育，讲到文明，批评山里人心胸狭窄，自私自利。但也有许多人批评这些“批评者”。论战发生在网上，在各群各朋友圈里。明灯明山采取非常手段驱赶游客，动作粗鲁，有人反对，却也理解、同情。事实上，跟游客起冲突，不只有明灯明山兄弟，九桑，明灯妈，留守在家的村民，都参与了。他们手持木棍镰刀斧头，守在第二道防线。现场的公安人员，必须防止游客突破第一道防线，不然更大的群体性事件要发生。铐了明灯明山兄弟，游客退了，事件才算平息。

公安设卡还没结束，野桃花还在鲜艳地开放，网友的辩论、对骂在继续。明灯兄弟买来带刺的铁丝网，将进山的关键路口堵住，竖了“山林重地，禁止闲人入内”的警示牌。沿途的村民自发参与了这项活动，他们在各自的地段做同样的事情。别的村庄虽无大片野桃林，但有别样的风景，游客不看桃花，还可能涌来看别样风景。明灯兄弟安装好带刺的铁丝网阻止了游客，桃花开始凋谢之际，公安这才撤卡。一切恢复平静。

明灯心疼他的种鱼，充满希望的种鱼被偷，鱼卵被损坏，明灯想起来胸口就痛，他以鞭笞门前那棵老槐花树排解愤怒与伤痛。这天进山，他忍着心里的疼痛，在育苗池前停下来。气温低，淫雨飞，四周浓雾笼罩。泉水冒着热气流向育苗池，溢出的水，从育苗池漫向小溪。池子里的水温比较高，原本种鱼能够获得温暖，可是它们命运不济，遭了黑手。育苗池平静，再无有种鱼时那种欢悦响动。他似乎看到一尾小鱼在游动。明灯蹲下来，目光向育苗池深处投射。小鱼不止一尾，有好几尾，有一群小鱼。明灯弄来捞网，一网下去，十数尾小鱼被打捞上来。再捞，又有十数尾小鱼被捞上来。这些劫后余生的小生命，健康活泼，明灯欣喜若狂。

不远处有块小水田，相当于鱼的“幼儿园”。明灯放干水田里的水，引入温暖的泉水。初春时节，山里仍旧阴冷，鱼苗需要精心呵护。小水田的水温要保持，营养也要加强。泥土能生长许多微生物，为鱼苗提供养分，但还不够，还得额外加料。明灯回家挑来发酵过的猪粪，撒入小水田。

明灯回家挑猪粪时，碰上正上山来的晓巷。晓巷跟在他身后。明灯问她：“小瓦今天怎么样？”晓巷说：“很好，一天比一天好。它比之前懂事多了。”明灯说：“谁养它，它跟谁亲。”有晓巷跟在身后，明灯心情好，以为一尾鱼苗也没有了，突然有了几十尾，他心情大好。心情好上加好，明灯的话就多了些。最近明灯发现，晓巷跟他贴得更紧了，幸福感每天都在心头萦绕，因而加深了对明山的愧意。

“明山最近去得多吗？”明灯说。明灯的意思是，明山探望小瓦次数多不多？密不密？明灯想，明山看望小瓦是目的，见晓巷也是目的。明灯虽然对明山有愧，但又不免吃醋，还得防着明山。晓巷说：“明山每天去一回，他对小瓦还跟以前一样上心。”

“明山一般待多久？”明灯又问。

“不好说，哪个去记这个。”晓巷说。

两人走在路上，沉默一会，晓巷说：“你们兄弟俩心里有了隔阂，都是因为我。其实你们都错了。”

明灯鼓起勇气，说：“我和明山，你趋向谁？”

晓巷说：“一个不趋向，又都趋向。你俩都是我哥，比亲哥还亲。你们哥俩关系好，虽然因为我心里有隔阂，但还是很团结的。那天你被警察铐了，明山最着急，他跟游客拼命呢。”

明灯叹口气，酸溜溜地说：“你不要顾及我的面子，如果喜欢明山多一点，你就去吧，我不怪你。”

晓巷说：“我说过好多遍了，不是你们想的那样。你们都错了。”

明灯停下脚步，回头望她，肩上挑着的两只畚箕轻轻晃动。晓巷想说，我都已经怀孕啦。但话到嘴边，她没说，她用脚跺了跺地，说：“哎呀，我怎么跟你们说呢！”

到达育苗池，晓巷感慨说，还好，鱼卵没全遭殃，还保留着“革命”的火种。明灯欣慰是欣慰，可是这点鱼苗远远不够，还得买。这么些年他都自己育苗，只有别人向他买，他从不需要向别人买，今年他不知道向谁买。晓巷看出他的心思，道歉说，都是我不好，我引来了“采花贼”。明灯不说话，责任也不全在晓巷，后来发生的这一切，谁能料到呢。观赏野桃花，三人只顾快乐，只顾享受晓巷朋友圈里的赞誉，哪会想到后来的事。明灯也不忍心批评晓巷，他对她越来越怜惜。她像长在他心里的一块肉，只能抚摸，不可击打。

晓巷负责捞鱼池里的鱼苗，明灯负责往小水田撒养料。养料投放量有讲究，少了营养不足，多了，撑死鱼苗。吃了有机养料的鱼长得快，身体结实。晓巷捞完育苗池里的鱼苗，她数了数，一共九十九尾。她希望有一百尾，但育苗池里再也捞不出一尾。晓巷叹息，她想捞一百尾，就只差一尾，达不到她的要求。晓巷联想到许多事，有些伤感。生活哪有十全十美。

“我希望能快点离开老家，回到城市去。”晓巷私下想。

侍弄小水田的明灯，也想着他跟晓巷明山三人的关系，这个三角关系一旦打破，不想发生的事，会不可避免地发生。明灯分析后想，他以为晓巷跟自己贴近了，其实还跟原来一样，只是因为明山主动疏远，才显得自己跟晓巷近了。说到底，晓巷与他保持着从前的距离，她跟明山的距离也还是从前那样，三人关系是等边三角形。

泉水流进小水田之前，人能明显感觉到它的温暖，进入小水田后，温度降低。明灯用手试试水温，还好，不冷，感觉不到冷。对于鱼来说，温度正好。春暖乍寒，水温会继续下降，特别到了夜晚，有必要做好保暖防护。

明灯去茅草屋搂稻草，晓巷去割嫩草。稻草是鱼苗温暖的窝，嫩草则是鱼苗的零食——晓巷是这么认为的。因为晓巷相信刚冒芽的草，鱼必定会吃。那么鲜嫩的草，鱼哪能不吃呢。晓巷扯了根嫩草放入嘴里，嚼嚼，芳香清甜。退一步说，即使鱼不吃草，草也能给它们当窝，茸茸的嫩草，就像人类的羊绒衫，舒适保暖。

做鱼窝简单，比如背风处，比如水田中央，只要窝做得好，位置不重要。明灯做鱼窝轻车熟路。他仍然在以往的位置做鱼窝。做完鱼窝，他应晓巷要求在鱼窝四周撒上嫩草。明灯走出水田，用温暖的泉水濯洗脚上的泥巴。九十九尾鱼苗集体奔向鱼窝，它们欢天喜地，弄出丝丝的水纹。参观完新家，鱼们在嫩草里钻来钻去，有的开始吃草。晓巷说，看，吃了，吃了！给鱼喂嫩草，是晓巷今天发明的。明灯从没想过用嫩草当鱼饲料。看来，嫩草的确能当鱼的饲料。论起来，明灯培育的禾花鱼，属鲤鱼的一种。传统的禾花鱼个头小，像众多野生小鱼。市面上有许多人卖禾花鱼，都是假的，变种的。还保留传统纯种的，明灯是一个，但这一带不多了，有着禾花鱼之乡称号的广西北大门——全州县也不多了。纯种禾花鱼弥足珍贵。贼偷种鱼，损坏鱼卵，怎叫明灯不伤心。今年鱼苗少，明灯必须精心养护这九十九尾鱼，培养出优质种鱼。

干完活，有一丝太阳露出来。明灯晓巷并不离开，他们一会儿看看小水田，一会儿听听脚下流动的小溪。

“晓巷，你喜欢我们山区不？”明灯突然问。

晓巷看着明灯，说：“你的问题太幼稚。我的家乡我能不喜欢吗？”

“那为什么不在家乡扎根？”明灯问。

“家乡好，外面世界更精彩。明灯哥，你应该到外面看一看。”晓巷说。

“我不出去，我一出去可能就不想回了。我担心。”明灯说。

“不想回就不回，多少外出的人，都不打算回了。”晓巷说。

“我怕的就是这个。不愿回，又想回，还怕回，我不想有这种情况出现。我生来就是山里人，死也该做山里鬼。”明灯说。

“因为你的确快乐。”晓巷说。

“因为我深爱家乡的山山水水，爱草木，爱棘蓬，爱山里的花鸟鱼虫，所以快乐。”明灯说。

“我也爱啊，可是，当农民，穷，苦；当山区农民更穷，更苦。我真的害怕。我害怕山区一切落后的东西。”晓巷说。

明灯探到了晓巷的底，知道了晓巷最真实的想法。家乡留不住她。他用有些变形的声音，轻轻说：“回吧。”

十二

来人头戴皮帽，身着蓝色轻薄羽绒衣，脖子上挂了条红色围巾。此人有城里人的派头，却不像城里人。一问，他是个养黑山羊的。他叫周开林，来自湘江流域的沱巴山区，前不久来过电话。他给小瓦带来几斤大豆和一箱牛奶。周开林抽烟抽得厉害，晓巷叫他不要抽烟，熏着小瓦了。他说，院子这么大，烟雾这么小，熏不着小瓦。小瓦经过明灯明山尤其晓巷的精心养护，伤势好了许多。天气逐渐暖和，小瓦被移到院子里。明灯家院子比明山的大，整洁干净。明山家院子堆满废品，有时候还发出异样的气味。明灯在院子靠围墙的地方砌了间小屋，给小瓦住。小瓦受不了屋子里的憋闷，晚上老拱门，要出来。门拱不开，栏门低，它跳了出来。小瓦宁可躺在屋子外面，数星星看月亮。白天，它在院子里走来走去，并不走到大门边，它没有逃走的企图。周开林打开一盒 500 毫升的牛奶，倒在铝杯中，放在火上烤热，再倒入海碗，请小瓦喝。

“你家黑山羊喝牛奶吗？”晓巷问周开林。周开林回答不上来。小瓦鼻子闻了闻，却不喝。牛奶有股牛味，黑山羊不喜欢。“它不喝，快拿开。”晓巷说。周开林确认黑山羊不喝牛奶，仰脖把牛奶喝倒自己肚子。黑山羊伤还没好透，走路时，慢慢地，走路的样子也不好看。但它不偷懒，大部分时间站着或在院子里散步。周开林摸小瓦的脊背和肚子，说："好健壮！"他的手顺着小瓦肚皮往后摸，绕开小瓦的后腿，摸到小瓦的睾丸。"很好！"周开林说。他抚摸小瓦的睾丸，还用力捏捏。小瓦受不了，身子一扭，挣扎着向前一步。周开林跟进一步，他并没有停止伤害，用力捏小瓦的睾丸，将睾丸扯得长长的。小瓦被弄疼了，大叫一声，抬腿踢他。周开林这才放开睾丸，躲闪。

"你不能碰它！"晓巷阻止说。

周开林嘿嘿笑，说："是头好公羊。"

"你要干什么！"晓巷说，"别人来参观小瓦，眼看手不动，你跟别人不一样，上来就要流氓。"

周开林围着小瓦转圈，转了好几个圈。他说："我找明灯，明山也行。我知道你叫晓巷，但你做不了主。"

明山外出收破烂了，明灯还在山上。周开林说："我要见明灯，有一大单买卖等着他。"晓巷说："你要买小瓦？"周开林说："是的，我准备了很高的价钱，现金，我包里有；微信支付，我也可以。"晓巷说："我们不卖，我们无权卖。你想买，你得问山神。山神才是小瓦的主人。"周开林说："你真会开玩笑，但这个玩笑不好笑。"晓巷提起周开林送来的大豆和牛奶，扔到门外，说："你提着它们赶快离开！"

“我不离开，我的生意还没做。”周开林说。

“你养黑山羊腻了，想进牢房坐坐，是不是？”晓巷说，“你想坐牢，我们不奉陪，不要来拉我们。”

周开林没有离开的意思，晓巷提起他的礼品，继续往外扔。周开林待在原地，跟小瓦说话：“我家有五百只黑山羊，母山羊很多，漂亮的母羊很多，去吧，去吧，你会对母山羊一见钟情的。我保证你吃香的喝辣的，天天可以泡母羊。”周开林手舞足蹈，喋喋不休当说客。晓巷抡起羊鞭抽打周开林。周开林躲到屋外，然后打听上山的路，去找明灯。晓巷打明灯电话，山里的信号不好，断断续续，晓巷的话，没有完全传进明灯的耳朵。

明灯想，晓巷打电话，一定有急事。他丢下农活，往家走。到家里，周开林正喝着明灯妈递上来的油茶。盘子里放着几张百元大钞，周开林给的。明灯妈说：“我家的油茶没有这么贵，客人喝茶，我们不收费。”周开林跟明灯妈聊小瓦。周开林早知道了明灯兄弟缴获一只雄性黑山羊，他曾经打来过电话询问能不能卖。明灯叫他问政府，他不敢问，问政府等于找骂找麻烦。明灯叫他问政府，只是为了打发他，拒绝他。

那天，周开林一听有人捕获雄性野黑山羊，激动好几天，他盘算着，一定要将野黑山羊搞到手。野黑山羊配种，产下野羊羔，养大能卖大价钱。他有很多只做种的母羊，能产下许多“家养与野生杂交”的羊。消费者追捧野味，价格必定大幅度提高。他已跟桂林南宁柳州几大城市的羊肉馆老板联系好了，老板们很期待。

“我就是那个叫周开林的黑山羊王。”明灯刚进屋，周开林站起来自我介绍说。明灯知道有人养黑山羊，在桂北，种养大户多，具体的明灯关注不过来。明灯说：“你没死心，还惦记着野黑山羊。”周开林说：“你马上要发财了。你发财，我发展，上天送给我们一单大生意。机会不抓住，老天怪罪。古人曰：天予不取，反受其咎；时至不迎，反受其殃。懂吗？”

“不懂，听不懂。生意怎么做？”明灯说。

“很简单，你出羊，我出钱。一头公羊抵你一年收入。”周开林说。

“我一年纯收入不到一万元。”明灯说，他有意往少里说。

“那就抵你两年的纯收入。”周开林说。

“买卖野生动物犯法，我们都得蹲大牢。”明灯说。

“你需要动动脑子。”周开林说，“我刚才探望小瓦了，它长得健壮，安静又剽悍，野性十足，是只理想的种羊。小瓦伤好得差不多了，它踢我的腿脚已经很有力量。”

“莫绕圈。”明灯说。

“公开买卖小瓦肯定行不通。待小瓦康复，你放它归山，搞一次新闻发布会，搞得越大越好。然后，我们神不知鬼不觉，将它捕回来，我出大价钱秘密将它买走。现在一头牛价格五六万，如果你配合，羊可以卖两三万；如果你积极配合，我给你一头牛的价钱。”

明灯嘿嘿笑，周开林给他递上香烟，说：“看你高兴的样子，一定想抽。来，抽一支，压压兴奋。”明灯拨开周开林递烟的手，说：“你确实想牢房想疯了，脸皮比墙壁还厚。”

周开林说：“发财机会，都是留给有准备的人，你便是这个有准备的人。小瓦被你们养熟了，听你们的话。它像晓巷养的宠物，黏她。我们再捕获它时，就有了很好的基础。趁明山还不晓得，我只跟你和晓巷做这笔生意，赚钱的事，参与的人越少越好。”明灯收起盘子里的钞票，给周开林塞回去，说：“赶快走人！”

傍晚，明山也知道周开林打小瓦主意的事了。晓巷说：“我们要不要转移小瓦？不转移，加固大门、加强安保也行，防止周开林半夜偷羊。”明山说：“没必要，小瓦真丢了，准是周开林干的，公安一抓一个准。”

明灯说：“转移不太可能，转移到哪里都没用。我们有必要好好看护小瓦，如果小瓦被偷，就算将周开林抓进牢房也没用，万一他将小瓦卖给别人，或者伤害到小瓦，搞死了小瓦，后果就严重了。”明灯家大门不能说不牢固，刚建的吊脚楼，用的都是好材料，破门不容易。漏洞在围墙，贼有办法翻越围墙偷走小瓦。他们计划明天去镇上买带刺的铁丝网，假如镇上没有，去县里买。今晚，可将小瓦转移到厅里，明灯明山负责看护。晓巷如果愿意，如果还没住腻，也可以继续住这里。因为看护小瓦以来，她吃住不离小瓦，开始在明山家，后来移到明灯家，可以说她与小瓦形影不离。晓巷说："关键时刻我不能掉链子。我不回家，我要跟你们一起保卫小瓦。"

九桑过来唱山歌，他原本想唱给明灯妈听。明灯妈在山上，有一公里多山路，基本听不见，但九桑仍然要唱。唱不唱是态度问题，听不听得见是距离问题。他想用山歌将明灯妈唱下山来，唱进他的新房。听了周开林的阴谋，九桑只唱了两段献给明灯妈的山歌，便改变主意。他唱给小瓦听。他现编词，提醒小瓦，不要被周开林家优越的生活条件蒙蔽双眼，不要被周开林的花言巧语掳走初心。小瓦听着山歌，安然躺在地板上，两只眼睛放射光芒。九桑的歌声引来村里许多人，他们从他的山歌中听出了周开林的阴谋。他们表示，要将周开林的阴谋传播出去，告诉所有的人，让他成为过街老鼠，遗臭万年。

小瓦能不能听懂忠告，明灯他们不知道，通常来说听不懂。小瓦将他们当成自己人，倒是真的。唱山歌，听山歌，漫漫长夜容易过去。他们喝油茶，吃自制的点心，末了，明山弄来土酒菜，见者有份，大伙慢慢吃着，喝着。

第二天上午，明山买回带刺的铁丝网，请来师傅，安装到围墙上面。天快黑时，铁丝网安装完毕，周开林插翅也别想进入。但天擦黑，周开林又来了。他看到围墙上的铁丝网，想说句什么话，但还没说话，就有人说话了：“来了，偷羊贼！”说话的是一个来参观铁丝网的村里老人。周开林不认识这位老人。周开林说：“我不是偷羊贼，我家有五百只羊，我没有理由偷一只公羊。”

“人人都知道你想偷小瓦了，你往哪里逃！”老人说。

“公安也知道了吗？”周开林说。

“你说呢？”

周开林被问住了。

周开林赖在明灯家。等剩下明灯明山晓巷后，他说：“我没偷羊，你们散布谣言，毁我名声，我都不跟你们计较。我想通了，野生动物真的不能偷，不能买卖，犯法坐牢划不来。我想借种，辛苦小瓦走几趟，配好种，我就还你们。到时候，你们放它归山，我不再惦记。”

“这跟偷羊没区别。”明灯说，“我们不答应。”

“你强迫小瓦配种，肯定也是违法的。”明山说。

“造福人类的事，不算违法。”周开林说，“耗费了它的精血，我加倍补偿。补给小瓦，补给山神，补给你们，补给政府。”

明灯说：“不行。”

周开林再次被赶走。被赶走前，他盯着小瓦看了好几分钟，依依不舍的样子。周开林开车来的，他的车高级，启动后，几乎听不到声音。但是人们听到了他的叹息和哀号。

周开林不死心，他去找兽医。负责给他家黑山羊打针吃药的兽医，姓唐，唐兽医毕业于华南农大兽医专业，专业水平远近闻名。他问唐兽医，能取黑山羊的精子吗？取下精子灌进母羊身体，来个无接触交配。唐兽医说他做不到，他搞不来遗传学，搞不来动物生殖学。周开林四下打听，经人介绍，认识了二麻，二麻小时候脸上长过麻子，现在脸上很光鲜。二麻也是兽医，他说他能做到取精灌精，但不能保证母羊怀上，也不能保证生下的羊羔具有野性。周开林说，谋事在人成事在天，你只管做你的，结果不用你负责。两人一拍即合。不多时，二麻银行卡叮咚一声，进了账。这是定金，不是订金，数目不小。钱从卡里飞出去，周开林心痛，他揪住二麻说：“我看你就是个骗子，华南农大毕业的唐兽医都办不到，你这个只上过兽医技校的混混能行？”二麻说：“骗不骗的，都是你找上门求的我。再说，高手在民间，你敢说技校生就不如本科生？”周开林松手，叹息：“骗子也罢，我跟自己的赌局已经开始，开弓没有回头箭。结局如何，全认了。”

二麻带上取精液工具，随周开林来找明灯。二麻的工具，周开林见过，就是针筒，取羊奶器，还有像当年卖冰棍的冷藏箱。周开林想不明白二麻如何抽取黑山羊的精子，问二麻，二麻支吾不明说。问得烦了，二麻说："科学上的事你不懂，说了你也听不明白。"周开林又问："你能找到黑山羊藏精子的地方？一针扎下去，不要抽来的全是血哦。"二麻哼哼，说："你小看我。"周开林说："你带取奶器干什么？"二麻说："那是最后一招，用来榨取黑山羊的精子。"周开林说："这事我也能，跟挤羊奶一样。我咋就没想到呢？"二麻严肃地说："这就是普通人跟科学家的区别。"周开林怼二麻："你是科学家？！"

两人吵吵闹闹到了目的地。周开林又跟明灯商量。不带走小瓦，不让小瓦接触母羊，总可以商量吧？路上他教二麻这样说：从科学上讲，取走小瓦两管精子，小瓦身体更强壮。见到明灯，周开林提醒二麻说话，二麻没说，他害怕明灯那双审视的眼睛。周开林一急，自己说了，还说这是科学家说的。周开林说："小瓦出精子，明灯你收钱，天上掉下来的钞票你不弯腰捡，脑子坏了。"

明灯说，我脑子没坏，我还晓得报警的。小瓦的事没商量，哪怕你只拔走小瓦一根毛，我都要把你打趴在地，让你长眠在我们边村。

周开林开出的价格一次高过一次，明灯的怒火却越来越大。

双方谈不拢。闻讯赶来的明山粗暴些，他抡铁棒打人。周开林身子被打中，他赶紧逃跑，嘴上说，我要报警。明山追到公路边上，继续挥动铁棒，大喊：快去报警，我等着公安来抓呢！

| 第二章 |

水流夏

一

小瓦身体接近恢复，兽医综合评估它的身体后说，可以放归山林。但明灯舍不得这么快就将小瓦放回山。如果带伤回山，小瓦生活还是有危险的。加上偷猎行为无法完全被杜绝，小瓦行动不便，极可能再遭黑手。兽医说："不立即放羊归山也行，但要尽快对小瓦进行野外生存能力恢复训练。"晓巷抄起羊鞭，赶小瓦出门。这些日子以来，小瓦在室内憋坏了，它听晓巷的话，晓巷羊鞭一扬，它就大步往外走。它边走边回头看院子，看那间它不喜欢待着的小屋。明灯的新房在公路边，但不紧贴公路，大门前有几级台阶，侧面还有一个斜坡。小瓦下台阶，下坡，有些吃力。也许它还没适应道路。公路对面是荒地，长着许多小瓦喜欢吃的草，没被晓巷明灯明山割走的嫩草，长高了，长硬了。明灯从山上下来，他看到走得不那么有力的小瓦，对走过来的明山说："你把小瓦架到我肩上，我扛过去。"明灯在小瓦身边蹲下，小瓦不知道他想干什么，一脸茫然。明山抱起小瓦，搁到明灯肩膀上。小瓦轻轻挣扎，明灯左右手抓牢小瓦四只脚，平稳地站起来，像扛着一头小猪。以前，山里人就这样扛着个头不大的猪去卖，或者送到买家。不同的是，猪装在猪笼里，外面套着撑架。明灯肩膀顶着小瓦的肚皮，它的肚皮柔软而温暖。晓巷和明山跟在后头，晓巷晃着羊鞭，说：“驾！”明山说，晓巷你方法不对，你赶的是羊不是马呢。小瓦体重五十来公斤，明灯扛得轻轻松松。他曾经扛过一百四十斤重的猪，行走三公里。明灯扛着小瓦走过两条田基，在野草丰茂的地方，蹲下身子轻轻放下小瓦。晓巷替小瓦说：“谢谢明灯哥。”

小瓦看了看野草，选择相对嫩的，伸头张嘴大吃。户外空气好，春风和煦，太阳照下来，水田如一面面镜子，反射着金色之光。接下来，放牧的事就是晓巷的了。阳光好，晓巷突然感到恶心，她转过背呕吐。干呕，没吐出东西。明山说，晓巷你病了，我替你吧。晓巷说，我没病啊。她怀孕后，反应有些强烈，都快三个月了，偶尔还恶心。平时她背着人吐，今天她躲不开。她不让明山替换。小时候放过牛放过鸡鸭，就是没放过羊，这一带没人养羊，无羊放。放牛不是一头两头，有时候还帮村里人放。牛多了，一盘散沙，还时常滋事斗架，不容易管理。今天第一次放羊，虽然只有一只，晓巷不敢马虎。放这只羊责任重大。晓巷眼睛不敢离开小瓦，担心小瓦逃跑。好在，野生牧草茂密，小瓦不需要移动多大步子，基本在她视线里。

那边，有一个陌生人在公路上向这边招手，明灯走过去。他希望是来打小瓦主意的，他骂周开林的话还没用完，可以用在这个新来的人身上。周开林像“三打白骨精”故事一样，变着法子试图伤害小瓦。挨近那人，对方说来租房住，想住到清静、空气好的山区来。明灯说，我们村空房很多，但不出租。

“你认识老刊吗？”明灯问。

“不认识。”对方说。

前年春末，老刊带着他老伴来租房。明灯将闲置的老屋租给老刊。老屋没人住，年久失修，开始破败。老刊不嫌弃。价钱给得高，明灯妈满口答应。租金一半给明山，因为这座老屋明山家也有份。明山不要，主要是明山姐不要，让明灯妈全收着。老刊和老伴是外地人，讲外地话，他们退休四五年了。城市喧嚣，逼迫两口子逃离。独生儿在北京工作成家，老两口无牵无挂。老刊花掉一笔不小的钱修葺老屋，搞得像民宿似的。老刊不做民宿，只住家。老刊两口子和善，说话细声细语，与村里人关系处理得非常好。白天时，两口子进山，爬山观景。有时候还专程到明灯劳动的地方拉家常。老刊朋友多，时不时，有几个人开车进来，他们吃自种的有机蔬菜，喝当地米酒。吃喝之外，老刊当向导，带朋友进山。他们很文明，不乱丢垃圾，也不拔花花草草回城里种。老刊白天看山看不够，晚上也常进山。明灯因为巡山，有时需要晚上进山。育鱼苗的日子，管理鱼塘的日子，明灯摸黑进山，天不太冷的话，就住在寮棚里。野外空间无限，听着山岭动物活动的声音，听着汩汩流水声，浑身舒坦。他喜欢夜晚山里的气氛。山里人常说，夜路走多了，就会碰见鬼。明灯有一天突然醒悟，老刊异样的举动是有原因的。明灯警觉起来。他发现老刊进山租房，意在野生动物。老刊是偷猎者的侦察员，放风员，是个狡猾的卧底。明灯跟明山分工，不动声色，密切观察老刊。九桑跟着凑热闹，他是好心，事坏在他那只猎狗。那天夜晚，九桑的猎狗跟他进山，敏感的猎狗发现一只麂子，跟着发现一只猪獾。猎狗叫起来。猎狗一叫，老刊的计划落空，趁黑溜掉。九桑培训出来的猎狗不打猎，只猎偷猎者。老刊反侦察能力强，应对猎狗的能力强，猎狗没跟上他。没抓到现形，明灯不好“治”老刊的罪。抓捕失败，明灯明山只好演一场戏给老刊看，老刊后来相信，这是巧合。老刊想，明灯兄弟监守自盗也不一定。如果真是这样，便可内外勾结，事半功倍。但是，老刊向明灯暗示，没暗示个结果。明灯性子直，提到偷猎，就骂个不停。老刊不能确定明灯是不是装的，于是再找机会暗示。明灯还是那样。一天老刊以开玩笑的口吻明说：“每个月只要捕获一只野兽，就能发大财。”明灯假装问：“搞到野兽，我卖给谁？”老刊说：“卖给我。有多少要多少。”

明灯确定老刊急于搞出大动作后，私下问九桑怎么办。九桑说，将计就计。明灯不知道如何将计就计，如果计划走偏，伤害到野兽，倒成了罪人。

老刊摸不清明灯兄弟的底细，不敢再贸然行事，耐住性子，暂时不搞偷猎之事。狐狸尾巴藏得了一天，藏不了三月。不出两天，老刊又行动起来。明灯已摸清老刊的行动规律，每当朋友来访的当晚，必定行动。老刊的朋友离开后，明灯叫村里老人在山里潜伏下来。这个夜晚，老刊不行动，他假装在家待着，实则监视明灯。明灯不出门，到老刊那里串门，相互稳住。明山在山下，跟森林公安热线联系。这一晚，老刊得意，以为要得手了。白天老刊及其朋友甩开明灯兄弟，甩开村里人的眼睛，在野兽必经之地安装铁夹。傍晚，老刊的朋友表面已经返程，实则半路杀回，悄然进山潜伏。他们秘密带来猎枪，带着有力的打猎工具。偷猎工具藏在半路的山林里。他们摸黑走山路，进入目标区域。但是老刊朋友的秘密行动，暴露无遗。侦察到偷猎者进了山，明山的信号立即发给森林公安。森林公安早在镇上集结完毕。这边风吹草动，那边立即行动。路线熟，距离近，森林公安布控组立即控制住老刊及他老伴，收缴他们的手机，切断老刊夫妇对外一切联系。老刊表面做出委屈的表情，内心却惊慌。老练的公安人员早看出来了。抓捕组抄近道，扑向目标区域。此时，野兽正出没，偷猎者狂喜。眼看阴谋得逞，却被公安棒喝包围。公安的几嗓子，同时也吓跑了出没的野兽。公安动作神速，一举打掉这伙偷猎者，斩断盗猎、贩卖、偷食野生动物链条，捣毁重要窝点。

两三年过去，风头一过，偷猎者又蠢蠢欲动，实际行动起来。明灯站在欲租房者面前，审视他。“你的身份证呢？”明灯问。那人掏出证件，明灯说：“肯定是假的。户口本呢？结婚证呢？大学毕业证呢？”

“租个房，谁还带这些证件？”那人说，“你真会开玩笑。”

“暂住证呢？”明山跟着说。明山刚外出打工那几年，时常被查暂住证，心里有阴影，他常以唠叨来排解遗留的恐惧。

“我租房是认真的，真实的。你们不要刁难不要乱开玩笑。”那人笑着说。

“打猎证带来了吗？”明灯继续说。

那人愣住。

“前段时间这里发生了交易小瓦‘三打白骨精’的故事。两三年前发生了租房‘一打白骨精’的故事，现在，你想演‘几打白骨精’？”明灯说。

租房者说：“我听不懂你们的话，你山区人说话真难懂。”

“你租房的动机不纯，我一眼看穿。老刊‘一打白骨精’的故事，不可能重演。”明灯说。

明山掏出手机拍照，说：“我把你的照片贴在电线杆上，告诉大家，你是个偷猎卧底。”

那人冷笑，说：“我怕了你们。租个房，都成罪犯了。”

不管那人是不是卧底，明灯兄弟都不可能再出租房屋，自找麻烦了。前面有过教训。村委也出台了规定：谁出租房屋，一旦租客偷猎，房主必须承担法律责任。

“惹毛了老子，一把火把你们的山林烧光，烧死你们的宝贝野生动物！”那人气急败坏上了车，车启动后，他歇斯底里地叫喊。明灯明山持棒追赶，可惜没追上。

小瓦吃饱喝足，明山负责将它扛回来。小瓦在人肩上享受到了快乐，明山蹲下、手臂从它的肚皮下方穿过扛它时，它积极配合。

上边村的环境，更有利恢复小瓦的野性。第二天上山时，因小瓦行动不便，明灯只好扛小瓦上山。山上的野草没有山下好，山下气温略高，野草长得好。但小瓦不能老躺在温室里。明灯放下小瓦，鼓励它往林子钻。晓巷说：“它就此跑了，怎么办？伤还没好透呢。伤筋动骨一百天，它养伤还不到三个月。”兽医检查过了，铁夹好在没咬断它的筋，咬在脚筋边上。明灯说：“跑了就跑了，跑了也好，它尽快适应山野生活，不是更好吗？”晓巷说：“现在有定位跟踪技术，就是不晓得怎么安装定位器，哪里有卖。”明灯说：“想复杂了。”

晓巷玩着手机放羊，明灯下田劳动。中午时，明灯妈送来午饭。当着明灯妈的面，晓巷又反胃一次。明灯妈看出来了，她说："你怀上了。明灯的还是明山的？"晓巷说："都不是。"坐着吃饭时，明灯妈趁晓巷去前方看羊，对明灯说："晓巷怀孕了。是你的吗？"明灯吃惊。明灯妈说："那就是明山的。想不到明山这么迅速！"明灯妈有些沮丧，良久叹气说："生米做成了熟饭，是明山的也罢，都是我们李家的后代。"明灯说："明山终究暗中使了狠计，抢先一步。"明灯妈说："当初，你就不该让晓巷在新房看护小瓦，上边村闲置的老屋不是很好吗？我们家的新房跟明山家的挨着，明山二十四小时都有机会睡晓巷。"明灯想，这不是新房与晓巷的错。能在新房里救治小瓦，明灯一直很欣慰。

明灯吃不下饭，他的饭盒搁到地上，蚂蚁成群结队爬进去。明灯妈怨气大，由此说到另一件事："管不好晓巷，九桑想娶我，门都没有。"

至傍晚，小瓦并没有走多远。晓巷用羊鞭赶它出来，它听话。小瓦生来就是属山林的，在林子里行走，看上去它腿脚全好了。明灯还在生闷气，见晓巷赶着小瓦出来，批评说："让它待在山里好了，赶它回来干什么？！"口气生硬，晓巷吓住了，她委屈地哭："小瓦又不是你一个人的，我就一点不能做主吗？养护小瓦我也有不小功劳！"

明灯赌气下山。晓巷止住哭，说："明灯哥，我到底做错了什么，惹你发这么大脾气？"明灯不回头，说："做错什么，你心里晓得！"

晓巷待在原地，小瓦望着她，是留是回村，等她拿主意。晓巷没有主意。天完全黑下来后，她仍然跟小瓦待在原地。晓巷想给明山打电话，又掐断了念头。她打算晚点让父亲九桑拿主意。

有两只电筒光亮向这边移动。明灯和明灯妈来了。明灯本来不愿来的，明山收破烂还没回，他被朋友留下吃晚饭。明灯对晓巷说：“你回去吧，回哪里都行。”晓巷说：“我能回哪里，只能回你山上的家，最多回到山下你家新房子。”

明灯妈用讽刺的口吻说：“你最好回明山家，我有他家钥匙。”明灯妈递给她钥匙。晓巷说：“你们怎么了？发生了什么？我做错了什么？我改不行吗？”

“晓巷，你改不了。不需要改。”明灯妈说。

“我想过了，就这样让小瓦待在山里。我给它绑上电筒，它走哪里我们都能跟上，能保护它。”明灯说。

晓巷说：“是个好主意。”

“你回吧，我跟你明灯哥守着小瓦。”明灯妈说。

“不，我也要守。伯娘你回吧，我替你。”晓巷说。

“不好。你俩不能整夜在一起。”明灯妈说。

“我会吃了明灯哥？明灯哥会吃了我？”晓巷说。

“都不是。是有人会吃了你，吃了明灯。”明灯妈说。

“我爸不会，我爸这个人，你们都知道。”晓巷说。

劝不走，明灯对妈说：“你回吧。等明山回来叫他来守。”

劝走母亲，明灯在小瓦身上绑上电筒，对它说：“想去哪里就去哪里吧。”小瓦大约累了，晓巷叫它躺下，它躺下。电筒在它背上亮着。漆黑的夜晚，光线贼亮。春末露水仍重，明灯搭建临时寮棚。明灯在路边找来材料，从育苗池那边搂来稻草，一个简易寮棚很快搭建好。小瓦在那里一动不动。它睁着双眼，眼珠一动不动，不知道睡着了还是醒着的。

明山没接到电话，经不起朋友劝，喝多了，在朋友家住下来。明灯跟晓巷坐在寮棚里，不时盯着小瓦。它身上的光线始终没有移动。干坐了许久，明灯叫晓巷躺下。明灯说：“睡眠充足，对胎儿发育有好处。”晓巷说：“谢谢明灯哥。”她躺在稻草里，望着寮棚外没有星星没有月亮的天空，想心事。

清晨，明山回来了。他来替明灯晓巷。白天的光亮下，小瓦的胆子大了许多，它一步一步朝更深的山林走去。

二

小瓦回家了。小瓦野性恢复后，明灯兄弟以及晓巷，放开它的手脚。他们继续在山里守了三天三夜，直到完全不见它的身影。接下来几天不见小瓦，他们心里空落落的。他们进山找它，呼唤小瓦，找了三天。

“小瓦，你在哪里？”他们轮流喊，正失望，林子里有动静，高处突出来的石头上，一只黑山羊头冒出来。

是小瓦。小瓦看清是明灯明山晓巷，咩咩叫了几声，奔过来。小瓦用头蹭他们的身子，他们用手抚摸它的身子。他们查看小瓦身上的伤，伤口完全愈合，用力捏，小瓦没感觉到疼。小瓦好好的，跟离开时一样健壮。晓巷从包里拿出红线圈，上面系着一枚铜钱。红线是尼龙的，非常结实那种，铜钱是祖辈传下来的，清朝末年制造的。家家户户有一些这样的老物件。孩子出生后，红线系铜钱，做成护身符，挂在小孩脖子上，或系在手腕上，保佑平安健康。当下，家无铜钱的，就用硬币代替。晓巷家还有好几枚古铜钱，父亲全部传给她。晓巷决定到山里看望小瓦时，特意制作了这个护身符。

“来，小瓦，我给你套上护身符，保佑你平平安安，健健康康。”晓巷扳过小瓦的头说。

“护身符开过光的，很灵。”明灯说。

明山想笑，没笑出声。所谓开光，不过是九桑对着护身符唱了几首山歌。九桑唱得投入，情感饱满，虽然谈不上“开光”，但至少传给护身符平安信息，给了小瓦真诚的祝福。想到这里，明山不笑了，深沉起来。

小瓦乐意接受护身符。它与同伴不一样，它有特殊的经历，死里逃生后，与人类结下深厚的感情。它是人类与野生动物情感的纽带。没有不散的聚会。半小时后，明灯指挥小瓦回到山林。

晓巷感性，小瓦钻进山林，身影不见后，她哭起来。明灯明山眼睛红红的。在他们眼里，小瓦不只是黑山羊，是他们的宠物，是他们的亲戚。“再见，小瓦！小瓦，再见！”他们对没影儿的小瓦招手，直到喊累嗓子。

连续好几天，明灯下田干活，脑子里有小瓦，身边便有小瓦的陪伴。明灯好些田地在深山谷底，那里水源好，不怕干旱。每次进深山田地劳作，都是与小瓦相会的机会。很遗憾，小瓦一次没来。明灯自编歌词，唱响想念小瓦的山歌。

这天，晓巷上山来，对明灯妈说：“伯娘，我要回桂林了。”明灯妈说：“你怀孕了，还回桂林干什么呢？你没有妈，就当我是妈吧，我生过孩子，我懂照顾你。你回桂林，明山同意吗？”

晓巷说：“孩子不是明灯哥的，也不是明山的，是安新瓦的。”

明灯妈说：“原来是这样。怎么是这样的呢？”

晓巷说：“我意外怀孕后，我和安新瓦措手不及，很慌乱。我还没准备好，他更没准备好。他说，你先回老家吧，不出三个月，我就来娶你回家。今天安新瓦来了，他一定准备好了。”

明灯和母亲送晓巷下山，明山收破烂回来后，一起送她回家。明灯明山的希望彻底破灭。有铁锤连续击打明灯的心，他说不出话，像个木头似的跟着走路。明山走了一段，停下来，猛然说，还不如嫁给我大哥呢！

晓巷说，你们都是我的哥，亲哥，我们之间只有亲情，产生不了爱情。

明灯妈说：“都不要说了。这三个月来，我们想多了，不怪晓巷。晓巷生来不属于山区，她迟早是山外的人。”四个人不说话，继续走路。阳光很好，天空明亮。明灯突然说：“天怎么这么阴呢？”明山跟着说：“要下雨了。”晓巷抬头，看看明媚的阳光，接过话说：“是哩。”

安新瓦坐在晓巷家门前，九桑坐他对面，两人轻声聊着。安新瓦长得帅气，气度不凡，一看就是城里长大的孩子。他迎上前跟明灯明山握手。

“对晓巷要好，必须好。”明灯说。

“我知道，明灯哥。”

“你敢欺负晓巷，我不放过你。”明山说。

“知道，舅哥放心。”安新瓦说。

晓巷介绍明灯妈，她让安新瓦叫伯母。九桑纠正说：“应该叫妈。”明灯妈不给他面子，当着众人说：“你脸皮真厚。”九桑较真：“别拿孩子的事置气呀。”安新瓦听不明白，晓巷将话题岔开。

安新瓦今天一早从桂林赶来。他第一次来，借着导航找到晓巷的家。晓巷没跟九桑提起过安新瓦，她心里想他，却跟谁也不提。她怀着他的孩子，她回老家等他，她相信他不会变心。九桑误会了，他想，晓巷不是明灯的媳妇就是明山的。晓巷在身边，他安心。能嫁给明灯，九桑的婚姻大事也能跟着解决。刚刚知道晓巷不嫁明灯也不嫁明山，九桑的婚事希望已经渺茫。虽然明灯妈内心里，并没有拿晓巷交换的意思，但九桑知道，明灯婚姻大事不解决，明灯妈无心思嫁人。安新瓦向九桑介绍自己的情况，九桑嘴上说基本满意，其实心里特别满意。安新瓦在桂林市郊一家国有工厂长大，父母仍然上着班。他是独生子，无任何负担。

晓巷招呼大家喝茶吃瓜子。大家聊晓巷的婚事。新婚宴预订在桂林的大宾馆，费用由安新瓦家负责。这里嫁人的风俗，杀猪杀鸡杀鸭，至亲来，村里人也来吃贺酒，要吃三天两夜。喜宴一切费用由男方出。彩礼是要的，现在已涨到十万。安新瓦插话说："桂林市里都没有这么高。"市里给不给彩礼，给多少，没约定，没俗成。有给一万意思意思的，也有给十万，送儿媳妇房子车子的。都是一家人了，不过是左口袋放进右口袋。家境好的女方家长，把彩礼全都补贴在女儿身上，还有给女儿一大笔钱的。各家情况不同，彩礼样式不一样。

“城市有城市的风俗，农村有农村的规矩。”九桑说，“不讲规矩，成不了方圆。”

“我家一时拿不出十万，以后我慢慢孝敬您老人家。”安新瓦说，“我父母虽然有正式工作，但他们的收入非常少，两人每月到手加起来都不到五千。这两个多月，为了筹备我跟晓巷的婚礼，买房，装修，我们花光了积蓄，还借了不少钱。我们也有难处。”

“十万彩礼，一分钱不能少。”九桑说。

“不给彩礼，在本地说不过去，人人都要面子。”明灯妈说。

“你不说出去，谁知道？你对外说女婿家给了十万，谁去查你的账？”晓巷说，“我不要彩礼，一分不要。”

“彩礼，不光是面子，要的是心安。”明灯妈说，“养女二十年，不能白养。要的是个态度。”

“这不就是卖女吗？”明灯说。

“不能这么想。”明灯妈说，“哪天你讨老婆，我们也要给十万彩礼。这是规矩，破规矩，要被人指着鼻子骂的。”

彩礼已是约定俗成，有的人家在彩礼问题上漫天要价，谈不拢，婚事就黄了，亲家最终成为仇人。安新瓦家在工厂，他父母的圈子里没有为彩礼谈判的，给不给由男方定，给就要，不给也不计较。他家没想到过彩礼，没准备这笔巨额的彩礼。安新瓦避开人跟母亲打电话，母亲说，我们家哪还有钱，还欠着钱呢。能少吗？一两万，我跟你爸再想办法。安新瓦将母亲的意思说给九桑听，九桑冷笑，声音拉得长长的。紧接着现编歌词，讽刺赖彩礼的行为。晓巷说，我也要编山歌讽刺要彩礼的行为。

“没有十万，就不要带走晓巷。”九桑说。

“我一分不要，我打工挣的钱全部交给安新瓦保管，一分不给你。”晓巷对九桑说。

“你想气死我，偏气不死。我要坚强活着，让你们要赖不成。”九桑说。

“九桑叔叔，晓巷怀孕三四个月了，再不嫁人，往后肚子大了不好看。”明灯说，“彩礼的事再说吧，先把晓巷嫁了。”

九桑吼明灯，说：“你站在谁的一边！”

明灯说：“我站在道理一边。彩礼的事扯不清，晓巷肚子里的孩子可等不及。”

“要不，彩礼定个数，以后再议，先把婚事办了。”明灯妈说。

“你强要十万，晓巷安新瓦从此不理你，值得吗？如果一分不要，小两口将来孝敬你，何止十万？”明山说。

明山说得有道理，除了九桑反对，都赞成。

“我再问你一遍，十万拿不拿？”九桑对安新瓦说，“你拿来十万，再给我两万办嫁女酒，立即带走晓巷。”

眼下，外出打工的人多，留在家乡的人少，来吃喜酒的因此少多了。办喜酒，得到请帖的不一定回来，打个红包完事。丧事呢，另论。这里有个不成文的规矩，村里有老人去世，在外的人必须回来，无论你在哪里干着什么事。有的地方，村里办丧事无人帮忙。这里却有良好的传统。当下，办喜酒，因参加人数减少，开销大大减少了。九桑心里盘算过，两万元办嫁女酒，基本够了。若不够，适当补贴，他能承受。

安新瓦拿不出十万，他带不走晓巷。九桑手中提着绳子，威胁晓巷："你跟他走，行，半小时后回来收尸。"

安新瓦一个人开着车回桂林了，半路上，他打晓巷的电话，叮嘱她好好保护他们的孩子，营养费他一分不少，一周给一次。他表示永不变心。

彩礼问题，外人无法解决。明山的建议九桑不接受，安新瓦走后，明灯妈劝九桑。九桑说："不要彩礼，我成什么了？不要彩礼，等我娶你的时候，拿什么当彩礼？"明灯妈说："真不要脸。你死心吧。这辈子你就没办成过一件好事。"

"明明是件好事，怎么就变味了呢？"九桑说。

明灯妈说："是啊，为什么呢？！"

九桑气呼呼，拿身旁一只木盆出气。

明灯妈说："晓巷怀着孩子，需要照料，你会吗？我把晓巷带回家，我教她养胎，给她做好吃的。”

“你提前尽当妈的责任，我感激你。我可信不过你，你带走晓巷，然后悄悄送到桂林。鸡飞蛋打，竹篮打水，我有那么傻吗？”九桑说。

九桑严加看管晓巷，担心她逃跑，担心明灯明山做局，放走晓巷。晚上，他将晓巷的房门上锁，浅浅地睡，监视她的一举一动。

三

家里没有外人的晚上，晓巷早早进房间。她上里面的锁，九桑上外面的锁。九桑进不去，晓巷出不来。九桑坐在椅子上，守在外面。“晓巷，你喝水吗？”他一会儿说。“晓巷，你要上厕所吗？”九桑一会儿又说。“晓巷，你饿了吗？我给你煮面条加鸡蛋。”九桑一会儿还说话。晓巷通常不回答，有事，她在里面敲门。有时候也不敲，咳嗽一声，扭响锁。听得响动，九桑立即从椅子上弹起，开门。“晓巷你需要上厕所还是喝水还是肚子饿了？你要多吃，你和孩子两个人吃饭呢。”九桑说。晓巷不理他，该做什么自己做。九桑跟在后头，讨好似的没话找话，想搭把手，她不让。接连许多天，晓巷不跟九桑说一句话，九桑说任何话她都不听不接。九桑说：“我不是拿彩礼卡你，你能嫁人，我高兴。可是，山里就这个风俗。彩礼越高，女儿越值钱，周围人才高看，有里有面。”他又说：“安新瓦，一个城里的孩子，家里就拿不出十万元彩礼钱？”晓巷说话了：“城里有富人也有穷人，不是所有城里人都有钱。现在农村一些人比城里人有钱。你脑子还装着老皇历。”

九桑摇头，说：“我不信。我不信，安新瓦家拿不出十万元。他家装穷，他家小气。这样的人家，没资格跟我对亲家。”

晓巷给自己煮了碗饺子，这饺子是上午安新瓦从桂林城寄来的，还有一些其他营养食品。快件寄到镇上，明山帮取回。吃着饺子，她能摸到安新瓦的心跳。九桑闻着香味，口水直流。晓巷想了想，心软了，问九桑吃不。九桑说：“我吃一个你就少了一个，安新瓦家那么穷，供应不上，营养品我吃了，你怎么办？”晓巷说：“你放我走，多少营养品都抵不过。”

九桑叹息，说：“我很难过，你们给我出的难题太难了，我解不了。责任不在我。”

九桑养了一批鸡，他两天杀一只炖给晓巷吃。按此速度，鸡很快会杀完。等不到晓巷坐月子。月子里，晓巷消耗的鸡将更多。他向别人买来半大的鸡苗，养到晓巷生产，鸡也长大了。卖家送来鸡苗那天，九桑打安新瓦的电话，安新瓦叫他爸，九桑犹豫了一会，没答应。晓巷没正式嫁出去，他只见过安新瓦一面，他接受不了安新瓦叫爸。九桑说你叫我什么不重要，重要的是十万元彩礼。钱你半夜送来，我半夜放晓巷走。安新瓦说不上话。他家目前债台高筑，想借都没人借。晓巷朋友不多，有钱的朋友一个没有。她问了一圈，没借到一分。借钱，口难开，人不到万不得已，谁会借钱。迟迟等不到安新瓦送彩礼来，九桑生气，埋怨晓巷说："你找人也不找一个拿得出彩礼的！桂林那么大，就安新瓦一个男人？！"晓巷说："怪我也没用，事情就这样了。你心里的锁，自己不开，别人开得了吗？"

明灯家过了冬的禾花鱼，明灯捉来两条送给晓巷吃。他鱼塘里投了三五种鱼苗，等长大，要送一批给晓巷的。明灯这两条禾花鱼总重量有两斤，属于最大的。能过冬的禾花鱼有的能长到八两到一斤之间。鱼窝里被偷走的八条过了冬的禾花鱼种，要是全送给晓巷，她能吃好几餐。明灯提着禾花鱼进屋，晓巷正在洗衣服。明灯仔细看了她的肚子，没看出明显变化。晓巷接过鱼，对肚子里的孩子说："宝宝，大舅送好吃的来了，快谢谢大舅。"明灯拿回鱼，走进厨房。九桑躺在竹躺椅上，开玩笑说："就两条鱼，我吃什么？"明灯怼他："你有资格吃鱼吗？"

很快，厨房里就飘出香煎鱼的味道。晓巷洗好衣服，直接坐下来吃鱼。明灯为自己和九桑炒了腊肉。九桑说："来两杯？”明灯说：“我没兴趣跟你喝酒。”九桑说：“现在你们都拿我当仇人，当坏人，我哪里错了？”明灯不接他的话，找话题跟晓巷说。九桑自己倒上一杯酒，喝了几口，又拿来杯子给明灯倒上。明灯不喝。九桑装扮成明灯，跟自己喝，喝到兴奋处，左手当明灯的手，右手自己的手，划拳。明灯阻止他说，不要影响到晓巷肚子里的孩子。九桑这才安静下来。

晓巷被九桑严加看管，多日未出门。她无心思出门。安新瓦要来看她，她叫他暂时不要来。安新瓦有一份工作，平时挺忙的，中等收入，如果再耽误工作，会影响收入。她跟安新瓦每天睡前聊天，有时候中午也聊，每次聊一二十分钟。晓巷心疼安新瓦，怕影响他睡眠。晓巷叫安新瓦不要再寄营养品了，家里有营养的东西太多。明山前天还送来几斤泥鳅，稻田里捉的泥鳅。前天，天气还寒冷，明山下田捉了两个小时。明山捉泥鳅有一套，没人捉得过他。传闻他得了志龙爷爷的真传。人说的真传是法术，而非技术。明山对此闭口不谈。过了冬的泥鳅体格肥壮、味道鲜美。今年，寒冷停留时间久，许多动物仍享受着和冬天一样的快乐生活。明山捉泥鳅是高手，做泥鳅却普通。明灯被叫下山来。明灯将泥鳅分作三份，一份清水养着，往里敲一个鸡蛋提供营养；一份清炖；一份香煎后黄焖。明山不同意明灯用鸡蛋养泥鳅，因为这个季节的泥鳅营养已经非常好了。晓巷站在明灯一边，明山不说话了。九桑留明山陪他喝酒，明山不答应。明山质问九桑：要留晓巷在娘家一辈子？把他们小两口强行分开，你心太狠了。

九桑说："我暂时扣留她，彩礼一到，立即放人。"

人们听说九桑扣留女儿，有人借故来探虚实。来的人都是些老年闲人。他们是山区里的顽固派，支持九桑。九桑有知音，意志更坚定了。彩礼的传统不能丢，不能让养女的父母寒心。一天，又有三个老人结伴来看九桑，他们捍卫传统的决心很大。那三个外来人到处宣讲，路遇明山，明山一气之下，假意用竹条抽打他们。

乡村有自己的规矩，完全不遵守也说不过去。明山想过。他将三个老人"抽打"后，上山找明灯商量。明灯说他昨晚梦到小瓦了。明山说，梦见算什么本事，见到才算。明山想到处凑点钱借给安新瓦，快点带走晓巷。兄弟俩凑了一下，钱不够，打电话给在东莞长安镇的明亮，明亮答应可以凑点。明亮说："晓巷小时候就立志离开山区，她受不了贫穷，受不了乡村生活。能帮她实现梦想，我心安。"明亮说："我想方设法脱离农村，其实就是逃跑。虽然融入不了城市，但比待在乡村受穷强万倍。"明亮的话明山能理解，明山曾经也逃离故乡，过流落街头的日子，但他愿意。自从未婚妻抛弃他，回到故乡，明山才找到待在故乡的乐趣、理由与价值。明亮和晓巷的想法和行动，明山支持。人各有志，尊重别人的选择，能帮的要帮。

明灯出发点不一样，如果只是为了帮助晓巷逃离故乡，他不干。他完全看在晓巷怀孕，小两口不能生活一起的分上，才同情她。明灯妈不同意他们兄弟三人凑钱解围，都没多少余钱，借给了安新瓦，家里急用钱，特别是要付彩礼时怎么办？九桑家的问题，九桑解决。我们不能便宜了九桑。明灯妈站的角度又不一样。想起过去，她越来越恨九桑。明灯妈不同意，兄弟仨的主张只好作废。明山出的主意，最后流产，他全身倒轻松起来。觉得身上千斤重担卸掉。他喜欢晓巷，知道晓巷怀上别人的孩子后，他伤心难过。见了安新瓦，明山想开了，角色一下子转换成兄长，关照晓巷的责任感因此产生。但是凑钱帮晓巷，他豪气中包含一丝冲动的后悔。还好，伯娘强烈反对，为他解了围。明灯妈往竹篮里装上三十个鸡蛋，又捉来一只鸡，叫明山下山时带给晓巷。晓巷的村庄离明山住的下边村有一两公里，明山去时开摩托，有时也开运破烂的车。明山问："伯娘，你为什么不亲自送？"明山妈说："我不送，我不想见九桑，你送过去也不要说是我送的，没必要。"

明灯妈一旦固执起来，没人能对付。当初明灯明亮兄弟为她建好新房，请她下山来住，她就是不同意。新房空着，倒让野黑山羊小瓦享受了两个多月。明灯明白，母亲心中有九桑，有他才恨他。像明灯心里有晓巷，恨她，又完全恨不起来，恨，心里不安；常想着帮助她，关心她，行动过后，又有那么一丝后悔和心理上的不平衡。明山接过伯娘递来的鸡蛋，又说：“大哥去才合适，伯娘送的东西，我不能说成我送的吧？”明灯妈同意了。

知道晓巷一直是别人的人，兄弟俩的猜疑较劲虽解除，但似乎互相伤害了一回似的，不想跟对方说更多心里话。两人心里思考的不只是晓巷这件事，由此联想到将来的事，重大利益面前兄弟感情靠得住吗？兄弟俩一言不发地走在下山的路上。路上似乎横着一条蛇，明山走在前面，他发现了，急忙从路旁折断一根竹子，说：“小样，敢挡我的路！”明灯一看，明白明山要干什么，大笑起来，说：“现在哪来的蛇，蛇还在冬眠呢。”明山反应过来，他走近，发现路中央横着一根树枝，形状像条盘在路中央、探出脑袋吐芯子的蛇。明山一脚踢开树枝，两人的话匣子这才打开。

四

晓巷的大肚子日益明显，行动上一天比一天不便。九桑并没有放弃对她的看管。他认为，她每天跟安新瓦聊天，意在策划逃跑方案，只要警惕稍微放松，安新瓦的车就会拉着她逃掉。实情是，九桑疑心重，安新瓦晓巷从没策划过逃跑方案。两人还没扯结婚证，算不上两口子，但已经是事实婚姻。他们原计划，安新瓦接上她，去桂林市登记，接着，举办婚礼。晓巷怀孕，回到家乡，不完全是她考验安新瓦，她心想，这是作为姑娘在老家待着的最后时光，以后生儿育女，回来的时间将少很多。这是她对逃离故乡最后的交代。

九桑看得紧，她走到哪里，他跟到哪里。上个月还能爬上山时，晓巷去到明灯家。明灯妈不时送给她好吃的，晓巷心如明镜，心存感激。晓巷后面跟着九桑，九桑同意她上山，心想她早就该上山了。九桑心里那点小九九，晓巷知道。九桑想见明灯妈，找出各种借口。上山这天有太阳，地面干爽，气温不冷不热。晓巷提一个布包，包里装着件衣裳。她昨天托人从县城买回来的，托的这个人是明山。明山到县城卖破烂。晓巷交代明山买什么样的衣服，他当即明白，她是买来送给伯母的。明山曾经给未婚妻买过衣服，有些经验，给中老年人买衣服，他大致也会。明山挑好衣服回来，不收晓巷的钱。晓巷不高兴，是她送礼又不是他送礼。明山拗不过，接了钱，回家弄来一只鸡。晓巷说，明山，我吃了你家很多只鸡了，这只鸡我必须付钱。明山真生气，说了些决绝的话。

明山转身没走出几步，九桑叫住他。明山问九桑凭什么叫住他，九桑说："你能帮我买条围巾吗？"明山说："不能。"九桑说："为什么？"明山说："我伯母不喜欢你，她恨你。”九桑说：“晓巷没选择你，你不要记恨我，两件事不能扯在一起。”明山气冲冲离开。

九桑回到家，自言自语说，这只鸡肥壮，味道一定很好。他动手杀鸡，炖好后打电话叫明山来吃。话音刚落，明山运破烂的车在九桑门前停下了。明山嘴上说不帮九桑买围巾，心里乐意，他直接去了镇上。镇上那家最大的服装店还真有围巾卖，十五元一条，他买了两条不同颜色和款式的。九桑接过围巾，说：“我给不给你钱？”明山说：“要给，我不能不收你的钱。”九桑笑着拿出两张二十元钞票，说：“不用找了。”明山说：“找零还是要的。”明山找出十元钱给九桑，九桑接过塞进口袋。

准备上山，晓巷往包里装衣服时，九桑已经将围巾塞在自己口袋里了。晓巷说：“这样不行，你要保持围巾整齐。”晓巷找来纸袋装了围巾。刚走出门，九桑说：“等等。”九桑返回屋里，换件新衣服，洗把脸，刮尽胡子，还向晓巷借梳子整理好头发。九桑磨磨蹭蹭，晓巷不生气，耐心等。九桑出了门，晓巷说：“你那顶帽子就不要戴了，天气暖和，不需要；再说你戴了帽子，高档发型不是白做了吗？”然后自己笑弯了腰。

父女俩在路上走着，九桑平时走路快。山里人都那样，觉得走路过慢是浪费时间，因此总是匆匆赶路，长期以来养成快步行走的习惯。晓巷走路不能太快，九桑只好耐着性子陪着。九桑心疼晓巷，从小就心疼。晓巷所有的要求，他都答应，除了彩礼的事。今天因为要见明灯妈，九桑心急，表面耐心，内心却催促晓巷动作快点。

路上，九桑主动提起安新瓦。他说：“安新瓦这臭小子怎么还没准备好十万元？”晓巷说：“他哪里筹得了十万元，捡十万片树叶都不容易呢。”九桑说：“明知无本事，就不该找你。他若能捡来十万片树叶，我一分彩礼不要。”晓巷说：“你脑子乱七八糟。下辈子我不打算当你女儿了，我当你的仇人，天天跟你干架。”九桑说：“这辈子你就是我的仇人，你跟安新瓦都是我的仇人。”

经过下边村时，正碰上搭头捡破烂回来。他的破烂一部分是不可回收垃圾。他已经在明山的指点下学会了分类，省去明山许多时间。搭头盯着晓巷隆起来的肚子，说：“很好，未婚先孕很好，没人笑话。”九桑说：“你就在笑话，你全家人都在笑话。”搭头说：“我没有，我全家人没笑话。我五保户一个，我时刻代表全家。”九桑说：“你捡破烂好坏不分，只有善良的明山才给你算钱。”晓巷用眼神阻止九桑说实话，九桑不听，将明山真实做法和盘托出。搭头呀呀地叫了两声，快步往前走。

搭头明白了真相，跟明山论起理来。明山说：“以前的账算不清楚，从今往后我尊重你的意愿，不可回收垃圾不计钱。”搭头说：“你是好人，我要把好事做到底。我碰上垃圾就捡，管它能不能卖钱。家乡干净了，我心里就干净了。”搭头继续说：“我无儿无女，我要认你当干儿子，我百年之后财产全部由你继承。”正好赶到的九桑听到了，讽刺说：“你有财产吗？”搭头说：“你不要小看人，我有财产，我的财产比你多。”九桑说：“我不跟你争，你不要纠缠我，不要耽误我见女朋友。”

晓巷拉开九桑说：“快走，不要在这里丢人现眼。”

父女俩往山上走。百花开过了，到处是嫩绿的叶子。完成使命的老叶正在跌落，新叶顶替了它的存在。南方的树叶像生生不息的人类，一茬接一茬，永远保持着绿色。接近明灯家，九桑扯开嗓子唱山歌。晓巷说：“你最好不要唱，当心冷水泼上头。”九桑下意识摸摸头，说：“我会当心的，到她屋前我闭上嘴。”明灯妈不知道晓巷来拜访，一早出去了。幸好她下地劳动的地方不远，她听到了山下飘来的山歌，犹豫了一下，丢下劳动工具。九桑歌声来了，晓巷必定来了。她要热情接待晓巷。明灯妈顺手抱一把柴，经过菜地时，又摘了一把菜花。明灯妈计算好晓巷到达的时间，立即跑回家。她掩上门，洗净脚上的泥，换了新衣新裤和鞋袜。山歌声越来越近，然后就停止了。明灯妈心慌乱，但她强装镇定，又梳了一遍头。

脚步声到了屋外，接着晓巷叫伯母的声音进屋来。明灯妈稳稳心，开门出来，笑道：“晓巷来啦，快进屋！”明灯妈不正眼看九桑。九桑说：“还有我，我也来了。”明灯妈不理，九桑自己跟着跨进屋。明灯妈跟晓巷拉家常，聊晓巷怀孕情况。明灯妈听了晓巷养胎细节，说：“很好。”明灯妈又将怀孕后的注意事项，对晓巷重复一遍，晓巷一一点头，表示记下了。明灯妈轻摸晓巷的肚子，说：“很好，养得很好，一定能生个大胖小子。”九桑在一旁听着，心里高兴。找准一个机会，他说：“明灯妈，我给你买了两条围巾。围巾漂亮，围在你漂亮的脖子上更漂亮。”九桑掏出围巾。颜色很好看，明灯妈喜欢，但她说：“九桑你这个不要脸的！”晓巷说：“伯母，你就收下吧，好坏是我爸一点心意。我爸人笨，你多担待。”明灯妈接过围巾，说：“你真不要脸。我是看晓巷的面子。”九桑说：“我不要脸，我没面子，我是罪人。”

一张小桌上堆放着几件婴儿衣服，都是手工缝制的。其中一件棉纱衣缝到一大半。明灯妈索性拿过来让晓巷检验，说送给未来宝宝的。晓巷看后说：“料子好，好柔软。”晓巷捞起衣服，将婴儿服贴在肚皮上，又说：“宝宝，外婆给你做的衣服，喜欢吗？嗯，我知道你一定很喜欢的。快谢谢外婆！”明灯妈笑着说：“你真会逗孩子。好久不做，手生了，做得不好请原谅。”九桑说：“做得好，这些年很少有人做了，有你，传统手艺就不会失传。你看，这顶帽子，做得，哎呀呀，不比过去皇宫里的师傅差。”

安新瓦那边，他妈妈也准备了婴儿用品。晓巷看过安新瓦拍来的视频，没太多感觉，今天见了明灯妈亲手做的婴儿服，晓巷的感觉就完全不一样了。这一瞬间，明灯妈真成了妈。

“十万元彩礼成了出嫁的拦路虎，也蛮不错的。你能留在娘家保养，不算坏事。将来在娘家坐月子，更是好事。省得婆媳间闹矛盾。”明灯妈说。

“我是对的。”九桑说。

“你总是那么不要脸。”明灯妈说。

“我坐月子，我爸哪照料得好？我正想跟我爸谈判，放我回城里生孩子，坐月子呢。婆婆我还不熟，不知道合不合得来。但看在媳妇坐月子的分上，她总会让着我的吧？”晓巷说。

“十万元彩礼不到，你一步也别想离开娘家。”九桑说。

“坐月子不用怕，有我呢。”明灯妈说。

回桂林已经不可能，晓巷跟安新瓦商量后，决定到镇卫生院做产检，到时候去定点镇医院生产。明灯妈同意。村里没有接生婆了，明灯妈自己又不会接生。山区接生婆剩下没几个，都年纪大，而且离得比较远。村委有卫生所，是个男医生，他不会接生。明灯跟卫生所肖医生联系，肖医生帮联系镇卫生院的妇产科医生。明山开车送晓巷去镇卫生院，明灯妈陪同，九桑自然也跟着。卫生院妇产科医生仔细检查了胎儿，说发育正常。双方签订了产检、分娩的合同。

一晃，晓巷的预产期到了，卫生院按合同开车来接。明灯妈陪晓巷坐卫生院的车，九桑坐明山运破烂的车跟着。卫生院准备好了床位。生产的人不多，四人间的屋子里只有晓巷和另外一位产妇。明山得知还有空房间，提出让晓巷单独住。价钱高一些，晓巷同意。这里刚安排好，安新瓦和父母从桂林赶到。

安新瓦介绍父母跟九桑见面。九桑有些拿搪。亲家第一次见面不在婚礼现场，却在产房。安新瓦的父母不计较，不断感谢九桑照料晓巷。九桑说："没有她，我能照顾好？"他指的是明灯妈。明灯妈的身份有些尴尬。晓巷说："她就是我亲妈！"九桑趁机说："对，她是我老婆。"众人面前明灯妈不好骂九桑，让他占了便宜，略为尴尬地说："哎呀，亲家，你们辛苦了！"

安新瓦送父亲回桂林，送到县城搭动车。安新瓦返回镇卫生院。明灯妈，安新瓦妈，还有安新瓦留下，其余人都回家了。卫生院提供孕妇营养餐，不用再劳心自己做。九桑不放心，他警告说："十万元彩礼不到，谁也不能带走晓巷！"安新瓦妈表态说："亲家放心，我们不抢。"

第二天，晓巷产下一个胖小子。出院后，卫生院派车送晓巷回村。回的不是晓巷他们村，是回到明灯他们下边村。之前，明灯妈就有主意，安排晓巷在明灯明亮兄弟俩合资新建的房子里坐月子。明灯按母亲的要求收拾好房间，添置新被子。明灯妈悉心照料，安新瓦妈感到自己有些多余，一周后安新瓦送她回桂林。安新瓦周末才来，平时正常上班。

晓巷被捧为公主，她幸福地对明灯妈说：“妈，你付出这么多，不嫁给我爸成为我亲妈，太吃亏了。”明灯妈笑骂：“你这个臭丫头，就不能说一句好听的话？”

五

明灯明亮兄弟建新房，目的是让母亲从山上搬下来，过上条件好的日子。山上气温比山下低一到两度，冬天特别寒冷，山下冰雪早已融化，山上还是冰天雪地。夏天呢，山下照样凉爽。明灯妈不下山，她习惯山上的生活，这样心与山水才贴得紧，才算真正的山里人。当年，要不是明灯外公给九桑头上泼一盆冷水，强行将她嫁给明灯爸，她嫁的人一定是九桑。如果现在嫁给九桑，她也就自然而然下山了。但她不愿下山，心灵深处还有对山下的恨——因为恨九桑，而恨山下。她丈夫去世，九桑老婆去世，九桑的山歌未能将明灯妈唱下山。现在，因为要照料坐月子的晓巷，明灯妈主动下山来。

新房宽敞明亮，住进来心情舒畅。明灯妈顾不上这些，她一心一意像母亲像外婆，悉心照料女儿和外孙。明亮丢在老家的女儿小佳，早想住新房了，如今奶奶住进来，她每天都欢天喜地地唱着跳着。明灯没有下山，他一个人住在山上。田地大都在山上，干农活护山巡山都便捷。上边村，只有明灯一个人住，他一个人的村庄并不寂寞。禾苗正在生长，南瓜正在生长，豆角苗开始爬竿了；巡山，或者行走在山路上，他常与各种野生动物相遇，双方以各自的方式打招呼，问好致意。今天中午，明灯劳作回来，竟然发现黑山羊小瓦进入村庄。明灯抚摸黑山羊，下意识查看它的伤口。伤口完全愈合，伤疤长满了黑毛。晓巷为它套上的护身符，依然如故。明灯拍了视频，准备传给明山晓巷他们看。明灯说："小瓦，你独自出山，太危险了，偷猎的坏人难禁难防呢。以后不要再出山，我们进山看你。"前些日子，明灯巡山时找过小瓦，但没找到，他爱山里所有的野生动物，更爱小瓦。不见小瓦他想小瓦，见了小瓦又为它的安危担忧。明灯弄来一些吃的慰劳小瓦，然后护送它回山。小瓦心满意足，爽快离开。山越走越深，到了明灯难以钻行的地段，黑山羊的身影不见了。明灯说，小瓦再见！小瓦回应几声咩咩叫。明灯坐在原地，竟然放声大哭。

小瓦回来探亲的消息，晓巷明山知道后，怪明灯自私自利，只管一个人享受小瓦带来的幸福，即使不把小瓦带下山，也该通知他们上山。明灯说，小瓦出山很危险，它不该出山。我们不需要它来探亲。晓巷说：“你不想小瓦？不想经常见到小瓦？”明灯不回答。明山叹口气，说：“罢了，小瓦是野生动物，它的家在山林，我们不应该对它有太多要求。”

九桑借口协助照料女儿外孙，早已搬到明灯家来住。没有人反对。新屋房间多，每个人都住着一间房。明灯妈在晓巷房间搭起一张临时床，便于她照料晓巷。九桑的房间在楼上，睡觉时，他从没离明灯妈这么近，隔着楼板，只有三四米距离。天不冷了，他在地板上铺席子铺床单，耳朵紧贴地板听明灯妈的呼吸声。他仔细观察过明灯妈床铺的位置，垂直下来，两人算是睡一张床上。除了不睡在一起，生活上他跟明灯妈就是一家人了。

晓巷的孩子哭声响亮，他一哭，九桑就唱山歌哄。孩子不听山歌，九桑哄不住，还添乱。明灯妈只允许九桑远距离逗孩子玩，不哭喊时才让他抱抱。九桑不服气，他说我又不是没带过孩子。明灯妈说：“你再犟，就回你家去，不要住这里。”九桑气立即消了。

虽得到精心照料，晓巷仍旧想桂林。回故乡这十来个月，她有过快乐幸福，但已经相当腻味和疲惫。这天夜里，她跟明灯妈说：“妈，我想回桂林。”明灯妈说：“想安新瓦了？”晓巷说：“想他是一方面，我也想城市里的生活。”明灯妈迟疑一会，说：“你生来就是城市女孩子，因为你的心从来没在乡村落过地。”晓巷说：“妈说得对，妈简直是我肚子里的蛔虫。”

明灯妈叹了叹气，说：“可是你爸不让。他虽然固执讨厌，但也有他的道理。这点规矩，不遵守真还不行。当然，再有道理也不能用钱来拦你。”

晓巷说：“你跟我爸聊聊，做他的思想工作，早点放我回城。我想，孩子一满月就回桂林。”

明灯妈答应试试。

明灯妈跟九桑坐在院子里，明灯妈说我要严肃认真地跟你谈一谈。九桑说：“你答应嫁给我，什么都好谈。”明灯妈说：“你还是这样不要脸！我跟你谈晓巷，晓巷心不在山区，现在嫁了人，向往桂林的心一天比一天重。心疼她，就快放她走。”

“你答应嫁给我，我就考虑。”九桑说。

“你心里只有你自己。总喜欢两件事搅在一起，两件不同的事搅在一起，越搅越复杂，一件也说不清。”明灯妈说。

“它就是一件事。”九桑说。

“不管是两件事还是一件事，都跟我没关系。”明灯妈生气了。

九桑掏出香烟抽，看着脚下不说话。良久，他说：“要彩礼是真，多留晓巷在身边也是真。那天，晓巷回村，说要待一段时间，我听了很高兴。我原以为她最多待一周，哪想，一待就几个月，还在家把孩子生了。多亏你担起她妈的责任，我好感激。”

“感激我，你便放她走。”明灯妈说。

满月当天，家里来了亲戚，九桑的亲戚到明灯家喝满月酒。不用解释，他们认为九桑与明灯妈在一起了，九桑上了门。娶亲还是上门，没那么多讲究，上门，不低人一等。安新瓦和父母从桂林城赶来。两三桌客人，酒席热闹。九桑对安新瓦说：“我让你准备十万片树叶，你准备了吗？”安新瓦愣住。九桑对晓巷开玩笑的话，晓巷没说过给安新瓦听。晓巷忍不住笑，说：“我爸一辈子都没靠过谱。”安新瓦不知所措，晓巷说：“还不快去捡树叶。”明灯给安新瓦两只畚箕，说：“到处有树叶，你去捡吧，捡回来让你岳父数。”明灯跟安新瓦出门，明灯说：“一担树叶不知道有多少片，多挑几担总够了。”安新瓦不明白深意，不知所措。明灯说：“树叶可当引火柴，算你为家里打柴了。”

明灯跟安新瓦一起到山林里扫树叶，很快就扫满了一担。担回来，九桑说：“不够十万片。”又扫回两担，九桑说还不够。安新瓦再去山林。扫树叶挺好玩的，工作不累，担在肩上轻轻的。安新瓦一连挑回十担。九桑默认了。午饭过后，九桑对安新瓦说：“贤婿，你保证一辈子对晓巷好吗？”安新瓦说：“我保证。”九桑说要是你做不到，我到桂林抢人，永远扣下来。安新瓦对天发了誓。

“你带晓巷走吧，现在。十万元彩礼你欠着。”九桑说。

“谢谢爸爸，我一辈子孝敬你。”安新瓦说。

晓巷搂着父亲大哭不止，像每一个出嫁女那样哭泣，说感谢养育之恩的话。晓巷随车离开后，九桑还在公路上走，一直朝外出的方向走。走了很远，还在走。明山追上来的车停在他面前。明灯妈下车，说：“你要一直走到桂林吗？”九桑说：“晓巷走了，又剩我一人，我心里空了。”明灯妈说：“你要知足，女儿总要嫁出去的。晓巷在你身边扎扎实实住了十个月，你还想怎么样？”九桑说：“够了。我在你家住了一个月，也够了，赚了。”

明灯妈说：“不要脸的东西，就不想继续在我家住下去？”

九桑箭步向前，紧紧搂住明灯妈。

九桑与明灯妈的婚礼办得简单，镇上登记回来，全家人简单吃了个饭，就完事了。九桑那晚喝得比平时少，却唱了大半夜山歌。他从室内唱到室外，再从室外唱到室内，唱进明灯妈的房间。他现编的歌词村里人听得清清楚楚。他编了几十年歌词，就今晚的编得最精彩，听来最动人。

明山听着九桑的山歌回家去。听了山歌，明山对美好的婚姻有了希望，却又再次陷入痛苦。

明灯离开得早，他在电筒光照下往山上走。走到去观赏野桃林的岔路口，他坐下来，回忆那次最浪漫的赏花之旅。迄今为止，明灯心里只有晓巷这一个女人，爱她的深度他几次都探不到底。他试图将对晓巷的爱转化为兄妹之情，但内心深处，他还没能完全转化。母亲嫁人，实现了少女时期的愿望，明灯很高兴。自己的婚姻问题却像无边无际的苦海。后来又想，晓巷心不在山区，即使嫁给他，婚姻也不会幸福。许多人建议他外出打工，给自己接触更多女孩子的机会。明灯不听，离开山区，即使送他一个女人，送他一个家，他都不会快乐。山林不安静，风吹着，草动着，泉水流着，夜间活动的野生动物，弄出种种声响。听到这些大自然的声音，明灯心里又亮堂起来。

六

漓江大小支流水量丰沛的初夏时节，孟暄碟悄然回到村委所在地岩口村。孟暄碟休整半个月，在村委楼旁开了家红油米粉店，人们看到显眼的招牌“暄碟红油米粉店”才知道孟暄碟回来了。山区地广人稀，大路上难得有几个人。岩口村人流相对集中，但搞商业仍然不行，前后有多家小卖铺倒闭。孟暄碟开红油米粉店，能有多少客流量呢？明山在村委门前停好运破烂的车，未熄火，进米粉店探虚实。“真卖红油米粉？”明山见到灶台，见到细细的米粉，以及米粉配料后说。孟暄碟说："牌子上写着暄碟红油米粉店，难道有假？"明山已经认不出孟暄碟，若不是招牌上写明，他不敢认。孟暄碟问他："你是明灯还是明亮，还是明山？你们堂兄弟三人长相差不多。"明山说："我是明山，闻到红油香味，我肚子饿了，给我来二两。"明山回头熄灭发动机，从副驾驶室提走腰包。他的腰包瘪瘪的，里面只有三十来元零钞。孟暄碟将红油米粉端到明山面前，红色辣椒油铺在汤汁上，肉末黄豆堆在上面，诱惑着人的味蕾。

"你不是在桂林当演员吗？"明山说。

"你不是在广东打工吗？"孟暄碟说。

明山说："我回来两三年了，老婆跟人跑了后就扎根在老家。"孟暄碟说："回老家你不就更难讨到老婆？"明山说："你给介绍一个，你们公司漂亮女孩子多。"孟暄碟说："你不在桂林工作，哪个漂亮女孩能看上你？！"

"你不当演员，回乡扎根？"明山又问。

孟暄碟努努嘴，不回答。进来一个三岁女孩，她是孟暄碟的女儿，孟暄碟教女儿叫明山叔叔。她女儿说普通话。在外打工带回的孩子都说普通话，说各种"散装"普通话，明山不奇怪。孟暄碟打发走女儿，在灶台前忙活。店里只有明山一个顾客，灶台前也没什么活做，她却这里摸摸那里擦擦。小店很干净，大约是新开张的缘故。镇上几家米粉店脏兮兮的，夏天，里里外外苍蝇乱飞。镇上开米粉店的都没出过远门，没在城里待过，开米粉店按农村厨房那一套。顾客大都是农民，不讲究。孟暄碟做的米粉味道不错，红油熬得好，肉末新鲜，黄豆泡得到位，软绵清香。农村米粉，是用干米粉泡成的，若要现榨，没那条件。明山吃完红油米粉，专门观看孟暄碟的后背，她身材保持良好，屁股大得恰到好处。孟暄碟还在镇上读初中时，在文艺上出类拔萃，镇上搞大活动，她都被邀去表演节目。孟暄碟会唱山歌，会唱彩调，山歌有人教，彩调则是她自学的。学校音乐老师唱彩调不专业，孟暄碟跟着光碟唱。她有音乐天分，其他科成绩差，初中毕业没考上高中。学校老师跑县城三所高中学校，跑县教育局，希望她被当作特长生招进去，将来考艺校。县城高中没有先例，从没人考上过艺术学院音乐舞蹈表演类，因为没师资。倒是有人考上了美术专业，可是，美术高考培训要花很多钱，孟暄碟家负担不起。县教育局联系桂林市里的公办艺术学校，但招生时间已过，插班可以，得自费。孟暄碟没有门路，几经周折，被漓江歌仙峰景区周老板看中，招她为演员。视游客情况，每天表演三到四场，每场二十多分钟，节目为彩调剧《歌仙》精华片段。孟暄碟有彩调表演基础，但一到正规舞台，她的功力远远不足。周老板学音乐出身，他看好孟暄碟那副好嗓子，便送她到漓江彩调团跟班学习。不久她学成归来，成为台柱子。

孟暄碟的情况通过各种渠道传回山区，都说她出息了。

有一年暑假，镇初中校长组织教师到桂林旅游，专程观看孟暄碟表演。那场表演，是孟暄碟专门为老师们安排的，演了一个小时，差不多演完《歌仙》整部戏。全戏很少演，接到校长的电话，她组织演职人员排练了三四天。白天要接待游客，他们晚上排练。周老板没意见，孟暄碟声名远播，给周老板带来极大经济收益，老板给她工资开得最高，对她常网开一面。她的表演老师们很满意。演职人员助力，她才能取得最大成功。孟暄碟包场，按常规，演职人员的报酬孟暄碟出，事后同事们却不收分文。周老板受感动，拿出一笔钱来奖励全体演职人员。镇初中教师回来一传，孟暄碟名声在全镇家喻户晓。

这么一个有出息的金凤凰，突然回来开红油米粉店，人们大惑不解。从她父母口中也问不出个所以然来。

明山每天早上来吃红油米粉。有红油米粉吃，早餐再不用自己动手做。从他家开车过来不到十分钟，挺方便的。孟暄碟的米粉店顾客少得可怜，农村人舍不得每天几元的早餐钱，米粉当午餐晚餐，又吃不饱，来吃的便少。明山是她的忠实顾客。他有时打包回去给伯娘也就是明灯妈、九桑吃。明灯妈伺候完晓巷，懒得搬回山上，就暂时在下边村新房里住下，明灯一个人仍住山上。

明山每天照顾生意，孟暄碟对明山热情有加。

“就你一人回？孩子她爸呢？”明山终于问出了口。孟暄碟叹口气，不说话。

“离了吗？”明山紧追不放。

“算是吧。”孟暄碟说。

“回来就不走了吗？”明山说。

“说不好，也许走，也许永远不走了。”孟暄碟说。

明山去县里卖破烂，应她的要求顺便帮她买些原材料回来，干米粉，红油，黄豆，生姜等；猪肉从镇上买，买猪前胛肉，它鲜嫩，剁成肉末跟泡胀的黄豆一起熬，汤汁正。明山走村串寨收破烂，跟每户人家宣传孟暄碟的红油米粉店。有闲人专程来品尝，吃过，对明山说，你说的是真话。好些人爱上了这一口，惦记上这一口，需解馋时，不计路远过来享用。搭头听了明山的话，常来光顾。搭头一人吃饱，全家不饿，他来吃米粉的理由最充足。她的红油米粉店，顾客相对多起来。镇上干部也过来捧场，有干部建议孟暄碟把米粉店开到镇上去，能挣更多的钱。明山害怕她搬走，说些镇上人的坏话。孟暄碟没打算离开，明山这才放心。明山收破烂自由，他想过在孟暄碟红油米粉店这里设个点，又担心垃圾异味坏了顾客胃口，影响她的生意。没事的时候，他几乎都待在她的店里，她忙不过来，他自觉充当她的下手。她的手艺跟谁学的，明山没问，她彩调唱得好，红油米粉做得棒，太了不起。

来吃米粉的人，碰上有四五个时，起哄让孟暄碟唱彩调《歌仙》，孟暄碟不唱，只笑，顾客起哄几回，她脸上没有笑容，只有满脸愁容。明山正好撞上，便说：“唱彩调可以，每个人付十元钱。”顾客不再起哄。顾客散尽，孟暄碟说：“多亏你解围。”明山知道她有心事，无心情唱彩调。孟暄碟突然从桂林城回来，一定有不得不回的理由。明山不问。店里只有两人时，孟暄碟却轻轻唱彩调，她专门唱给明山听。

孟暄碟女儿不谙世事，爱在炉子边转，那天孟暄碟没看管好女儿，女儿两只手被烫伤。明山送她女儿去镇医院，医生处理完她女儿的烫伤，孟暄碟哭了。女儿受伤，影响米粉店工作，明山过来帮她带女儿，孩子伤好些后，明山带着她外出收破烂。孩子喜欢跟车在山区跑，山里不同的风光，她喜欢。明山带孟暄碟女儿回家，明灯妈说：“长得好干净。”九桑说：“你对孟暄碟好，她已经感动，我去说媒。我用山歌劝她跟你谈恋爱。”明山说：“要不得，顺其自然吧。孟暄碟不属于家乡，她跟晓巷一样，迟早要回桂林的。”明灯妈让明山问问孟暄碟，如果她愿意，明灯妈愿意帮她看管孩子。孟暄碟不答应，不想太麻烦明灯妈。三岁的孩子，该上幼儿园了。在桂林时，她女儿就上着幼儿园。明山建议，送到镇上幼儿园去，他愿意每天开车接送。孟暄碟说：“我不能欠你太多人情，到时候我还不起呢。”两人商议，孟暄碟付给明山一定的柴油费，辛苦钱。明山想，只有收她的钱，她才心安。商定好后，明山每天早上来接她女儿，送到镇上去，傍晚又接回到她的身边。

明灯偶尔来吃米粉，孟暄碟的长相谁见谁喜欢。孟暄碟对明灯客气，热情，行为举止得体。明灯不敢有幻想。而且明山肯定是喜欢上她了，他不能再跟弟弟争女人。明灯提醒明山考虑好，你俩差距大，付出太多，到头来得不到她，心生痛苦。明山说："我没细想过这些，她像磁铁一样吸引我。"明灯说："她这块磁铁不只吸引你一个。山区单身汉众多，借口吃米粉，想吃她的豆腐。"明山说："大哥，你说得有道理，但我控制不住自己，总想为她做些什么。"

孟暄碟的父母，也有这种担心，轮流到她店子里看守。有老人在，调戏她的现象少了许多。她父母跟所有农村中老年人一样，闲不住，一天不下地干活，浑身不自在。成天守在店子里，极大浪费。守过一段时间，她父母又干农活去了。那天，她父亲忠告明山，离她远点，不然要吃苦果。明山回想跟她相处的时刻，他愉悦，她也快乐。因为她快乐，他并不想跟她保持太远的距离。她没有拒他千里之外的举动，闲下来，她教他唱彩调。明山唱跑调，她不取笑，耐心教。由此，明山学会了好几段。

接着发生了斗殴。有三个男人结伴来吃米粉，他们的目的是调戏孟暄碟取乐。明山又撞上了，大约是醋性大发，演绎了一段英雄救美故事。故事并不精彩。明山用铁链打伤了其中一个，那人报了警。公安从镇上赶来，将明山抓走，关押两天。明山赔了医药费，向人道歉了事。后来虽然调戏孟暄碟的事情没再发生，但顾客少多了。

七

在桂林，彩调唱得好的人不少，彩调这种非物质文化传承人也好几个。李筱秋是其中之一。李筱秋风华正茂，才三十八岁。她是漓江彩调团的大红人，几个著名彩调剧的主演，能唱能演。她十八岁戏校一毕业就唱主角，唱了二十年了。她最经典的主角就是歌仙。好多年轻点的票友都忘记了她的真名，开口闭口叫她歌仙。李筱秋事业心强，三十八岁还没要孩子。婆婆劝不住，怂恿儿子跟她离婚。儿子被劝了一年又一年，一狠心跟她离了。李筱秋也想要孩子，但她想趁年轻，多为观众演出几场。她唱到第二百场时，票友为她筹办"从艺二十年暨《歌仙》演出二百场"纪念专场。幕后策划这场声势浩大活动的是她前夫。纪念专场演出非常成功。李筱秋突然宣布，她从此退出主演彩调剧《歌仙》。观众不理解，在她事业如日中天时，为何要退出？她的同事也不理解。迄今，歌仙这个角色，更年轻一代无人超越她。人们预测，李筱秋退出后，很长时间内彩调剧《歌仙》将沉寂，甚至被打入冷宫。

李筱秋并非冲动，她从此退演《歌仙》是经过深思熟虑的，三年前就想退出了。她从十八岁主演歌仙，将自己演成了名角明星，获得过许多赞誉荣誉。她光凭这一部戏就能混一辈子，何况她还主演了好几部戏，每部都响遍天下。李筱秋自知，她的艺术水准到达个人顶峰，再无法突破。目前无人超越，是因为超越的那个人还没到来。《歌仙》是彩调剧，有演有唱，人物塑造通过演技和唱功完成。唱段里有难度大的三个高腔突转低腔，在观众眼里，她唱到了极致；她心里却清楚，她的完成度还不够，最多完成了百分之九十。有一天她发现观众以及专家并没听出不足时，她原谅了自己，尽情享受来自四面八方的赞誉。人无完人，艺无止境，她自认为彩调艺术达到目前水平，已经很高。

偶尔的机会，她随朋友沿漓江游玩，来到歌仙峰景区，正赶上正点演出。于是购票随游客进去听旅游版彩调《歌仙》。孟暄碟上台，几个动作，几句演唱，将坐在最边上的李筱秋从座位震到地下。她激动得不得了。孟暄碟不费力气，便完成了那三个从高腔突转低腔的转换。李筱秋奔出演出厅，蹲下去大哭不止。专业观众没比较，专家没比较，专业观众和专家从来不屑观看这种为游客准备的表演。孟暄碟已经超过她，能完成这三个唱腔的人，别的都不是事。尽管别的方面——主要指综合基本功，孟暄碟还不如李筱秋，但这些容易训练成功，唯独高转低唱腔难以达到真正的完美。李筱秋百感交集地哭，朋友们并不知道她为何哭。李筱秋不告诉朋友们原因，她把突然的发现藏在心里。她的朋友只是普通观众，听不出孟暄碟那三个关键处唱得有多好，朋友们只是觉得听来舒服，并不懂什么叫技巧完美。李筱秋跟团里人不说，跟彩调同行不说，跟专家不说。孟暄碟早已横空出世，李筱秋早已败给了孟暄碟。李筱秋心里压抑，脑中闪出孟暄碟在舞台上那傲视群雄的气势，轻松拿下高难度唱腔的场景，李筱秋全身便会颤抖，受到强烈惊吓似的恐惧和颤抖。

正巧，上级来了一位领导，分管文艺的，点名要看李筱秋主演的彩调剧《歌仙》。每当接到这种任务，全团上下就兴奋，幸福感洋溢好几天。李筱秋私下彩排，专唱那几句高难度的，唱一次失败一次，甚至还达不到自己应有的水平。全员彩排，她发挥稍好些，但也没达到最佳水平。退演，不可能，领导已经来了，晚上演出雷打不动，李筱秋硬着头皮也要上。还好，分管文艺的领导不是戏曲专家，也非彩调方面的行家、研究者，李筱秋发挥基本正常，领导仍然满意。领导满意，演出自然获得了巨大成功。领导上台跟演员握手，站在李筱秋身边跟大家合影。李筱秋算混过去了，她内心充满矛盾和愧疚。不到万不得已，她不再主演《歌仙》，能推则推。她的粉丝多，时不时地有大款粉丝包场；外地朋友来了，也以李筱秋主演的《歌仙》招待。商演，钱没少挣，赞美没少得，她对观众对艺术的那份愧疚，却越积越厚。

李筱秋悄悄去歌仙峰景区观看过孟暄碟两次演出，孟暄碟玩似的，难度大的唱腔在她那里像吃豆腐，顺滑极了。李筱秋心生嫉妒，恨不能把孟暄碟的嗓子移过来安在自己身上。多年前，孟暄碟去漓江彩调团跟班学习，现任团长带的她。李筱秋晓得有这么回事，但并没关心这事，多年后，把这事忘了。每年来彩调团学习的演员有许多，有县区派来的，有乡镇派来的，还有发烧友自费来学习的，一拨接一拨，没人都能记住。孟暄碟的存在，致使李筱秋发挥不好。但观众和团里行家，没说发挥不好，是因为李筱秋脑子里有比较了，别人没比较。孟暄碟的声音时刻压迫李筱秋，李筱秋顿觉低人一等。李筱秋试着突破，既然有人能突破，为什么自己就不能？她苦练，曾经答应老公和长辈，三十五岁前完成生育，却碰上了孟暄碟的“宣战”。李筱秋心里只有一件事：突破自己，反压孟暄碟，至少能唱得跟孟暄碟一样，而综合实力李筱秋占优势，这样，孟暄碟就不能取代她，她不再害怕孟暄碟随时跳出来。然而，李筱秋突破不了，如何努力都唱不到孟暄碟那个高水平。这大约就是天分，后天努力不来的。孟暄碟的“挑战”，让李筱秋坚持放弃生育，事业没有真正长进，婚姻又遭遇失败。她对孟暄碟的恨开始压过一切。

孟暄碟知道有个美名叫歌仙的优秀彩调演员，但不知道她叫李筱秋。孟暄碟每天都为游客演出，她只关心每天的进账，几乎不关心艺术，不关心彩调界。少了文艺界那种为了名利的争斗，她也无艺术创新的压力。周老板发现她，在她身上花钱，为的是给公司挣钱；她把彩调基本知识学到手，为的是给自己挣钱。学艺她是刻苦认真的，想立足，没两下功夫迟早被淘汰。她的艺术水平上升到一定程度，应付游客已有余，便停止追求，偶尔兴致来了才会加倍认真演出。她为公司、为自己挣来不少钱。

公司宿舍在市区，早上拼车去景区演出，下午四五点下班，有时候晚上也有演出任务，加班不怕，加班费高着呢。无艺术追求，每天重复那场戏，轻轻松松。公司宿舍围墙外街道上有多家米粉店，什么口味的都有。孟暄碟对制作米粉感兴趣，开始跟人学做桂林米粉，后来又学做全州红油米粉。桂林米粉流派多，区别在卤水的配料制作。配方都是保密的，各家各户概不外传。也有新派米粉，有人研制出来的。桂林米粉没有绝对的好吃与否，只有不同的口味。全州红油米粉，功夫主要在红油和类似北方人说的“臊子”。做臊子不难，熬红油难。孟暄碟跟人学做红油米粉，没学会熬红油，熬红油用红辣椒，熬出来不见辣椒，却又香又辣又呈干红辣椒的颜色。学做红油米粉时，她帮老板干活，以干活换学费。

也是在红油米粉店，孟暄碟碰上了蒋东旭。蒋东旭见她漂亮，又是歌仙峰景区的演员，便使出浑身解数追求她。蒋东旭在桂林城长大，父母都是干部，他本人也有份体面工作。具体说是在一家银行工作，收入比一般单位高许多。这么好的条件，孟暄碟自然不会放过。蒋东旭父母对他的婚姻有要求，首先找老婆不要农村长大的，第二必须有大学本科以上学历，第三漂亮，第四门当户对。四个基本条件，孟暄碟只满足第三条，蒋东旭不敢告诉父母，但又被她的漂亮俘虏了心。两人同居。同居两三年，最后不小心，孟暄碟怀上了。孟暄碟知道，这么些年蒋东旭不娶她回家，只是贪图她的美色，并无娶她之心。这回怀上了，她必须生下来，以此作为胁迫的条件。肚子突出明显后，蒋东旭才知道，她不引产，逼他娶她。蒋东旭迟迟不答应，不表态。孟暄碟生下女儿，蒋东旭对她不错，两人在一起生活，除了没那一纸婚约倒更像一家人。未婚先孕先育现象，在城里不少见，大家见怪不怪。

李筱秋摸清了孟暄碟的情况。李筱秋没有别的报复办法，便拿孟暄碟的家庭做文章。蒋东旭武汉大学毕业，一表人才，除去好色，别的方面都不错。李筱秋想法接近他。比长相，李筱秋自然不会输给孟暄碟；论出身，孟暄碟更无法比；论工作，李筱秋是堂堂一级演员。在蒋东旭面前，李筱秋唯一的不足是年龄比较大，但只看外表，李筱秋年轻，一化妆，就跟二十来岁似的。蒋东旭被李筱秋迷住了，感情迅速转移过来。李筱秋只用计，并不准备献身，只要目的达到立即撤退。蒋东旭像饥饿的鱼，容易上钩。李筱秋再设计一场戏，孟暄碟知道蒋东旭外面有人，两人闹翻了。

李筱秋再烧一把火。她在歌仙峰景区周老板那里烧。周老板是个道貌岸然之人，他对孟暄碟早就垂涎三尺，只因老婆看管紧，他无从下手。李筱秋接近周老板，诬陷孟暄碟是个“公共厕所”，什么男人都上过。周老板心里就有想法了。蒋东旭有了新目标，顾不上孟暄碟，周老板胆子便肥了。周老板强行占了孟暄碟的便宜，不知足，一次又一次。孟暄碟终于忍无可忍，深夜报警。公安接警后，因为取证困难，也难定强奸罪。周老板咬定两人自愿，因为关系搞僵，孟暄碟才以报警报复。公安对周老板处理不重，关了几天，就放出来了。

孟暄碟知道，周老板出来，第一件事就是开除她。与其让人开，不如先开了别人。就这样，她不顾一切，带上女儿回到老家。

八

失去工作，孟暄碟茫然不知所措。老家闪过头脑，她心这才安定。她才发现，人在失意，在走投无路时，只有老家才是安放心灵的最佳之所。她收拾行李，接上女儿，直接回老家。路上，她给“婆婆”发了信息，告诉“婆婆”她带着女儿离开了桂林。“婆婆”承认非法生育的孙女，却不承认孟暄碟，双方因为抚养权争斗过无数回。孟暄碟想在城里扎根，女儿是重要筹码，有了女儿，无论从客观上还是主观上，她都能扎根桂林。女儿的抚养权，像自己的脑袋一样不能丢。争不过孙女抚养权，“婆婆”对孟暄碟的恨日益增长。因为有个非法女儿，尽管蒋东旭条件好，交女朋友多，但一到结婚这个关键点，女方就犹豫，最后分手。蒋东旭年岁增长，娶妻难度一天天增大，他母亲心生恶意，甚至想找人“灭了”孟暄碟。“婆媳”关系从一开始就紧张，就敌对。孟暄碟想，蒋东旭不娶她进门，他母亲凭什么敌视？成为蒋家媳妇，“婆婆”的敌意，孟暄碟可以理解可以承受，不过门，她要欺负人，门都没有。孟暄碟气势从不输“婆婆”，你投来一倍敌意，我三倍奉还。

李筱秋设局勾引蒋东旭、在周老板面前诬陷孟暄碟放浪，目的达到后，全身而退。以前孟暄碟认为周老板是个非常不错的人，后来一了解才知道，景区所有女职工都被他强迫睡过觉。离开公司，离开这个禽兽，是个必然选项。带着女儿坐在回老家的车上，女儿问，我们要去哪儿？孟暄碟回答说回妈妈漓江源头的老家，那里风景很美。女儿回到母亲老家一看，不干了。环境跟她想象的完全不同。女儿吵着要离开。孩子好哄，环境容易让孩子忘事。才一两周，女儿渐渐适应，不再哭闹。孟暄碟在家深居半个月，实在无聊，就想到了开红油米粉店。她想安静一段时间，梳理好心绪，再做回桂林的打算。进城生活，做城里人，是她从小的梦想，一辈子的梦想。暂时离开，是为了更好地进入和扎根。开红油米粉店，门面是自家的，收拾收拾就可，锅碗炉灶，投资不大。她不指望赚钱，只想用开店打发日子，压住烦恼。

这天早上，孟暄碟打开店门时，发现昨晚剩下的米粉不见了，“臊子”也不见了，红油不见了。再细看，门被撬过。店里进了饿贼。她将情况告诉父亲，并叫父亲不要声张。父亲边骂贼，边加固门锁。这间老房当街，好多年没人住了。孟暄碟开店，费了好多时间才收拾好。明山见孟暄碟父亲加固门锁，没在意，帮她父亲，她父亲不友好地说：“走开！”她父亲有两层意思，一是让明山现在滚开，一是让明山永远滚开，不要打孟暄碟的主意。明山跟孟暄碟说话，看到空空的灶台，问：“什么都还没准备？”孟暄碟说：“我得立即采购，要麻烦你开车送我。我付你车费。”她父亲说：“你就那么贱？搭个班车会死？”孟暄碟辩解说，班车少，等班车到达都中午了，严重影响米粉店生意。她父亲狠狠瞪了瞪明山，说：“你给我放明白点！”

路上，孟暄碟说：“明山，你不要生气，不要往心里去，我爸就是那么个人。”明山笑着说：“我跟他生什么气？他是长辈，他说什么我听着就是。”在镇上买齐所需物质，孟暄碟说：“明山，你对我这么好，我得送你点东西。我送你件衣服吧。”明山说：“不用，心领了。”其实，明山心里非常想要。孟暄碟在附近的服装店为明山买了件T恤衫。第二天，明山将她送的T恤衫穿在身上，逢人便说：“孟暄碟送我的，好看吧？”有人带着醋意回应说：“晓得了，晓得你俩谈恋爱了，可是恋上带了孩子的女人，有什么好炫耀的！”

米粉店没消停两天，又被人撬了，不仅丢失了食材配料，一口大锅也被端走。米粉店在老村，离新村比较远，孟暄碟住新村父母家。老村几乎没人住了，白天村委楼里偶有村干部办公，有人来往，一到晚上，这座临公路的小屋便孤零零，小偷对它下手便有了诸多便利。明山说必须报警。孟暄碟想了想，同意报警。原来这小偷还带着嫉妒报复。派出所来人查看现场，采了样，却找不到线索。小案子，最后大都不了了之。孟暄碟不想再开米粉店，明山说开呀，干吗不开，不开你能干什么？孟暄碟想想觉得也是的，她受伤的心还没愈合，还不能离开老家，得找件比较累并且做得来的事做。排解痛苦，开米粉店便是好办法。

明山主动提出住在米粉店里，这样，能彻底防止进小偷。孟暄碟父亲不让明山住米粉店，直截了当地说：“明山，你没戏，你努力再多也打动不了孟暄碟。她是桂林人，你是山里人，你不觉得台阶都比你人高出两倍吗？”明山被触到痛处，他走出屋子。这段时间，他收破烂到哪里，哪里的人都向他表示祝贺，因为他跟孟暄碟“恋爱”了。他知道他是单相思，一厢情愿。像当初跟晓巷一样。女追男，隔层纱；男追女，隔座山。他自认为跟孟暄碟隔着何止一座山，十万大山都有。可他着魔似的，明知山有虎，偏向虎山行。

孟暄碟父亲晚上守店，明山进不来，他的车停在公路边上，他守外围。守了一星期，无小偷光顾，孟暄碟父亲思想开始动摇。半夜见明山在车上，孟暄碟父亲悄悄回家睡。米粉店的床用桌椅拼凑而成，床不像床，睡在上面不舒服。第二天，孟暄碟父亲从家里扛来一块旧木板，旧木板旧得太可以了，他晚上一翻身，木板断成两截。听到木板断裂的声音，明山从车上跳下来，跑到米粉店门前，问：“孟叔叔，什么声音？”孟暄碟父亲正气急败坏，回应说：“滚！”见里面没有异样的动静，明山赶紧说：“孟叔叔，有事你叫我。”没过几分钟，孟暄碟父亲一气之下回家睡去了。明山夜夜看守米粉店，米粉店平安无事。孟暄碟从家扛来两块新木板，对明山说：“夜晚你进店里睡吧，屋内条件再差也比车上强。”当晚，孟暄碟给明山铺好床，听外面没有声音，轻声对明山说：“你帮我这么多，我不晓得怎么报答你。你随便些。”明山听出话中话，假装不明白，说：“我不求回报，我在，米粉店就在。你回去吧，你女儿肯定找你了。”

“你不要对我太好，你越这样我越有愧。”孟暄碟说。

“我能帮就帮，我做得到的尽量做。”明山说。

“其实我带着女儿守店，也能坚持下来。”孟暄碟说。

“你真的不需要我帮忙？”明山说。

“需要啊，但我不想欠你的。我妈说了，我爸说了，你明灯哥也说了，我们之间不合适。”孟暄碟说。

“你也认为？”明山说。

“我也是这么认为的。我迟早要回桂林，你可以跟着去桂林，但是我们真的不合适。”孟暄碟说。

明山坐下来，说：“世界上经常有不可能变成可能的，不合适变成合适的。我要试试。”

“别浪费时间了，我的心不在山区，不在你身上。”孟暄碟说。

“你心在蒋东旭身上？”明山说。

“在他身上也不在他身上。我和他有一个共同的女儿，女儿是我扎根桂林的法宝和动力。不晓得我的意思表达清楚没有。”孟暄碟说。

“你的意思表达得很清楚，但我不能深刻理解。”明山说。

两人默默坐了很久，各自想着心事。良久，孟暄碟问明山：“想吃夜宵不？”明山说：“不想，我吃一碗，你就少卖一碗。”孟暄碟说：“我不在乎一碗米粉，你吃十碗我都舍得。”明山从口袋里摸出一块饼干，说：“我带着夜宵。”

门外响起孟暄碟父亲的拍门声。孟暄碟久不回家，父亲不放心。孟暄碟开了门，父亲见里面一切正常，放下心来。孟暄碟父亲命令明山回家，明山不肯，于是命令孟暄碟回家。孟暄碟父亲叹气，说：“明山你是好人，不能因为你是好人我就同意孟暄碟嫁给你。请你原谅。”明山转过脸，他心里难过。孟暄碟父亲安慰说：“你不要难过，缘分是讲不清楚的。我帮你留意别的姑娘，离婚妇女也行，只要有信息，我就介绍给你。”孟暄碟随父亲离开后，明山躺下，想了许多，想起那个即将嫁他又突然变心的前女友。人心难测，前女友怎么说变就变了呢？

别人不明就里，以为明山跟孟暄碟同居了。九桑鼓励明山加油干，只要加油干，稻谷都能煮成饭。明山不做解释，任由人们议论，猜测。来吃米粉的顾客，试探孟暄碟，孟暄碟不正面回答，有时干脆不回答。

孟暄碟女儿上镇里最好的幼儿园，但再好，农村幼儿园比桂林的差好几个档次，待的时间长，女儿已经像个农村娃，她心疼。拿镜子仔细打量自己，发现自己也像个村中少妇了。她对自己说，再咬牙坚持一段时间，一定要坚持到脑子里没有了周老板，没有了对“婆婆”的怨恨，有了对蒋东旭的希望。希望是没有的，只要她在心中复原蒋东旭最初对她殷勤的形象，就有了回桂林的决心。

明山姐姐来电话，说姐夫又在桂林市给他找好了一份工作，月薪不低于四千，交五险一金。明山不去，城市对他没有吸引力。他在乡下收破烂很好的，走村串寨，每天丈量家乡土地，每天都能看到家乡干净的面貌。他与搭头互为镜像，互为学习的榜样。收破烂，家乡人尊重他；到了桂林，没人在乎他，关注他，而且到了桂林，就能找到老婆吗？他反复问自己。只要心安，在哪里生活都一样。明灯的观点，对他影响深远。

九

歌仙峰景区的表演，没有因为孟暄碟的离开停止。一个同事顶替孟暄碟唱主角，水平差了许多，周老板无法挽救。一场演出质量不好，严重损害景点形象。缺人才，他也只能硬撑着。有两个游客看了演出，在朋友圈里炮轰。这两个游客曾经看过孟暄碟的演出，有比较才有鉴别。坏事迅速传遍千里。旅行社因为游客反对到歌仙峰看演出，尽量不安排这个点。周老板收入每天受挫。周老板找了许多家旅行社，希望恢复歌仙峰这个点，但收效甚微。周老板后悔强睡孟暄碟，第一天见她，他就想睡她了，忍了这么多年，最终却没忍住，因小失大。摇钱树被折断，后悔莫及。周老板打孟暄碟电话，想用道歉和经济补偿挽回孟暄碟，电话关机。孟暄碟启用新的号码，谁也找不到她。周老板多方打听，没个下落。

李筱秋这边，她的阴谋得逞，心里痛快了好一阵。但当她重唱《歌仙》高难度曲调时，心里的愧疚和遗憾时常袭上心头。终于有一天，她对团里说，她从此不再主演《歌仙》。这是她演出《歌仙》二百场纪念后痛下的决心。李筱秋对团长说，有一个人唱得比她好，这个人说出来你们谁也不会相信。她叫孟暄碟，歌仙峰景点《歌仙》节目主演，有天分。团长想不起孟暄碟。社会上短期培训的，团里看不上，从没想过从社会上招人才，每年戏校毕业的各类人才都接收不完呢。大家都有一个观点：非科班出身的，最多就是一个发烧友。李筱秋答应带团长去现场考核。可是李筱秋找不到孟暄碟，通过向周老板侧面了解，得知周老板找孟暄碟找疯了。

找到暄碟红油米粉店，李筱碟颇费了一番周折。过程且不提。反正，她跟团长找来了。孟暄碟认得漓江彩调团团长，因为她在那里短期进修时，团长常在台上给他们演讲，哪怕台下只有三个人，团长也要登台，高高在上演讲。团长自知艺术上难有更高造诣，选择管理工作。团长人不坏，就是爱在任何时候发表演讲，官瘾十足。

“欢迎团长一行来漓江上游旅行！”孟暄碟搬出长条板凳，让团长和李筱秋坐在店外面。外面空气好，光线好，风光好。孟暄碟认不出李筱秋，这些年李筱秋一直在暗处。团长回应孟暄碟说："我们算是来旅游吧。漓江上游风光名不虚传，到处绿绿的，河水青青的。自然生态顶级棒。"

"为啥不在歌仙峰景区干了？那里收入高，多可惜。"李筱秋猫哭老鼠，以此打开话题。

孟暄碟跟团长他们不熟，避开问题核心说："干久了，很腻，就辞了。"孟暄碟一句话将话题塞断。团长提起孟暄碟到漓江彩调团进修的事，让她回忆一下进修的时光，快乐也罢不快乐也罢，回忆起来都是财富。孟暄碟说，当时周老板派出三人来进修，是按各自的行当进修的。进修前及进修期间，三人关系处得不好，进修完后，三人却因为"同学"关系，成为好朋友。短期进修，艺术水平很难大幅度提高，但达到了周老板的预期。他是商人，不是搞专业剧团，不需要探索艺术，传承艺术。进修时间快结束前一周，周老板来验收。验收合格，他提前终止了他们仨的进修。团长跟孟暄碟闲聊时，李筱秋轻轻唱起彩调剧《歌仙》，她从难度最高的前一段唱起。唱完高难度的一节，李筱秋停下。孟暄碟抹抹嘴角，笑起来。经过前面的闲聊，孟暄碟知道了李筱秋的艺术成就。团长说："你不要光笑，你也唱这段。你们还没结业就离开，还欠我一次汇报演出呢。今天补上吧。"孟暄碟回来的这些日子，唱出声的少，在心里唱的多。她教明山唱，为的是打发时间。孟暄碟压抑许久了。孟暄碟跟别的演员一样，是人来疯，碰上专业人士，她克制不住唱起来。

孟暄碟在处理高难度唱腔时，自然而轻松，团长听后惊喜不已，但沉住气说："是块料子。"团长问孟暄碟："愿意当专业彩调演员吗？"孟暄碟说："我这水平，哪行？"团长说："你能把高难度唱腔处理得如此完美，别的方面根本没有难度。你若愿意，我担保，招你进漓江彩调团。收入嘛，要看商演情况。当然跟你在歌仙峰景区演出没法比。"孟暄碟说："这是不是真的？我没思想准备。初中毕业那时，倒想成为专业演员，后来收入高，就没想，只想混个好日子。"团长说："我给你两天时间考虑。刚才其实我在不露痕迹地考察你是否真如李筱秋老师所言，你果真有天分，你对高难度的处理超过了她。"孟暄碟感觉奇怪，问李筱秋如何知道她，李筱秋说，偶尔看了你一场演出，我记住了你。李筱秋撒谎说看她演出的是某天，而那天正是孟暄碟辞职前的最后一场演出。团长说："李筱秋老师发现你后，激动不已，回来跟我说，她必须让你替代她。李筱秋是活生生德艺双馨的例子，唯艺术是论，宁可牺牲自己的名利前途，也要力荐你，推出你。"

"你还有什么可推辞的？"团长又说。

孟暄碟想了一整夜，团长说得信誓旦旦，她仍然不相信好事从天而降。进专业剧团，能实现小时候的梦想，社会地位也高。成了专业演员，成为正式的桂林人，她就不用在乎蒋东旭，不用在乎那个"婆婆"。从长远看，利大于弊。第二天清早，她跟父母提起进专业剧团之事，父亲说：“好啊，这太好了。”母亲说：“这么好的事，假的吧？”明山帮她送女儿去幼儿园回来，她问明山：“我进专业彩调团好不好？”明山说：“不好。”她问：“为什么？”明山说：“漂亮演员是大众情人，人家日里夜里都惦记你，想些下流的事，你说好还是不好？”孟暄碟不跟他争辩，换话题说，即使我不进专业剧团，也该回市里了。我想桂林。

明山边帮她干活，边想，孟暄碟迟早会离开的，只是她离开得太快了。她比晓巷还不“靠谱”，第一天见到回来的孟暄碟，他就这么想。孟暄碟要离开，他没有晓巷离开那么难过，他一直有心理准备。她一天不离开，他就想跟她多待一天。单相思，也是恋爱，也是美好的享受。伤感是有的，所以，他需要大哭一场。他借故上厕所，用轻轻的哭泣来排解痛苦。他没控制住声音，哭声钻出厕所。孟暄碟敲响厕所门，叫他出来哭，在厕所哭不雅。明山擦干眼泪走出厕所，孟暄碟说：“先不要急，我也不晓得去不去得成呢。”孟暄碟想搂搂他，安慰他，明山不配合。

孟暄碟给团长打电话，团长说：“来吧，我们都准备好了。”

孟暄碟交代明山和父母照顾她女儿一两天，她进市里，去漓江彩调团探虚实。漓江彩调团没搬家，还在老地方，但周边环境改造过，漂亮多了，练功房，办公区，舞台都焕然一新。政府拨了一笔专项经费，给漓江彩调团改造面貌。团长带孟暄碟去办公室，说："带身份证了吗？若带了，今天就办理入职手续，先入职，再办其他手续。"孟暄碟说："我没做梦？"团长让李筱秋掐她，问她痛不痛。她说："不太痛，再用力。"李筱秋使劲拧她胳膊肌肉，她大叫。

特招一个重要演员，得用事实封团里人的嘴。一场临时彩排开始。孟暄碟功力还不够，演职人员一边就着她，心里却一边鄙视。当演到高难度唱腔时，在场人都被征服。高难度在孟暄碟那里不难，别的还有啥难的？培训两三个月，啥都有了。

第二天，孟暄碟回到老家。她让父母杀鸡宰鸭，宴请帮助过她的人。明山帮着张罗饭菜，明灯、明灯妈、九桑都请了来。九桑误以为，明山有大好事了。吃饭时，孟暄碟宣布她要回桂林，再回来就是探亲访友了。九桑听了不高兴，说："你把明山利用够了，甩手就走，无道德无良心。比不过晓巷，晓巷甩手走前，成全了我的好姻缘。"九桑火气大，劝不住，明灯明山兄弟将他架出去，说："你先回去吧，如果走不动，先在路上等着，我吃完这顿告别宴，开车送你。"九桑对明山说："我真想扇你耳光，你太不争气，丢了我和你伯娘的脸。"明山说我替你扇耳光吧，我早就想扇自己了，我还想把自己的脑壳打烂。

宴席上，孟暄碟说了一些感谢明山，以及感谢明灯、明灯妈、九桑的话。明灯、明灯妈听来冷冰冰，没有被打动，没食欲，匆匆结束宴席离开。剩下明山跟孟暄碟，孟暄碟说："明山你有什么要求就提吧，只要能做得到，我全满足你。"明山说："我的要求你做不到，我提也没用。"孟暄碟说："你提吧，不提怎么知道我做不到？"明山含情脉脉地看着她。她回避他的目光，说："唯有这个条件我满足不了。我回去不嫁给蒋东旭，就会嫁给蔡东旭、李东旭，总之是个城里男人。请你不要恨我，不要怪我势利。我从来没有利用你。"明山说："帮你，是我自愿的。能帮助你，我快乐。能帮你渡过难关，我幸运，我俩有缘。"

孟暄碟说："让我抱抱你吧，你是我的亲人。"明山伸出手，说："抱就不用了，我们拉拉手吧。"

孟暄碟进彩调团后，进行为期三个月的综合素质培训，强度大，她不怕，她能吃苦。李筱秋当她的指导老师，无私地把自己的知识传授给孟暄碟。孟暄碟正式接班主演彩调剧《歌仙》，第一场演出，声势浩大，官员、专家、彩调爱好者，将剧场挤满。第一次接受检阅，团长和李筱秋不免紧张。没想，"自由市场"出身的孟暄碟天不怕地不怕，她一点不紧张，玩似的。演出大获成功，孟暄碟名声一夜打响。一炮走红后，孟暄碟应观众要求，每天都演出。

记者对孟暄碟的报道铺天盖地，故事写到了她出生，小学初中，写到歌仙峰的演艺生涯。团长提醒记者，不能忘记一个人，也就是孟暄碟的前任李筱秋。有这个美丽的结局，李筱秋贡献大，功不可没。李筱秋是楷模，是榜样；李筱秋的精神境界，高于天。李筱秋曾经阴暗的一面，没有人知道，她不打算让人知道。因为有过阴暗，当记者和观众将她树得高大时，她一点不激动，唯有后悔和自责。

团里经上级批准，提拔李筱秋为副团长。李筱秋不答应。团长说，你想全力生孩子？李筱秋真的想，她不说话。团长说，你当副团长不影响生孩子的呀。李筱秋叹息说，你又不是不知道，我跟谁生孩子去？

明山经过孟暄碟的米粉店时，总要驻足看看，回忆她在里面的身影。他早知道他的这场单恋不会有结果，但他的虚荣心因此得到满足，空虚的内心得到填充。他不在乎别人的取笑，他在乎别人的羡慕。取笑他的人，都有羡慕之心。只要曾经拥有，不一定非得现在拥有。曾经拥有，就是一辈子的财富，一辈子甜美的回忆。

盛夏如期到来。

| 第三章 |

风动秋

一

没老婆的日子苦闷。但巡山、干农活，能让明灯暂时忘记心里的苦。

九桑又将为明灯找对象当作首要任务。九桑在附近访问，没访着，走出山区，来到漓江流域别的地区。

同在漓江上游地区，九桑有个熟人，就是那个当师公的黑头。黑头的真名九桑不知道，他跟着别人喊黑头。九桑叫他黑头师傅。黑头懂阴阳八卦，懂风水，还会安抚逝者的灵魂。桂北地区，特别在漓江上游，水库众多，修水库时，许多来不及迁走或者不必要迁走的老坟，就永远浸泡在水底。每年清明节期间，黑头游走在各水库间，击鼓摇铃，吟唱安魂曲，义务为人们的先祖安魂。水库移民感激他，适当的时候以物质感谢。黑头随缘，送他物质他要，不送，他不见怪。安魂，他是自愿的主动的，是他作为师公的一种义务和责任。就凭这点，黑头的江湖地位极高。

无路可走之际，九桑向黑头求援。两人曾有交情，现在的友情仍然未断。黑头熟识明灯，明灯建新房时，黑头还来帮看过风水，定过开工的日子。九桑成了明灯的继父，黑头自然会帮他的忙。黑头满口答应九桑为明灯找媳妇的请求。黑头从漓江源头猫儿山脚下的村庄访起，每一条漓江支流他都去了。功夫不负有心人，一个多月后，黑头在江洞村访到一个合适的少妇。少妇叫赵国慧，早年嫁到漓江中游的峡背村，生有一对儿女，前年老公不幸去世。待在峡背村，睹物思人，过不下去，前段时间搬回娘家定居。黑头介绍了明灯，赵国慧的母亲心疼她，不想再嫁女儿，只要明灯愿上门，母亲便满口答应。赵国慧也有这个意思。赵国慧下面有一个弟弟，一个妹妹。妹妹远嫁东北，一年难得回来，去年一家人移民去了乌克兰。弟弟成家立业。父亲已去世，母亲跟弟弟一家过，弟弟赵国田是个孝子。赵国慧搬回娘家定居后，母亲将一半房产分给赵国慧，母女俩一起生活。赵国慧一对儿女在镇上上学，住校。自然村适龄儿童少，每个乡镇只有两三个集中教学点。

消息传到明灯家。明灯一家分析了一个晚上。当上门女婿，明灯接受不了，离开自己的村庄，明灯上哪里都不习惯。倒不是名誉问题。但按明灯的年龄，能有个二婚的妇女接纳，已经烧高香了。正犹豫间，黑头带着赵国慧上门来。赵国慧不像生过两个孩子的女人，显年轻。实际上她年龄并不大，只是嫁得早，21岁就嫁了。嫁的男人不错，嫁的村庄在漓江边，自然条件好，一家的经济条件不错，吃穿不愁。日子过得滋润，青春消逝得就慢。赵国慧大方，成熟，稳重，带来不少礼物。她这是上门求婚来了。可不是吗？她要

“娶”老公回家嘛。双方一聊，还挺投缘。

下午，赵国慧随明灯上山劳动，两人相处半天，婚事，明灯答应下来。赵国慧要求不高，不要彩礼，不要“嫁妆”，明灯去个人就行。黑头给看了个吉日，距离不远，也就半个月后。

事情转机起来很快，很多事情都来不及预料。明灯做梦一样有了老婆。结婚后，明灯人勤快，赵国慧满意。娘家江洞村自然条件比不上婆家峡背村，但只要勤劳，在江洞村也能发家致富奔小康。明灯很快摸清了村里的情况，跟村里人相处很好。弟弟赵国田自从姐姐迁回来定居，就开始建房，他计划新房建好后，老屋全给姐姐。民间建造师建房速度快，明灯上门没多久，赵国田的新房就建好了。内外装修好，赵国田一家搬进去。母亲选择跟赵国慧明灯生活，赵国慧 21 岁就嫁出去了，母亲觉得欠女儿许多，一起相处的时间太少，想在有生之年用全部的时间跟赵国慧相处。

赵国慧母亲有病，慢性气管炎严重，有时候咳嗽憋得脸铁青，差点上不来气。上医院老是治不断根。母亲还有胃病，最近三天两头痛得厉害。明灯赵国慧送她到桂林医学院附属医院检查，大夫判断不是胃的问题，是胰腺问题，以前只当作胃病治。一查，果真胰腺出了大毛病，医生说，她母亲最多只能活半年。哪怕活一天，也不能不治。这是中国人普遍的观念。两口子在医院留下来照料母亲。两口子原计划马上要孩子，母亲得了绝症，计划要推迟了。明灯不埋怨，赵国慧向他道歉时，他反过来安慰她。赵国慧说："我命好，嫁一个男人是好人，再嫁一个男人又是好人。"第一轮化疗结束，母亲身体虚弱，明灯两口子接她回家。明灯日夜侍候岳母，村里人感慨说，明灯像个亲儿子。

赵国慧母亲接受第二轮化疗之后，医生说："回去吧，不要再来医院，已经没有意义。"医生又说："对病人好点，病人想吃什么想喝什么，都满足，让她满意而归。"母亲的病是好不了了，精神时好时坏。精神好的时候，母亲要起来到户外晒太阳。初秋的太阳不友好，人人都躲着，母亲却迎头而上。赵国慧一个人抱不动，明灯力大，一人能轻松地抱着岳母。明灯抱着岳母在太阳下面来回走，岳母心疼他，要他放自己在躺椅上，坐着。岳母身体虚弱，但体重并不轻，因为她的肚子大，肚子大是因为腹积水。身体弱而怕冷，明灯抱着岳母时，感觉抱着一块冰。岳母需要阳光，明灯能直接感觉到。

岳母虚弱，坐不久，需要躺下。明灯说："我抱着你在村里走走吧。"岳母点头同意。岳母说话声音很小，大多时候，她用点头摇头来回答，以节省体力。赵国慧跟在后面，她手持竹叶扇。母亲身上无汗，晒多久太阳都不出一滴汗。母亲身体像快干透的毛竹，没有水分了。赵国慧持扇给明灯扇风。烈日下，明灯大汗淋漓。赵国慧用毛巾擦他身上的汗，然后给他后背扇风。

经过房屋背后，岳母示意明灯停下。明灯停下来。面前有一小片树林，其中一棵高大，需要仰头才能看到树梢。明灯不认识这树，在他们边村，植物品种虽众多，却没有这种树。大树旁边有一个砍伐后的树桩，树心颜色还没老旧。几棵小树分布在周围。岳母盯着这棵树看了好一会。明灯不明白岳母什么意思。赵国慧说："这树是妈六岁那年种下的。"明灯明白了，岳母跟这树有感情，六十多年前树还是小苗，如今可以说是参天大树了。岳母跟小树一起成长。但人不是树，人老了，树才成年。没有人能活得过树。岳母大约知道来日不多，舍不得这树。岳母深情凝望这棵树，心里一定跟树说了许多话。明灯双手动动，调整岳母的姿势，其实也在调整手上用力的地方。

"累了就歇一会吧，我去搬张躺椅来。"赵国慧说。

躺椅搬来后，明灯放下岳母。岳母仍然看着这棵树，从树根看到树梢，再从树梢看回到树根。明灯走过去细看树干，摸摸，闻闻。此树有一股浓郁的香气，闻着舒心。岳母想说什么，却没说出来，她做着手势，嘴唇微颤。明灯用眼神问赵国慧，妈在说什么？赵国慧嘟着嘴，表示不清楚。明灯想，赵国慧知道岳母心里在说什么，只是不想告诉他。在树下待了二十来分钟，赵国慧对母亲说："妈，我们到村里散散步，散散心。"

明灯抱着岳母散步。村里幽静，绿树成荫。明灯这时才注意到，屋后那种树，村里有许多，到处都有，大大小小的，都连成片了。江洞村比明灯他们边村大，就村舍而言，上边村下边村地盘加起来也没江洞村大。江洞村地势平缓，高山全在远处。边村那一带开门便见山。同样在漓江源头地区，江洞村比边村那一带富裕。漓江源头地区毛竹多，家中许多用品都是毛竹做的。这一带人依靠种植毛竹、加工竹器早脱了贫，有的人家还富了起来。竹器产品销往全国，销往世界，特别是东南亚地区。有人白天下地劳动，晚上做竹器。许多人加入了合作社，镇上有许多家竹器加工厂。富裕不只是因为制作竹器，还有水果种植。明灯他们边村那一带有风光，有差异化的景点，难在开发投入大，资金不雄厚，不做长远投资的，全都望而却步。

跟别处一样，江洞村留守人员不多，年轻人和一部分中年人外出打工。加入合作社的，年底有分红，外出打工有工资，两份收入呢。有的人为了能照顾家，只到县城打工，去六七十公里外的桂林城区打工。虽然村里人不多，但明灯抱着岳母散步时，村道上还是站满了人。他们对明灯岳母嘘寒问暖时，更多地赞美他。抱着岳母观风景的，在漓江源头地区，恐怕明灯是第一人。村道是水泥路，平整，太阳能路灯造型好看，增添了整体美感。明灯家没有轮椅，岳母病不在腿上，所以一直没准备轮椅，不然，可以推着岳母。

“你曾有个好女婿，现在又有个好女婿，争取多活几年。”村里上年纪的人对他岳母说。

“眼前这个女婿更好，他在你身边，时时能照顾你。”又有人说。

“你不好好活下去，对不起女婿。”还有人说。

明灯岳母点着头，噙着泪。岳母擦掉一把泪，说：“明灯不是我女婿，他是我亲儿子。”

二

岳母的生命之灯越来越暗。快断气时，岳母用尽最后一点力气做手势。赵国慧看懂了。“妈要去看她的树。”赵国慧说。明灯抱上岳母去屋后。这片树林仍然蓬勃，最大那棵仍然伟岸，那个树蔸仍然艳亮。岳母在明灯怀里凝视这棵树，她身体的温度慢慢撤退。岳母在明灯怀里去世差不多半小时，他才发现。

岳母依依不舍的这棵树是香楠木，属楠木的一种，价值仅次于金丝楠木，也是特别金贵的树种。历史上，漓江流域不长楠木，六十多年前，岳父的父亲从外地弄来两株香楠木苗。那时候岳父在他父亲引导下，亲手种植香楠木。岳母是邻村的，因为父辈给定了娃娃亲，岳母被叫来种香楠树。种香楠树的目的是将来去世，用它给自己制作棺材。使用楠木棺材，那可是顶级的待遇。岳父岳母都很幸运，一种就活了。香楠木生长稳定后，岳父的父亲试着用枝条育苗，但没成功。香楠木生长缓慢，不过岳父种下的那棵，五十多年后，他去世时，已长大成材。岳父岳母种的香楠树，第二十年开始开花结果。开花在每年四、五月，果实成熟在九、十月。村里人来讨种子，分别种在自家院子里，房前屋后，也有的种到菜园里。没成活的次年补种，几十年下来，村里大大小小的香楠便多了。

岳父去世好些年了，十年了吧。岳父的愿望是躺在亲手种植的香楠木做的棺材里。这个愿望，他儿子赵国田帮他完成了，但也因此付出代价。

岳父岳母种香楠树的时候，因为没有经验，两棵树相隔近，长大后枝叶紧紧相碰。岳父有一天发现两口子长期争吵不和的原因：两棵树天天打架，主人哪有不吵架之理。岳父搬来楼梯砍树枝。他先砍岳母那棵伸过来的树枝。岳母站在树下，反抗说："凭什么先砍我的树枝？"岳父说我爬上来了，先砍谁的我说了算。岳母说不行，先砍你的。两人争执不下，惊动左邻右居，惊动在不远处劳作的村民。他们被邀请过来评理。岳父在楼梯上站累了，他下来给男人们散烟，争取群众。岳母则从家里弄来自制的点心，男女都有份。江洞村，每天一小吵，三天一大吵的两口子，也只有岳父岳母，这对夫妻“臭名远扬”。人们在介绍对象时，要拿这两口子举例，说，千万不要像那两口子，一辈子合不来，争吵一辈子。两口子一起下地劳动，劳动一天就争吵一天。有长辈劝说，吵架的力气全用在干活上多好！两口子听不进，有时候半夜三更，全村人还能听到两口子的吵架声。全村人已习惯他们两口子的争吵，已经不关心他们为什么争吵，好像什么事情都能引起争吵。比如竹花母鸡本月下了几只蛋，意见不一，引发争吵。两人习惯了争吵，鸡毛蒜皮的事也要对着干，不管意见一致不一致，必须做到不一致。

树枝打架，主人因此感情不和，成天吵架。岳父砍树枝的理由充分，即便不是这个原因，两棵树枝叶互撑，也会影响生长。先砍谁的树枝，是件很简单的事，但到了岳父岳母这里，成了复杂的事。村民负责看热闹，不负责表态。这个态是非常难表的。不能得罪人不说，还确实没有理由赞成先砍谁的。村民不表态，却不散，站在树下说无关的废话。先砍谁的达不成一致意见，两口子便先不砍，先吵架再说。岳母骂岳父动机不纯，只想消灭对方力量，保存自己实力。岳父原本不是这个想法，受岳母冤枉，干脆承认，说：“我就是要消灭你，有本事你消灭我啊！”岳母受刺激，她爬上楼梯，但发现自己无力砍掉对方的树枝，男人的事，她做不来。岳母气急败坏，用刀背猛拍岳父的树干。岳父冷笑，心想，你有本事砍我的树干啊！

接下来，两人争吵有了稳定的主题。每天围绕着该先砍谁的树枝争吵，由此联系到当年种树浇水施肥除草护理中的不公平不公正上。

这天傍晚，有村民喊叫："砍树枝了，砍树枝了！"正在田里干活的岳父岳母慌了神，匆匆赶回家。赵国田待在上面，正砍树枝，而且相碰的树枝已经砍掉。

"你先砍的哪棵树？"岳父问。

赵国田说："我同时砍的。我左手一把刀，右手一把刀，左右同时下刀。"

岳母说："我不信，在上面不可能同时下刀。"

赵国田从树上下来，拾起地下的另一把刀，做出左右同时出刀的动作。岳父说："我说的是在树上面，不是地上，你在树上不可能做到左右开刀。"赵国田说："有意思吗？我左右同时下刀，他们都看见了。"在场的村民有的表态，有的不作声。简单的事情本来就该用简单的方法解决，赵国田这一招，村民满意，岳父岳母也拿不出绝对的异议。

树枝砍了，两树之间的天空再无遮拦。岳父岳母并没有立即停止吵架。赵国慧回娘家，正赶上父母吵架，劝道："打架的树枝已经砍掉，你们怎么还吵架？"以后，两口子吵架念头刚出，想起了赵国慧的话，立即闭嘴。时间一长，两人就不吵了，学会了让着对方，包容对方，还学会了主动认错。两口子从此和解，生活和谐。但幸福日子不太长，岳父出了意外。岳父去漓江岸边保锋渡沙场打工。那时候漓江违规挖沙现象比较严重。岳父常在不同的挖沙场打工，后来去的沙场规模大，日生产量巨大。市县两级政府接到举报，重拳整治漓江挖沙，老板关闭沙场，却开起了采石场。岳父继续跟着老板打工。采石场规模不小，开采量大，不到三年，那座山被挖去一半。老板不满足只开一个点，他在附近数个山头同时开采。产量大幅提高，老板赚得时常半夜笑醒。采石工人吃住在采石场工棚里，白天辛苦劳作，晚上有人设赌场。天高皇帝远，在这里开赌场，派出所无法发现。赌徒闻讯，趁天黑从四面八方赶来。岳父没被拉下水，人家赌博，他睡大觉。睡眠充足，精神十足，干活有劲，岳父完成的工作量是第一，因此，他获得的报酬也是第一。那年，漓江上游雨季特别长，雨量特别大。半夜，岳父他们低处的工棚来了泥石流，赌博者逃掉了，睡得正香的岳父没能躲过灾难。泥石流将岳父冲进漓江，尸首在距离出事地点十几公里的地方才被发现。

岳父参与破坏环境，受到了惩罚，岳母不服气，那么多破坏环境的人为什么还好好活着？采石场老板赔偿之后，逍遥法外，换个身份换个地方继续挣大钱。岳母伤心，那段时间她发疯似的每天用石头砸天。岳父出事，对家庭来说是个灾难，而对漓江环境保护却是一个警醒。有关部门以采石场当作警示案例，大力整治漓江环境，效果显著。

岳父鼻嘴全是沙子，岳母发狠话说：“谁也不许清理，让他带着沙石去那边申冤告状！”可以想见，岳父的肚子里也灌满了沙子。因为沙子的加盟，岳父的尸体比同样身材的人重。

岳父亲手种下的香楠，就要履职了。赵国田怀着巨大的悲痛，请来村民砍伐。赵国田当主伐手。他借来油锯，亲自动手。油锯是个好东西，充汽油就能发电，一按开关便是一个机械化工具。赵国田没使用过油锯，锯树前，赵国田练习了好一阵，基本掌握后，正式砍伐香楠树。香楠树与岳父同命。赵国田自作聪明自作主张地举行个砍伐仪式，包括对香楠树的歌颂，提前祭祀。岳父种的香楠树高超过十米，砍伐需要注意的事项多，但有众人帮忙，香楠树很快被安全伐倒。做棺材的刘师傅立即投入工作。按照风俗，在外死亡的岳父不能拉回村，但岳母打破规矩。岳母要为岳父办一场隆重的葬礼。岳母请来传统哀乐队，现代哀乐队。传统队吹拉传统曲子，现代队演奏当下音乐，轮番上阵。晚上还唱传统孝歌。当下，孝歌手少了，岳母差人到处寻找，每晚保证五六个人主唱。雨季的夜晚天凉，香楠树的枝叶当柴烧来烤火。香楠木清香，烧成灰的过程中，散发出沁人的香味。出殡那刻，岳母哭得死去活来。从此，岳母闷闷不乐，日子黯淡。岳母时常长时间坐在香楠树下，仰望自己的树，抚摸岳父那棵树的树蔸，嘴里轻轻说话，她说的，没人能听懂。岳母后来得不治之症，与岳父意外早逝有直接关系。

岳父离开的头几年，岳母为岳父的树蔸勤浇水施肥，盼望长出新苗。岳母把树当成了丈夫。树蔸偏偏不长苗，岳母着急。她对树蔸说："老赵，你就不能变棵小苗长出来吗？"一年年过去，树蔸的锯口鲜亮，像新切的，清香不断从里面散发出来。岳母长年养护，树蔸一直活着。因为活着才有新鲜的香气。

岳父岳母是村里的前车之鉴，他们以他俩种的香楠树为参照，新种树苗时，两棵树之间保持足够的距离，如果距离不足，主人便想法移栽，以免两树枝叶相碰，导致主人的口舌之灾。树枝相碰，是主人间口舌之争的主因，这个理论没有科学论证。但村里人相信。两树有了距离，枝叶没有交集、互不摩擦，主人的心里产生特别想法：我俩没有相碰，不应该发生口舌。普遍产生如此自觉自省意识，口舌之争现象便少了。大约是一种心理暗示，这种暗示利于人们的心理健康。岳父岳母自小被双方父母定了娃娃亲，两村相邻，两人便一起玩耍，青梅竹马。感情从小建立，结婚时，感情已很深。有人回忆说，他俩争吵是从两棵香楠树树枝叶打架开始的。赵国田砍掉打架的枝叶后，他俩感情恢复，再没口舌之争。村民们并不想神化香楠树，他们对所有人说，这是事实，一点不夸张，一点没编造。

香楠树能在江洞村成活，并且播种发芽，逐渐成林，是个奇迹。香楠树与江洞村有缘，双方相互成就，和谐相处。附近村有人试图用种子发芽，移植树苗，都没成功。唯独江洞村的水土与香楠树相生，相爱。

香楠树有灵气。

三

岳母在明灯怀里去世。明灯将岳母抱回家，安放在她的床上，盖上被单。岳母似乎走得不服气，但也还算安详。赵国田跟进来，他将手中的香楠树叶撒在母亲身上，对明灯说："哥，该你了。"明灯不明白赵国田的意思，他以为赵国田让他完成某种风俗。赵国田不叫明灯姐夫，叫哥，不仅是因为明灯上门，更重要的是，对待母亲，明灯做得像一个儿子。明灯让赵国田明示。赵国田让赵国慧说。赵国慧便说："母亲需要棺材，轮到你砍伐香楠树了。"明灯说："砍香楠树犯法，要坐牢的。赵国田的教训我们要铭记。"

岳父去世时，赵国田砍下香楠树交给请来的棺材铺刘师傅做好棺材，岳母办了一场隆重的葬礼，一共五天五夜。安葬岳父不久，一切刚刚安静下来，镇派出所所长带着两名干警进入赵国田家。"接到群众举报，你砍伐二级保护植物香楠，请跟我们走。"所长说。赵国田说："谁举报我？"所长说："其实没人举报，我们听说你砍香楠树给父亲做棺材，经过我们实地查看，事实清楚。"赵国田说："我砍自家种的树，也犯法？"所长说："犯，香楠树已经不完全属于你家了，属于国家，确切说属于大自然，你无权私自处置。"

岳母拦住警察，说："你们不讲道理，我们砍自己的树，犯哪条法了？"所长说："阿姨，任何人不得砍伐国家保护植物。"岳母说："我养护它们几十年，一直是我的私有财产。"所长说："我一时跟你解释不清，总之，赵国田触犯了法律。"岳母说："树是我砍的，抓我吧。"所长说："你找出证明人来。"岳母说："村里人都能证明。"所长说："我们调查过了，他们一致指认树是赵国田砍的。他用油锯锯，砍倒香楠树只用了半小时。"

赵国田被铐走。岳母追不上，回到村里，她一家一户拜访，要他们证明树是她砍的。有的村民不好表态，做假证，他们不敢。再说，当初公安便衣上门，不经意询问砍树情况，村民没有防备，如实说了。说出的话，泼出去的水，不能收回了。更多的村民绕弯应付岳母。他们不相信赵国田犯了法，砍树，最多缺办手续，关几天，罚些款就完事。岳母听他们这么分析，觉得有道理。

这个事，却不是村民推测的那样简单。赵国田被正式逮捕，移交到司法机关。检察院提起公诉。事实清楚，证据确凿，赵国田被判刑两年零六个月，缓刑四年。自家种的树木，按法律规定，可以砍伐，但要有条件，两株及以上需办理手续，否则违法。对于珍贵树种，没取得砍伐许可证，砍一株也违法。明灯岳父种的香楠树，生长五十多年了，香楠树生长缓慢，五十多年长成超过十五米的参天大树，不多见。江洞村太适合香楠树生长了。判赵国田的理由，一是树种珍贵，是国家保护植物；二是如此高大的香楠树难得；三是他没办任何手续。赵国田被判缓刑回村那天，村民前来看望他。赵国田问清楚了，缓刑期内，只要不触犯任何法律，服从管教，积极表现，就有机会减刑。

“后悔吗？”人们问赵国田。赵国田心里想，不后悔，但他说出来的话是，后悔啊！我触犯了法律，罪有应得。人们知道他没说心里话。他的举止，村民同情。赵国田因为犯罪，行动受限，还要经常学习汇报，耽误了许多农活，只靠老婆干农活，干不来，村民没有因此歧视他，能帮上忙的帮。老婆私下问他：“将来你妈走了，你还砍香楠树吗？”赵国田低声说：“砍。但要先去办手续。”老婆说：“如果不给办呢？”赵国田想了想，说：“豁出去了，砍。再判一次刑也值。”老婆说：“家里的事不能总让你一个人承担吧？”

“你砍？”赵国田问。

“我不砍。你姐砍。”老婆说。

“姐是出嫁之人，不能让她砍。你不砍，我砍。你想砍，我还不能让你砍。我是男人，是儿子，我承担一切责任。”赵国田说。

“这太不公平了。”老婆说。

“很公平。”

“能不砍香楠树，用别的树做棺材吗？”

“不能。”赵国田说，“我不能辜负妈的希望，我不做对不起妈的事。若我不孝顺，她在那边不会放过我。”

老婆说：“是你心里不安吧？”

“对。主要是心里不安。”赵国田说，“还早呢，谁知道以后政策会不会变。先不要考虑那么远。”

父亲去世后，赵国田像父亲一样，秋天，将香楠树种子留下来，播种，育苗。出苗率非常低，但他必须不断育苗。他砍了一棵树，想种植更多的树来补偿。数十年后，这些树将长高长大直指苍天。但移种的树苗成活率不高。大概这树对环境要求很高，像老虎，如果数量太多，生态必定不平衡。不管成活多少，赵国田都在村里适当的地方移种香楠树苗，自家田间地头种满了，就种到别家去，算别人的。这样的好事，村里没人拒绝。

缓期执行的四年里，赵国田沉默寡言，尽量不出村，不参加任何娱乐活动。他给自己收拾一间房，规定自己只能住这里，谁也不能进来。老婆进来，他不允许，他说：“我在坐牢，知道吗？”老婆说：“你坐牢不允许探监？”老婆跨进门，有亲热的倾向，赵国田立即制止，说：“探监能进牢房吗？能那个吗？”赵国田认真，老婆哭笑不得。赵国田原计划年内做的事，因为犯罪终止。四年时间他读了许多法律书，起初是缓刑的规定，后来读上瘾，就买各种各样的法律书籍来读，新出台的涉及农村农民农事的法律法规，他第一时间学习。他记学习笔记，认真领悟法律条文。法律书籍读得差不多后，阅读杂书，文史的，天文地理的，凡是能读得到的，都读。刑满前，管理人员找他谈话，发现赵国田健谈，用词文雅，掌握的各类知识不少。管理人员说：“你相当于读了一个大学。”

缓期期间，赵国田利用掌握的法律知识，为一个初中同学写诉状，寻找法律依据，最终这位同学不请律师也打赢了官司。赵国田因为身份特殊，不能到庭辩护，就把观点和法律依据写在纸上，先一遍遍教老同学如何说，直到老同学不看字条提示，也能出口成辩。老同学跟人合伙种果树养猪，养猪是为了获得有机肥料，种出更好的果树。创业阶段，与合伙人关系很好，赢利后，意见开始分歧，最后相互猜疑，直到闹翻。对方将老同学告上法庭。老同学来探望赵国田，赵国田说你来对了，我犯罪前，你找我没用，现在你找我便是聪明人。赵国田刚学完经济方面的法律，正兴奋着。他与老同学瞌睡碰上了枕头。老同学没抱什么希望，看到他桌上摆着一本如何打经济纠纷官司的书，随口说了句请他打官司。赵国田满口答应，随后查阅资料，从网上寻找相关案例，探寻应诉技巧。赵国田帮老同学打赢官司，有成就感。他在给管理人员的思想汇报中，专门提到这个案例。管理人员向上级领导汇报，监狱局搞宣传报道的干事，认为这是个好新闻题材，专程采访赵国田，后来这篇新闻报道在多家报刊发表。赵国田砍树出名，“坐牢”出名，村里人更认同他的“孝心”，因此，他的孝道极有民间市场。

赵国田的罪名是无证砍伐受国家二级保护的香楠树，尽管树是自家种植的，但无论是否人工种，都不可无证砍伐，且香楠自然生长了五十多年，野性十足，不判刑不足以震慑罪犯，不足以教育警示民众。按要求，赵国田必须深刻反思，写出书面材料。赵国田学习法律多起来后，写认识材料也逐渐深刻，文字表达能力空前提高。结合他的改造实例，比如年年育苗种植香楠树，自我规定“牢房”，自觉拒绝亲人探“监”等，反省反思材料生动深刻。第三年，孙副监狱长派人请赵国田参加一个活动。有一个单位科级以上干部进监狱参观访问，接受警示教育。赵国田第一次进监狱，他被羁押期间不在监狱，判刑后被直接送回村服缓刑。监狱陌生，各类设施令他大开眼界。他被选为现身说法人之一，来之前，宣传干事为他准备好现身说法的范文，供他学习借鉴。赵国田写出初稿，宣传干事看后提不出意见，汇报给孙副监狱长，孙副监狱长基本满意，只指出两处小地方需要修改。孙副监狱长问赵国田什么学历？赵国田说：“初中，高中读了一年就逃学，跟人到桂林打工去了。”孙副监狱长说：“你应该读完高中，学文科，说不定能考个好大学。”赵国田说：“我讨厌读书，如果不是服缓刑，我仍然讨厌读书。”赵国田现身说法时，口才一般，或许过于激动紧张，影响了发挥，但他的材料扎实生动，接受警示教育的领导干部听进去了。这个单位恰巧是林业系统的，林业局局长记住了赵国田，记住了漓江上游地区的江洞村。回想起来，孙副监狱长也是有意安排。赵国田因为砍树犯罪，林业系统领导干部听起来更能产生共鸣。

赵国田没进监狱，只在家里服缓刑，母亲略感欣慰。十里八乡的人都听说了赵国田因砍树犯罪。砍树有各种各样的用途，砍树为先父做棺材，这种特殊用途，如果犯罪，乡亲们感到说不清楚，因为心中不是滋味。人人必须遵守法律，但人人也必须遵守孝道。闲聊时，时常有人谈论争执。情感与法律冲突时，有人选择情感。赵国田是附近第一个因为砍树被判刑的，漓江上游乱砍伐有森林公安、护林员监管，砍自家种植的树，完全靠村民增强法律意识和自觉。赵国田砍树案，警示一大片：树木是大家的绿色家园，人们环保意识普遍增强，这一带偷伐现象因此大大减少。赵国田在家服缓刑，母亲对每一个人提起儿子时，反复说：“赵国田不是坏人。”母亲对赵国田像他小时候一样疼爱，每天给他准备好吃的，他每说一句话，她都面露笑容倾听。

四

“坐牢怕什么呢？你孝顺妈，就不要怕坐牢。”赵国慧对明灯说。

母亲去世，还没通知亲朋好友和村里人。村里人必须先知道，办丧事，离不开村里人。但是重要的不是通知帮忙人，必须立即请木工师傅给母亲做棺材。明灯岳父去世时，刚砍下的香楠木能做棺材，通常来说，干透的或者半干的木料做出的器物最为理想。那次，做棺材的刘师傅第一次使用香楠木，以为陌生材料做起来困难，不想，做得十分顺手。刘师傅在沁人心脾的香味中，费时不多。他把边角料、木屑收拾起来，装进一个麻袋，防止赵国田他们当柴烧掉。刘师傅想过，这些边角料做不成什么器具，但它们实在太香，闻着就是一种享受。不光为了闻香，欣赏木料的纹理，也是一种高级的精神生活。刘师傅至今还珍藏着边角料、木屑，碰上好友来访，喝兴奋了，总要拿出来分享。

三人坐在堂屋议事。赵国田打算继续请给父亲做棺材的刘师傅，给母亲做棺材。这个没有异议。争议在于砍树。明灯表示不砍树，劝赵国慧赵国田姐弟俩打消砍树念头。

“砍香楠树犯法。”明灯说，“犯法的事我们不能干，同样的犯法行为不能干第二次。犯同样的法，判得更重。”

“哥，我学过法律，我懂法。”赵国田说，“我虽懂法，碰上这种特殊情况只能知法犯法。”

“砍吧，不要再考虑了。”赵国慧对明灯说，“不管你到天涯海角，不管你坐穿牢底，我都喜欢你，等着你。”

“我们先不说法，说树。这棵树长五十多年了，太不容易。香楠树不是松树杉树，十几年就成材，它可是几十年上百年才成材。”明灯说，“我们忍心砍吗？树是我们亲密的伙伴，不能砍。”

“哥，你什么学历？”赵国田说。

“我初中毕业，没上高中。其实我也可以读高中，但我怕读书。我没跟风外出打工，我喜欢家乡的山岭树木花草和野生动物，我离不开它们。”明灯说。

“哥，我俩同学历。但你敢说你比我有知识？”赵国田说。

“你比我识字多，读书多，还会写材料。我跟你比，裤子比落。”明灯说。

“感谢缓刑，我用四年时间读了好多书，增长了知识。有人说我好比读了四年大学。”赵国田说，“坐牢怕什么呢？在牢房里可以学知识学文化，学技术。如果运气好，在家服缓刑，还能自由阅读，家庭、农活、学习，一样都不耽误。”

“国田说得对。你一个农民，坐牢回来，照样干你的农活。我保证在你被抓之前，接受好你播的种子，如果你真去了监狱，等你刑满回来，孩子长大了。你什么也不用操心，白捡个孩子。”赵国慧说。

明灯闭上双眼，眯了一会儿。他睁开眼时，说：“我刚才做梦了，妈说，香楠树不能砍。人死了，没了；树砍了，灭了。人活几十年，树活几百年。树寿命未到，砍树，就是杀生。妈还说，留下她种的香楠树，后辈人见树如见人，永远记得她。香楠树能活几百年上千年呢。因此，人们可以记她一千年。”

赵国田说：“你根本没睡着，哪来做梦。就算妈对你说了，没对我说，等于没说。我不同意你的意见。你必须砍树。我姐不能砍，她是女的。她不能犯法坐牢。你是男人，你要有担当。”

“我不能砍。”明灯说。

“换个思路，我姐砍树，你坐牢，行吧？我们就姐弟俩，孝心不能让我一个人尽，好事福气不能让我一个人沾。该你和我姐砍树了。”赵国田说。

赵国慧说：“我砍不了树，如果我能砍树，还用劝明灯？”

“妈去世了，我们还在这里不干正事。你们分头通知亲戚朋友吧，我出去问问，看能不能办到砍伐手续。”明灯说。

赵国慧赵国田姐弟俩分别通知亲友时，赵国田首先给木匠刘师傅打电话。刘师傅说好啊，我十年没用香楠木做棺材了。刘师傅带着两个徒弟立即出发。

明灯到镇林业站咨询，说怎么样才能办到砍树手续。听了明灯砍树的理由，站长叫他不要砍树。香楠树不是一般的树，即便能办手续也不能砍。明灯说："我不砍，我心疼树。岳父去世赵国田尽的孝心，现在轮到我老婆，我老婆和她弟弟逼我砍。"明灯岳父去世时，林业站当前这些职工都还没来，他们一时想不起赵国田被判缓期的事。有人告诉明灯，县林业局才能办理砍伐证。明灯搭班车去县林业局。林业局那个办证的头头，那年正好在镇上当站长，他对赵国田砍香楠树记忆犹新。老站长问："你是他家谁？"明灯回答："女婿。"老站长说："赵家女儿不是嫁到峡背村了吗？"明灯说："她老公死了，太伤心，待在婆家没法过日子，迁回娘家，招我上门。"老站长说："世界变化太大，真想不到。"老站长人啰唆，问明灯家哪里的。明灯说："边村的。"老站长说："隔着好几条漓江支流呢，你这个门上得好远。"明灯说："讨不到老婆的人，只能是这种命运，只能获得这种待遇。"老站长跟明灯扯闲篇。明灯说："我不能再跟你扯了，岳母尸体还躺在床上，没有棺材，她入不了殓。当务之急是给她做副棺材。"

"赵国田砍树被判刑，你晓不晓得吗？"老站长说。

"晓得。他因为没办砍伐证。"

“砍自家种的一棵树，按规定不需要办证。树与树不同，砍了珍贵的树，性质就不一样了。”老站长说，“这证我不给你办。你快回去办丧事。最好买口现成的棺材。”

明灯却坐在那里不走。老站长说：“我没有招待你吃饭的想法，你快走。”明灯说：“我走很容易，可是，我不砍那棵树，将来很麻烦。”老站长说：“你想过后果？”明灯说：“想过。我反对砍树，即便你给我办证我也不砍。砍也难，不砍也难。摊上这种事，选择很难。我做上门女婿才几个月，不砍树，可能失去老婆。”老站长本是个爱聊天之人，了解到明灯面临的难题，却没了聊性，立即对明灯说：“快走。”

县城郊外有两家棺材铺，明灯问了价，留了电话，说了地址。老板做生意急，要立即给送去，明灯说，等我电话。

明灯回到家时，天快黑了，他这一天光顾走路，想解决不了的难题，忘记吃饭。家里帮忙的亲友邻居挤满一屋，他们准备吃晚饭。明灯没有食欲。赵国田在屋后，他准备好了油锯和牵引倒树方向的绳子。木匠刘师傅和他两个徒弟，一人一句给赵国田出主意，提建议。刘师傅说：“赵国田，已经一天了，你连一棵树都砍不下，白白浪费我们师徒三人一天时间。”赵国田给刘师傅和他的两个徒弟递了烟，说，这回轮到我哥明灯砍树，孝敬的人能得到先人的保佑，我不能抢功。刘师傅没再说话，他赞同赵国田的观点。不管砍树带来什么后果，带来什么利益，兄弟俩都必须分别承担一次，有福共享，有罪同担。

眼看天要黑下来，时间紧迫。明灯电话关机，赵国田联系不上。明灯手机有电，他有意关机，免得赵国田催促。明灯心里烦。久等不到明灯，赵国田出了个主意，他来持锯，刘师傅师徒仨拉绳子，配合他砍树。刘师傅说："我们只负责做棺材，不负责砍树。加钱也不行。"刘师傅精明，他参与砍树，便是同谋，有关部门处罚起来逃不脱干系。赵国田叫看热闹的村里人帮忙，他们找借口躲开；叫亲友，亲友不答应。

见明灯出现，赵国田跑过来，急切地问："砍伐证呢？"明灯说："不给办。"赵国田说："不给办你不早点回来，天快黑了。"赵国田拿过来油锯，说："你快动手，我去拉绳子。一个人拉危险，力量也不足。"赵国田找不到帮手，找来赵国慧。赵国慧说："我俩拉绳子行吗？"赵国田说："行，我力大。"赵国慧说："树高大，我俩奈何不了。"赵国田说："我力大，拉得动。"油锯躺在地上，明灯不弯腰拿，赵国田捡起来塞到明灯手上，明灯不接。

"我不砍树。我们不能砍树。"明灯说。明灯离开现场，赵国田追上去："明灯，你什么意思？你不是赵家儿子，对吧？"

"不是儿子不儿子的事，要是能砍，林业局会不给办证？”明灯说。

“不砍树，你就不是我姐夫，你马上滚回边村。”赵国田说。

“我妈活着时，你尽孝，我妈一死你就翻脸。你这种老公我不要也罢。”赵国慧说，“赵国田，你锯树，我拉绳。我不信，姐弟俩砍不了一棵树。”

天黑下来。砍树，只能等明天了。

办丧事的亲友邻居，各司其职，井井有条。墓穴已经挖好，地点是风水先生黑头选定的。黑头看风水，一般不收钱，主人要给，他便选一件礼物替代，礼物并不贵重，是个意思。黑头有威望，不是因为风水看得好，在于人品好。风水这个东西，信则有，不信则无，说白了，只是一种民俗，一种习惯，拔高了说，是一种文化。黑头一直这么认为，所以，他不觉得自己有多么了不起。

棺材还没确定，亲友们心里悬着。大家说话时，极力回避这事。刘师傅从不喝酒，今晚他跟两个徒弟喝。喝到来兴致，叫来明灯。明灯不喝酒，他无心情，而且家里办丧事，强迫主人陪酒不礼貌。刘师傅借题发挥，大骂明灯不孝。明灯不理他。亲友们不劝架，因为不知道该说什么好。从情理上说，刘师傅有道理；法理上说，明灯有道理。两个徒弟倒把刘师傅劝没了声音。过了一会儿，刘师傅又把明灯叫来，他苦口婆心劝明灯砍树。刘师傅说：“杀人不过头点地，是男人就不怕头点地。况且砍棵树，杀不了头，坐牢回来仍是好汉。为尽孝心坐牢，没人小瞧，只能受人敬佩，比如赵国田。”

明灯不争不辩，一言不发。这里没有争吵，气氛还算融洽。赵国慧坐下来，问明灯：“你砍还是不砍？”

“不砍。”明灯说。

“你还想要老婆吗？”赵国慧说。

“想。”明灯说。

“等办完我妈的丧事，我们到镇上办理离婚手续，你滚回你的边村。”赵国慧说。

赵国田插话问明灯：“你打定主意不砍树？”

明灯说：“打定主意不砍树。你们也不能砍。”

“你现在就滚，过几天回来跟我姐办手续。”赵国田说。

亲友们过来劝架，说些谁也不得罪的话。明灯想，这家人除了砍树对他不友善，别的都好，这件事解决好了，将来有好日子过。明灯不打算离开，他要跟赵国慧好好过下去。赵国田拖住他，一次次往屋外撵。

“你滚，没有你，我照样行！我明天砍树，二进宫算什么，我不怕！”赵国田对着明灯怒吼。

五

屋里见不着明灯，赵国慧伤心流泪。她借哭娘，尽情地哭。明灯上门只有半年，夫妻两人相处赛过好些年。赵国慧喜欢明灯，舍不得明灯就此离开。她被人劝住哭，趁人不注意，外出寻明灯。寻到村口，寻到村外。赵国慧呼叫明灯，叫出一里路。赵国慧心想，明灯果真被气跑了。这半夜三更的，他走夜路怎么办？她走回家，悄悄叫一个年轻亲戚，开摩托车追。“追上后，一定要把他拖回来。”赵国慧说。亲戚说：“我拖不回怎么办？”赵国慧说：“我跟你一起去。”亲戚说：“他不回来，你拉回来又有什么用？”赵国慧说：“算了，还是你去追。你拉不回来，就跟着他，不要出意外。他实在不回来，我以后再想办法。”

亲戚摩托车开到了镇上，一路开得慢，一个人影也没见到。镇上黑麻麻，什么声音都没有。亲戚返回村里向赵国慧报告，赵国慧说：“千万不要出事。”亲戚说：“不会的，明灯哥命大。”赵国慧靠在椅子上，她全身疲惫。弟媳捅捅赵国慧的身子，说：“姐，明灯跑了，砍树的事又落到赵国田身上。不公平。”赵国慧点点头，说：“我能有什么办法？”弟媳说：“不能再让赵国田坐牢了。”

赵国慧说："树不砍了？"

弟媳说："不砍树，没有完成妈的心愿，她在那边不会放过我们。赵国田砍树可以，如果上面追责，你全负。"

赵国慧说："行。我负，全负。"

弟媳说："我也没办法，你坐牢，我心疼呢。"

赵国慧叫弟媳别说了。就按她的意思办。明天一早砍树。因为棺材的事没落实，黑头将出殡时间往后挪了一天，他掐指算过，推迟一天也正好是黄道吉日。

天刚露出鱼肚白，刘师傅和两个徒弟走向屋后那棵香楠树。刘师傅负责围观，无声催促赵国田砍树。做棺材至少三天，时间不等人。平常，刘师傅每天都将刀子凿子斧头等木匠工具磨得锋利无比，昨天在等待明灯办砍伐证时，两个徒弟又磨了一遍。刘师傅的小型木器厂有一台较大的机器，两台可移动的小型机器。可移动的，平时不太用，只有上门服务时才搬去用。刘师傅昨天已搬来其中一台小型机器，并调试好了。万事俱备。

不料，明灯被绑在香楠树上。

"谁绑了你？"刘师傅问。

"我。"明灯说。

"你绑自己干什么？"刘师傅问。

"锯树，行，先锯我。"明灯说。

刘师傅说："你不是赵家人了，没有权利阻止砍树。"

赵国慧赵国田姐弟俩走过来。见到明灯被绑在树上，赵国慧心里有亮光闪过，她却说：“快走开，不要影响我们砍树。”赵国田割断明灯身上的绳子，说：“滚！”明灯抱住树，说：“不能砍。”赵国田掰明灯，掰不动，赵国慧协助，也掰不动。赵国田请求刘师傅帮助，刘师傅说：“我们不便插手。”赵国田说：“你们师徒三人拉开明灯，不用参与砍树。”刘师傅说：“这也不行，我们还是同谋。”赵国田找不到帮手，明灯顺利地继续抱着树。明灯手不够长，树粗壮，他一抱抱不住。十年前，旁边的香楠树还没这么大，当时，两棵树大小差不多。一副棺材做下来，没剩有用的木料。刘师傅估算，明灯岳母这棵，做一副棺材还能剩不少有用之材。

相持不下。

赵国慧问：“明灯，你昨晚不是跑回边村了吗？怎么又回来了？”

明灯说：“我没离开江洞村，我一直躲在这棵树背后。我把自己绑在树上，绑了一夜。”

“你绑在树上干什么？”赵国慧说。

“我与香楠树捆绑在一起，我在，它就在；我不在，它也在。”明灯说。

明灯趁赵国田不注意，以迅雷不及掩耳之势，捆绑赵国田。明灯以前时常捆猪，力气再大的猪，野性再十足的猪，不一会就被他制服。明灯捆猪经验丰富，手段高明，用在捆人上，不差毫厘。别人反应过来时，赵国田已经被明灯捆在香楠树上。外加一条铁链，紧紧锁住赵国田的身子。铁链哪来的？昨晚明灯从刘师傅机器上扯下的。锁哪来的？家里取的。昨晚人多，杂乱，天黑，明灯完成了所有准备工作。明灯拿着利斧，警告说："谁也不许靠近！"

赵国慧骂他，他不还口，赵国慧朝他投土块，他不躲避。

僵持到八点半，一口棺材送来了。明灯昨天订的。赵国田被铁链锁住，明灯无须看管。明灯指挥人将棺材安放进堂屋。赵国慧傻了眼，她不阻止，任由任性的明灯做这做那。

天气热，入殓工作需立即进行。有亲友跑到屋后问赵国田怎么办。赵国田说："怎么办？我要把明灯剁成肉酱凉拌。"亲友再问赵国慧怎么办。赵国慧说："我砍不了香楠树，打不过明灯，我能怎么办？"亲友问明灯，你是赵家大儿子吗？明灯说："是，暂时还是，以后是不是不知道，在我还是赵家大儿子时，我做主了。"

亲友中一部分人默认明灯的主意，香楠树恐怕砍不成了，再拖，只有故事和事故。黑头为入殓做法事，按风俗，盖棺前，所有亲人要瞻仰遗容。明灯去到屋后，打开铁链，将捆绑的赵国田带到堂屋。入殓仪式庄严，亲友们悲痛流泪。仪式完毕，棺材被钉严实。赵国田对着明灯左脸挥动一拳，明灯后退一步，倒在地上。明灯受伤不重，他装出受伤很重的样子，躺在地上不起来。赵国田拳脚相加，被人拉开。

丧事办得乱糟糟，原定出殡时间还有三天，拖下去，指不定还会闹出什么大事。赵国慧想提前完成出殡大事，她问黑头，明天是黄道吉日吗？黑头说："只要主人想出殡，天天都是吉日。"赵国慧说："就定明天。"赵国田不表态，香楠树没砍下，母亲的心愿没完成，其他的事都不算事。哪天出殡，吉利不吉利还有什么意义？

明灯孝子的身份被赵国慧剥夺，赵国田赶不走他，明灯像个局外人一样参与岳母的葬礼。

亲友散去，刘师傅和他两个徒弟留下来。刘师傅说工钱是要算的，他留下来主要不是算工钱，是批判明灯。明灯说："我是不孝之子，你们怎么处置我都不过分。"刘师傅说："想想，我批判你没什么意思，我会在将来的日子里逢人就宣传你的不孝。"明灯说："我没意见。"刘师傅没做棺材，只耽误了两天时间，工钱不能按平时那样算，怎么算？双方扯了一会。刘师傅答应是答应了，但心里不高兴，他对明灯说："你是灾星，破了我的财。"刘师傅离开前，他要赵家送他几根香楠树枝。明灯说："我答应你。"赵国田吼明灯说："滚一边去，你当自己是谁？"赵国田不同意，不同意的理由是赵国田并没第一个开口答应，明灯说了不算。刘师傅说："那怎么办？重来一遍？"赵国田不置可否。

"赵老弟，我要你送我几根香楠树枝，请答应。"刘师傅对赵国田说。

"我答应，但只能给你两根。那棵香楠就是我妈，砍树枝，就在剪我妈的头发。我妈的头发不能随便剪。"赵国田说。

一行人来到屋后，这棵高大的香楠树威风凛凛，十年前就已成为人们心中的树王。赵国田想爬上树砍枝叶，爬不上。赵国田说："刘师傅，我不是爬不上，是我妈反对，我爸反对。你的愿望我不能帮你实现。"

刘师傅对两个徒弟说："哪个，爬上去砍树枝？"两个徒弟抬头望顶冠，都摇头。这树高过十五米，谁敢爬上去？

刘师傅问赵国田："你能命令明灯上去吗？"

赵国田说："不能，他不是我家人，我命令不了。"

砍两根树枝损害不了树，且利于香楠生长，赵国慧说："明灯，你上去。"明灯在腰上系好柴刀，像只树蛙跳着往上爬。明灯爬树是高手，从小爬到大，有童子功。他一口气爬到有树枝的地方。"我们的妈妈在说话。"明灯脸朝地，说。

"哪个是你妈妈？臭不要脸！"赵国慧说。

"她老人家说了什么？"刘师傅问。

"她老人家说，树枝砍不得。砍，她疼。"明灯说。

“我没听见，叫她老人家大声说。”刘师傅说。

“她老人家说，刘师傅还不快滚。”明灯说。

“明灯，你砍树枝吧，不要再做坏人了。”赵国田说。

“我不砍。”明灯说。

“刘师傅这次扑了空，我们对不起他，他还坚持送我妈最后一程，我们不能再对不起他。”赵国慧说，“砍吧，只需要两小条。”明灯俯视赵国慧，她的身子上面大下面小，像只陀螺。明灯没动手，想等到她下一句动听的话。赵国慧好话就是不说，催促说：“快点，再拖，你就要掉下来摔死。”明灯力气用得也差不多，为了将身子固定，一直在使劲。明灯知道，砍两条小树枝就像从人头上抽一小管血，丝毫影响不了树的生长。明灯最多还能坚持十分钟，否则真的就要掉下来。

明灯一只手紧扣树干，另一只手从腰间抽出柴刀砍树枝。他连砍两条，树枝落在地上发出轻声闷响。刘师傅扑过去，像饥饿的人抢馅饼。明灯安全下到地面时，刘师傅带着树枝离开。刘师傅怕伤着树枝，与两个徒弟抬，不让树枝触地。赵国慧姐弟俩望着明灯下树，赵国慧心里说，小心，小心。距离地面一米，明灯跳下来，拍拍身子，表示胜利完成任务。赵国慧转身走了。

刘师傅拉着他的机械设备离开。江洞村安静下来。赵国慧姐弟明灯三人站在堂屋小声说话。“我俩离婚，你回边村去。”赵国慧对明灯说。

“真离？”

“是的。”

明灯说：“你答应过我，要为我生儿育女。”

“那是以前，现在情况有变化。我不能跟不孝之子养儿育女。”赵国慧说。

“滚吧。赵家不欢迎你。我姐今后嫁狗嫁猫都比你强。”赵国田说。

明灯草草收拾东西。他出门时，赵国慧说：“臭不要脸的明灯，记得哪天来跟我办离婚手续！”

明灯出门，绕到屋后，他凝望香楠树，鞠三个躬，这才离开。这是树，也是岳母。他阻止完成岳母的心愿，他不后悔，如果岳母在天之灵，要惩罚他，他不反抗。村道上遇见人，人问：“明灯，你要出门？”

明灯回答说：“回边村。”村民说：“岳母没过完头七，你不能走。”明灯摇头，表情痛苦地说：“我不是赵家人了，我没有责任完成这个风俗。”村民说：“赵国慧真把你踢了？唉，这个事，怎么说呢……”路上的村民不再说话，默默望着明灯离去的背影。

六

明灯到达镇上，全身力气耗尽。这些天，他休息不好，体力原本就透支，再背负沉重痛苦，身体“雪上加霜”。回不回村里，明灯犹豫不决。明灯给明山打电话：“我在镇上，我该不该回村呢？”明山笑道：“大哥，你‘婚’了头，当然该回啊。上门当女婿，没人规定不许回村。”

明灯有气无力地说：“我无脸回村。我离婚了。”

“为什么？”明山急起来。

“先不要跟任何人讲。包括我妈和九桑叔叔。”明灯说。

明灯岳母去世，因为砍树，发生一连串事，明灯没顾得上告诉母亲。按边村风俗，亲家去世，要去祭拜的。明灯妈不知道那边发生了大事，还猜测明灯过得很幸福。

明灯肚子饿，买了一碗米粉，却吃不下。岳母病重以来，明灯欠着睡眠，岳母病逝，身体之弦紧绷，现在仍然绷着，弦快要断了。明山还没赶来镇上，明灯趴在桌上睡去。他似睡非睡，梦里仍是这段时间遭遇到的场景，还在跟人因为砍树争斗。明山到了镇上，打不通电话，寻了一会儿才在米粉店寻到明灯。明山喊明灯，明灯迷迷糊糊，嘴里吐词不清。明山抱起明灯上运破烂的车。

回到家，明灯勉强吃了一碗饭，然后继续昏睡。明灯妈问家人也问自己，明灯怎么了？九桑想问问赵国慧，发现没她的联系电话。明灯这副衰败的样子，必定受了很大打击。明灯昏睡一天一夜，爱讲胡话，梦里大声叫喊，是愤怒也是反抗，还是进攻。可是，明灯的话，家人一句都听不明白。九桑说："可能是中邪了。"谁会驱邪？从前很多人会，现在少了，这门"技艺"快要失传。明山说实话了，他说："不要乱猜，我大哥离婚了。"

明灯苏醒过来，意志消沉，不跟人说话。吃了饭，就上山干活。明灯妈和九桑紧盯着，防止明灯做傻事。离婚，不是明灯一个人在痛苦，全家人都痛苦。九桑要去江洞村找赵国慧论理，明灯拖住。"什么原因，你能讲一讲吗？"九桑说。明灯说："现在不想讲，我的身体还没恢复，等有了力气慢慢讲给家里人听。"明灯妈说："身体不好，就不要出去干活了。"明灯说："不干活，身体恢复更慢。劳动着，注意力分散，我没那么痛苦。"

村里人来家里看望明灯，明灯住山上，他们到山上去看。他们见明灯愁眉苦脸，面色难看，态度冷漠，就说："当上门女婿不快乐？"明灯说："很快乐，砍树不快乐。"村民听不懂，他们理解歪了，说："砍树有什么不快乐？你从小到大哪次砍树不快乐？"

"乱砍树，你快乐吗？"明灯问。

村民回答说："不快乐。"村民又说："快乐不快乐要看情况，主动砍，快乐；被动砍，不快乐。"平时，村里人不到万不得已，不乱砍树，他们对禁山、生态林有敬畏之心。村民似乎弄明白了，但细想又什么也没弄明白。明灯不快乐，村民跟着叹气，默不作声陪着。明灯不让陪，他说："你们能把我的痛苦赶走吗？"村民说："不能，你的痛苦只有自己才能赶走。"村民想详细知道明灯砍树为什么不快乐，明灯没给他们机会，将他们请出家门。村民不想白跑一趟，想从明灯妈那里得到答案。明灯妈说："我也不晓得呢。"

过了两天，明灯精神没那么恍惚了，问他话他能对答切题，农活的事，主动跟家人交流。明灯妈趁机问："因为什么离婚？"明灯说："岳母从小种下一棵香楠树，用来做棺材。我阻止他们砍树，赵国慧就跟我离了。"明灯妈这才知道亲家母去世，知道亲家公去世时带走了亲手种植的香楠树，赵国田因此被判刑。明灯妈说："我只听说过香楠树，从没见过。同在漓江上游，江洞村哪来香楠木？"明灯将香楠树的来历详细说了一遍。明灯妈说："砍这么珍贵的树，不坐牢，老天也会惩罚。你做得对，赵国慧跟你离婚没有道理。"九桑在一旁，他插话说："赵国慧逼你犯法，这种女人不要也罢。"

明灯说："可是，我又没有老婆了呀。"

九桑说："你为了正义离婚，老天有眼，老婆会有的。"

明灯不快乐是因为离婚，离婚是因为不答应砍树，事情的缘由一下子传开了。村民为他打抱不平的同时，也有人认为讨个老婆不容易，当初就应该砍树。孝道尽了，老婆保住了，坐个牢而已。一个农民，坐牢回来还是农民，身份不变。村民也就说说而已，轮到自己，大约不会选择坐牢的。

明山安慰明灯，没老婆不可怕，山区没老婆的人多了去了，又不止我们兄弟俩。我们兄弟俩有过老婆，比那些从没碰过女人的单身汉强。明山那个准未婚妻还谈不上是老婆，明山固执地认为他有过老婆。事已至此，后悔没用，何况阻止砍树明灯并不后悔。明灯回村半个多月后，心情开始向好。

赵国慧在明灯回村的第二十二天，打来电话。明灯正在干农活，没听到电话。发现未接电话，也没打过去。赵国慧再次打来电话，明灯犹豫一会才接。赵国慧不说话，明灯本想说一声"喂"，却没说，等着她说。两人僵持二十来秒，赵国慧挂断。赵国慧有交代，叫明灯哪天去办理离婚手续。"哪天"是哪天？是明灯方便的时候，也可以说是赵国慧方便的时候。明灯回村二十二天了，岳母"三七"刚过，赵国慧方便了，而明灯天天方便。明灯这才记起，原来两人还没办理离婚手续。记得两人到镇上办理结婚手续，办得很顺利。结婚手续是在赵国慧他们镇上办的，民政办的工作人员闲着，好不容易有人来办结婚手续，比自己结婚还高兴。两位工作人员给明灯赵国慧倒茶递水果，招待贵客似的。四人坐在沙发上，工作人员问他们的基本情况。工作人员听后，说，绝配，你俩绝配。前后花去十五分钟，除去喝茶吃水果的时间，办理登记证只用了五分钟。两人各执一本结婚证，笑嘻嘻出门。工作人员追出来，送给他俩一包喜糖。明灯赵国慧没想到带喜糖来给工作人员，倒获得工作人员一包喜糖。“祝你们的爱情永远甜蜜。”工作人员说。可是，他俩甜蜜的爱情只有半年，岳母生病、去世，明灯付出大量时间精力，跟赵国慧的二人世界并没过几天。好在，二人世界虽然过得少，却幸福无比。

接到赵国慧无言的电话，明灯认真回想了一下他跟赵国慧在一起的日子。最近这五六天，他晚上基本不想赵国慧了。刚回来那阵，他在痛苦中想赵国慧，在想赵国慧时更加痛苦。明灯猜想，赵国慧来电话催他离婚了。办理离婚手续，得带上结婚证，结婚证在赵国慧家。明灯将结婚证锁在自己独有的柜子里，证件不是他的，是赵国慧的。那天两人有意换了证件保管，两人发誓要像保管自己的证件一样好生保管。从法律上说，没办手续，两人仍是夫妻。明灯不这么看，他认为口头约定比一纸婚书更有效力。

去不去办，什么时候去办，明灯拿不定主意。对赵国慧家，他有恐惧，有阴影。他无勇气走进赵家。拖了两天，明灯再次接到赵国慧电话，两人分别在电话里喂喂喂叫，却没说一句话。挂断后，明灯对自己说，快刀斩乱麻，今天就去江洞村。明灯当即启程，到了赵国慧他们镇上，他像回自己村那天一样，全身无力。他吃了碗米粉，吃出力气后到镇上热闹的街上逛了逛。下午，他走近了镇民政办。办公室里除了工作人员，没办事的。工作人员一个在读书，一个在看报，两人没有交流。明灯徘徊，他希望赵国慧拿着两张结婚证突然出现。办完手续，一切了结，留在赵家的东西，他一件都不打算要回。

自然，等不到赵国慧，而他又缺乏去江洞村的勇气，天快黑时，回到上边村。

赵国慧为母亲过完“头七”，明灯在她脑海出现的频率开始多起来。姐弟俩在堂屋设立香火台，每天早中晚给先母供饭菜酒水，点香烧纸。“二七”时，赵国慧从屋后的香楠树下走过，高大的树冠遮天蔽日，一股凉爽之气垂直拂面。她停住脚步，抬头仰望树顶，她眼里出现吉祥的幻觉。赵国慧赶紧回家弄来祭品，供奉香楠树。根据风俗，孝子要连续祭祀母亲七七四十九天，从今天开始供奉香楠树跟供奉母亲同步。赵国田虽不亲手供奉香楠树，但他不反对姐姐，他站在远处默默看着。母亲入土这些天来，母亲夜夜出现在他的梦里，一见母亲他便跪下磕头，而母亲一言不发，飘然而去。姐姐供奉香楠树的那天晚上，赵国田的梦里有了香楠树。他被绑在树干上，绳子越勒越紧。惊醒后，屋外一片漆黑，深秋的夜晚无一丝风。往常风大的时候，香楠树唰唰响，听着这种安全的响声，人能安神定气。

明灯走了，赵国慧吃饭问题暂时在赵国田家解决。弟媳不嫌弃，尽量做好吃的。赵国慧的好胃口，是在打通明灯第一个无声电话时开始的。前一次明灯不接，她心乱如麻，接通明灯电话，她心里有无数的野草翻腾。但她的胃口好起来，饭量增大，赵国田倒酒时，赵国慧也讨过来一小杯。明灯，是家里的敏感话题，谁也不提起，给母亲做“七”期间，更不应该提起。明灯在镇民政办徘徊那天，赵国慧多次眺望镇子方向，夜晚两次打开柜子查看她为明灯保管、明灯为她保管的结婚证。两个柜子虽然分别属于对方，两人却都有它们的钥匙。电灯下，她盯着结婚证反复看，看着看着泪眼模糊。

四十九天之后，赵国田全身心投入到农活中，赵国慧这边他顾不上了。赵国慧住在老屋里，自己做饭。她回娘家后，基本上忙于照料重病的母亲，现在送走了母亲，满了“七”，真不知道该干些什么。前婆家村那边的农活她放弃了，娘家这边，还没续上。她帮赵国田干活，赵国田两口子不让。赵国慧突然明白，不是弟弟不让，是丰收后这账不好算。赵国慧便知趣回来。姐弟分别成家，母亲过世，日子就过自己的了，再不是从前那样紧密的一家人了。赵国田建议赵国慧开商店。在前婆家，她开过商店，卖油盐酱醋，卖香烟。江洞村已经有两家商店，再添一家，生意不好做。赵国慧试着去镇上务工。镇上竹器厂多，有一家老板给赵国慧两个选择：一是负责收购竹子，二是开机器。赵国慧选择收购竹子。收购竹子不用外出，在家坐等，工作轻松，但报酬低。开机器报酬虽高，但那是带着危险的重活。这天，赵国田拉着从自家山林砍下的竹子来卖，对赵国慧说："姐，这个工作不好，以前这个岗位的人老被老板坑，到最后一分报酬拿不到。"赵国慧不知道老板如何坑人，想问个明白，赵国田却说："离婚才是你的大事！"

七

赵国慧辞掉才开始的工作，回到江洞村。她在竹器厂总共干了五天，不习惯，心神不宁，赵国田说老板有阴谋，建议她离开，她因此给自己找到了离开的理由。她决定离开时，老板不在家，她叫别人转告。白干五天她也不计较了。回家的第二天，老板上家来请她回去。赵国慧不回。老板说："听讲你离婚了，回我的竹器厂，我帮你介绍一个好男人。"赵国慧不答应，赵国慧心想，我还没正式离婚呢。但都在传她离婚了。人们不得不信：明灯离开两个月了，倘若没离婚，明灯离开干什么。老板劝不动，便给她结了五大的工钱。赵国田终于承认说，当收购员，并没有什么人被坑的，我不想让你去那里打工，所以编了瞎话，妈刚走，你不在，我心慌，害怕。赵国慧说："我不外出了，哪里也不去。我有办法生活下去。"回到娘家，每天看几眼香楠树，她仿佛能看见妈。妈在，好生活就在。

有一天，姐弟俩同时到屋后看香楠树，赵国慧说："赵国田，我总感觉妈没有走。你呢？"赵国田说："我也时常有这种错觉。妈病重，医生给妈判了死刑后，我感觉她已经走了，但她去世两三个月了，我倒觉得她还活着。"

"是不是因为妈亲手种的这棵树还在？"赵国慧说。

赵国田抚摸香楠树，仰头阅读树的身躯和阔大的树冠。

赵国慧又问："我们没帮妈完成她的心愿，终究不甘心。这辈子亏欠妈。"

"要是你嫁的人不是明灯，情况就不一样了。"赵国田说。

赵国慧点头，说："是啊。但也可能是另一种情况。"赵国田说："还会是什么情况，无非就是姐夫缓刑或者坐牢。"赵国慧说："世事难料。我们的推测终究是推测。也可能比现在更糟。"

香楠树下长着杂草，赵国慧将它们连根铲除。杂草连同根须泥土堆在一起，用些干枝就能引火。火慢慢燃烧，生草带来浓烟。山区里沤土肥都是这个方法。以前每年夏天或者秋天，村里人要沤肥，一堆土肥需要一两天才能沤成。现在沤土肥的已经很少，土肥不用成本，但不够养分。有人比方说，土肥像中医，可以调整土质，却不如化肥养分均衡，化肥能为庄稼快速提供养分。浓烟污染环境，即便想沤肥，当今人们也不采取传统方法。许多人挖一个坑，填埋带根的杂草，让其自然腐败发酵，来年再当肥料。自然发酵的肥料有股腐败味，火烧沤成的肥料则有股香味。有专家说，自然发酵的肥料养分更高，而且环保。

赵国田的土肥池里剩有不少肥料，赵国慧自作主张，用新得到的杂草置换赵国田沤好的肥料。赵国慧给母亲种下的香楠树施肥，具体做法是将肥料埋进树根。父母在世时，他们每年给香楠树施一次大肥。父母的做法是：铲除树下的杂草，采取火烧沤肥法，然后把肥料堆在树蔸上；第二年，肥料的残渣成为泥土的一部分，相当于给树根培土。树下的杂草铲不绝，来年春天，又从泥土里冒出新芽，然后茂盛。所以给父母沤肥的原料，不需要到别处寻。

赵国慧给母亲的香楠树施过肥，又给父亲“留下”的树蔸施肥。自从父亲离世，每年一次的大施肥工作，通常由赵国田或者赵国慧完成。可能是坚持给父亲的树根施肥的缘故，树蔸并没有死去，只是遗憾从未长出嫩枝。

提到这树蔸，赵国慧便联想到父亲。爷爷突发奇想，让父母种“棺材树”，给了村里人启示。几十年来，大家跟风似的每人为自己种下一棵。父亲育了苗，见空地就种植。父亲去世，赵国田接过父亲的接力棒，从未间断。村里的香楠树，年份不同，大小不一，数量早已是村里人口的几倍。赵国慧小时候也种了一棵，但没成活，第二年又种，还是没成活，连种三年，父亲说不用种了，因为再种还会出现同样的结果。女儿终究是要出嫁的，种不活是天意。父亲的话有些绝对，香楠树本来就难种活，村里也有女子种成活的。只是，父亲那番言论极具杀伤力，村里年幼的女孩便不再种树，同时，大人也反对女孩种树。

赵国田种活了不少香楠树，因而他在选定“棺材树”时，难以做出选择。征求别人的意见，给的意见太复杂，他陷入更大的迷茫。直到现在他还没选定。人家建议他将香楠树编号，抓阄定夺。赵国田举棋不定，心想，万一抓到最不满意的那棵怎么办？又有人出主意说，叫黑头来给你算一卦。黑头不答应，他说他不懂算卦之类，不要神化他。黑头一辈子不欺世不盗名，活得真实，极受人尊敬。如果赵国田定下了“棺材树”，赵国慧会顺便帮他施肥，因为没定，他有那么多棵树，她施不过来。

赵国田两口子下地回来，见赵国慧给母亲种的香楠树施肥，便说：“姐，你没种活树，爸说因为你将来要出嫁；现在你回来了，你在我种的树里选一棵吧。随便挑。”赵国慧说："不挑了，挑了也白挑。"赵国田说："村里跟爸一辈的老人还有好多，他们人人都种了'棺材树'。我们未来的日子还很长，谁知道后面会怎么样呢？你不要犹豫，认领一棵吧。"

赵国慧说："我想想。"

"明灯不是你老公了，他无权阻止你选'棺材树'。"赵国田说。

"马海不也还没定下吗？"赵国慧说。马海是赵国田老婆，她跟赵国田一样，挑花了眼，下不了决心。

第二天上午，一辆豪华轿车停在村口。车上下来三个人。这三个人相貌上倒平常，说话和气，跟村里人打招呼很有礼貌。领头的叫山本，叫一个日本名字，却是一个说普通话的中国人。山本一行进入赵国田家。

"我要买香楠树。"山本不说废话，直奔主题。

只凭口音，赵国田听不出山本是哪里人。山本说我们只谈买卖，不谈籍贯。赵国田说："我懂点法律，服缓刑期间为老同学打赢过官司。法律规定：任何人不得非法买卖珍贵植物。"

"你种的经济作物，你做主。买卖自己的东西，不犯法。"山本说。

"我坐过牢。"赵国田说。

"听说过。你只是服缓刑，没真正进过牢房。"山本说。

“我不想再坐牢，因为钱坐牢不值。”赵国田说。

“卖出大价钱，坐牢出来享受荣华富贵，请算算这个账。”山本说。

“我只买两棵。如果你答应，我先付你定金，砍树运树不用你操心，你提供方便就行。”山本说，他伸出手掌，手指跳跃着，“价钱是这个数。”

赵国田看懂了山本的手势，说：“这么大笔钱，能把我压死。”

山本一行随赵国田出门，参观赵国田种植的香楠树。赵国田及父亲种的香楠树遍布全村，树龄大小、“高矮胖瘦”，各不相同。山本一棵棵看过去，他惊叹说，开眼界了，真开眼界了。赵国田最后带山本参观他亲手种的、树龄最长的那棵香楠树，山本鼻子凑近树干闻闻，说这种香味很特别，我形容不来。

“我查过资料，公民有权砍伐自己种的树一棵，不需要办手续。”山本说。

“我只砍了一棵，就缓期了。犯不犯罪，犯多大的罪，跟砍什么树有关。”赵国田说，“我懂法律。”

“办手续不是难事，只要找对人。”山本说。

“你能找对人？”赵国田问。

山本冷笑，山本的同行者之一插话说：“你也不看看山本老总是谁！他从不干没有把握的事。不要说买两棵，买十棵、百棵、一片林子的手续他都办得下来！”

赵国田说：“今天算开眼界，失敬失敬。”

“你母亲种的那棵树现在怎么样？”山本说。

“很好，很正常。”赵国田说。

“我们回去看看。”山本说。

马海见来了陌生人，问赵国田他们是谁。赵国田告诉她，来买香楠树的。马海惊讶，说：“你敢卖香楠树？”

赵国田说：“为什么不敢？我家的树，我想卖就卖。”

“你屁股痒了？不坐牢不舒服？”马海说。

“他们一棵树出这个数。”赵国田伸出手掌，让手指跳跃。马海惊叫：“这么多钱，能把我们全家压死！”家里来了客人，马海摆上糖果瓜子，下厨房打油茶。山本抽高档烟，他的陪同往赵国田桌上丢了两包，说：“抽！生意做成后，送你两条。”

山本喜欢喝油茶，不然他不会连续喝五碗。

“卖掉十棵树，十辈子吃不完。”山本煽动说。

“我美好年华用来坐牢，有金山银山何用？！”赵国田说。

“也不是建议你非得卖十棵，我打个比方。”山本说，“你先卖两棵，有了第一桶金，就能买下关系，就能再卖两棵，再买下关系，再卖两棵……良性循环。”

“这日子好啊，我被说动心了。”赵国田说。

喝过油茶，他们去到屋后。赵国田母亲种植的香楠树，有六十多年树龄，看似成熟，在树界，尤其在楠木界，它不过还在童年。山本鼻子灵，他闻过树干后，说："这树香味更浓。"山本又对赵国田说："没完成母亲的心愿，你是失败的。"

"天意。"山本继续说。

见赵国田脸色不好看，山本解释说："不是说你母亲不配使用这棵树，是你母亲太配了。你母亲是谁呀？仙女一样的人嘛。她心疼你们姐弟俩，有意不带走树，让你们卖个天价，让你们子子孙孙享尽荣华富贵。"

赵国田说："你的意思不就是我把这树卖给你呗！"

山本双手竖起大拇指，说："漂亮，给你一百个赞。"

马海跟在后面，赵国田说："你的意见呢？"马海说："我的意见有什么用，你从来不听我的意见。当初叫你不要磨叽，出手要快，你不听，否则，妈的愿望就实现了。"赵国田说："怪来怪去，怪明灯。"马海说："自己不中用，怪明灯干什么。"

山本说："过去了的事，再谈论没有意义，人活着，必须一切向前看，一切向钱看。"

马海警告赵国田说："卖这棵树，就是卖你妈。不仅我不同意，姐肯定也不同意。"

赵国慧外出还没回家，赵国田打通她的电话。赵国慧说："有资格卖树的人已经死了，他就是我们的爸。"

赵国田抬头看天，说："到午饭时间了，我家不准备招待你们。"山本说："买卖细节还没谈呢，你们不招待我们，我们招待你们，杀鸡宰鸭，饭菜钱照算。"赵国田说："可是从你们进屋起，我就厌恶你们呢。"

赵国田说："你们知道 110 电话怎么打？"赵国田不等人回答，拨通 110。赵国田说："110，这里有三个人买香楠树，你们派人来抓，还是我抓了送给你们？"

山本说："不卖香楠树没关系，可你不能耍弄我们呀。"

"不管你山本来头有多大，只要你敢动我村香楠树一片树叶，我就让你躺着离开。"赵国田"原形毕露"，提高嗓门说。

山本一行灰溜溜离去。马海嗔怪说："无心卖树，就不要耍人家嘛。有这个空闲，多干些农活不好吗？"

赵国田说："没文化！不耍他们，我能晓得一棵香楠树的价钱吗？"

八

明灯离开江洞村多久了？明灯记不住，他觉得很久很久了。回来时，还是初秋，晃眼已是初冬。

赵国慧打通明灯的电话，明灯照例喂喂喂地叫。赵国慧说：“不要再‘喂’了，好长时间了，你还不来离婚。”明灯还在那里喂喂喂。赵国慧说：“你这只癞皮狗。”

赵国慧决定到上边村走一趟，出门时她对赵国田说：“明灯不上门离婚，我上门找他去。”赵国田迟疑一下，说：“我同意。可是离个婚需要带这么多行李吗？”赵国慧身上背着大行李包，里面塞满秋末初冬的衣服。同为漓江上游地区，上边村一带气温比江洞村一带低。赵国慧说：“准备充分总没错。明灯有意拖延时间，你都看到了。这一趟出去，也许一天解决问题，也许需要十天半月或三五个月。”

赵国慧来到明灯他们镇上，打听去上边村的车辆。很巧，问到的人是明山。明山刚卖完一车破烂回到镇上，肚子饿了，正吃米粉。自从孟暄碟回桂林城，明山想吃米粉时，只能到镇上。赵国慧到过明山他们村，与明山见过面，但那次她主要是见明灯的面。因婚姻的事，黑头带着赵国慧来到村上，明山是次要人物，赵国慧对他没上心。明山对赵国慧印象深刻，但是突然相见，他还是想了一会儿才想起来。

“我是明山，明灯的堂弟。”明山说。赵国慧惊喜地说：“原来你是明山，我一下没认出来。”其实她对明山没印象了，也几乎忘记明山这个名字。明山丢掉没吃完的米粉，提起赵国慧的行李，说：“大嫂，走。”

到达上边村，赵国慧站在原地仔细看了看这个村庄。看了一会，记忆便回来了。那天她跟着黑头如何进的村，第一眼见明灯时的情景，一一浮现。明灯站在高处，看着赵国慧。还在回来的路上时，明山已打过电话给明灯，说嫂子来了。明灯只跟家人说过离婚了，没说过还没办手续。没办手续，就还是法律上的夫妻。明灯接到明山的电话，心里塞满躁动的野草，心想，该来的终于来了。明灯不愿舍弃这桩婚姻，尽管赵国慧是二婚，他没觉得不妥，赵国慧心地善良，温柔体贴，勤劳勇敢，明灯打心眼里满意。站在她的角度，砍树完成母亲心愿，没错。赵国慧太爱母亲，才为完不成母亲的心愿苦恼，迁怒于明灯。作为儿子般的女婿，没完成孝道，明灯心里也难过。碰上这种艰难的选择，没人能做到两全。

赵国慧环视村庄时，看到了明灯，目光停在明灯身上不动。明灯也一动不动地看着她。两人远远地对视良久。明山喊："大哥，大嫂来了，你还站在那里不动！"明灯仍然不动，他脑子里闪出许多场景和话语，他一时厘不清，因此步子无法迈开。赵国慧朝明灯走去。

"我上门离婚来了。"走近明灯，赵国慧说。

"欢迎。"明灯伸出手，像跟贵宾握手。

赵国慧的手没伸出来，掂掂背上的大行李包。明灯上去取下她的包，朝山上走。明灯和母亲、九桑住山上的老村，山下新屋空着。明灯和母亲都喜欢山上，山上交通不便，却更宜居。明灯赵国慧一前一后走着，两人不说一句话。赵国慧要来，明灯没告诉母亲和九桑。居住山下的村民在赵国慧下车时，就知道了。这些喜欢看热闹的人跟在后面，与明灯赵国慧保持二十来米的距离。他们大声说话，这才让上山的路变得热闹。

“哎呀，”明灯妈认出赵国慧，大喊一声，转头问九桑：“快看，那个漂亮姑娘是哪个？”九桑说：“是前儿媳妇，她怎么来了？离了婚还敢上门，胆子大啊。”

明灯妈和九桑热情迎上去，明灯妈拉住赵国慧的手，说：“来玩，好啊。”赵国慧从明灯手上要过行李，说：“我来跟明灯离婚的，马上就走。”

“你们还要离一次？”九桑说。

“婚是离过了，正式手续还没办呢。今天我专为这个事来。”赵国慧说。她背上行李，没有进门的意思。

“到家就是客，不能马上就走，必须吃一餐饭，喝碗油茶也行。”明灯妈说。明灯妈卸下赵国慧背上的行李，挽赵国慧进屋。

九桑打油茶，明灯妈跟赵国慧坐一张长凳上说话。明灯坐旁边，眼睛不敢看赵国慧。赵国慧看着明灯，说：“明灯一直不去跟我办手续，逼迫我上门。我妈头七过了，二七过了，一直到七七过了，明灯还没来。”

“明灯舍不得办手续。”明灯妈说。

“这事由不得他。他对我妈的孝顺是假的。我妈在世，他装扮成孝子，妈一走，他就现了原形。”赵国慧说，“我妈要求不高，要一副香楠木棺材而已。叫他砍树他不砍，我们砍树，他阻拦，还把赵国田绑在我妈种的那棵树上。自作主张买回棺材，把我妈装进去……”

明灯妈听着，不插话，九桑筛好油茶，打断赵国慧的话：“小赵，快喝，快喝，你第一次喝我打的油茶，看看我的水平怎么样？欢迎批评指正。上次你来，油茶都是明灯妈打的，如果你喜欢我打的油茶，以后常来喝。”

明灯妈趁机端起茶碗，邀赵国慧喝茶。赵国慧喝了两碗，说：“九桑叔叔水平高，好喝。”

“明灯妈，你老人家说说，你老人家评评理，明灯这样的老公该不该要？”赵国慧接着说。

“哎呀，你给我出难题了。我不评这种理，明灯是我儿子，我不能站在别人一边。”明灯妈说。

“照我说，明灯这种男人就是不能要。没责任，不敢做，不敢为的男人，一个不能要。”九桑说。

“外人就是不一样，胳膊肘总是往外。你九桑叔是上门女婿，明灯不是他亲生的。他说的话不算。”明灯妈说。

“明灯，你自己表个态。”九桑说。

明灯说：“我选择不孝顺，伤害了赵国慧，她怎么处理都是对的。”

赵国慧又喝了一碗油茶，说："明灯妈，二比一，或者三比一，你输了。我们去离婚，现在出发。"九桑说："我去杀鸡，吃了上边村的土鸡才有力气离婚。"

吃饭的时候，没人提离婚的事，他们谈今年的收成。今年漓江流域雨水多，对有些庄稼有利，有些则不利。每个人都喝了些水酒，锅里的菜一扫而光。下午，明灯下地去，赵国慧跟在后面。赵国慧说："我们都吃得太多，走不动了，离婚手续明天再去办。"

高寒山区，水稻只能种一季，此时，稻谷已经呈金黄色，地里的经济作物也快进入收获季节。明灯从上门到回来，家里的田地一分没丢荒，九桑和明灯妈舍不得丢，都是良田好地，只要播种，就有收获。九桑还把他村里的田地也种了，两边跑，着实辛苦。九桑却不觉得辛苦，他唱唱山歌，疲乏就散了，日子就快活了。

今天下午的劳动任务本来是该上午完成的，赵国慧突然到来，明灯改变了计划。是什么计划？给稻田放水，活捉禾花鱼。今年的鱼苗，是明灯育的，投放鱼苗是九桑干的。九桑说，听到水响，就能推断，今年禾花鱼将大获丰收。

说是外出干活，其实是巡视，明灯赵国慧从这块稻田走到那块稻田，从这块地走到那块地。赵国慧感慨说："我家今年颗粒无收，你家到处是丰收的景象。"明灯知道，赵国慧回到娘家，还没来得及播种，就接亲上门，还没来得及规划农事，母亲病重，她跟明灯天天围着母亲转。好在她家底厚，才不至于断粮。明灯说：“你在上边村干几个月，帮我收完粮食再走，帮我卖完田里的禾花鱼池塘里的草鱼鲢鱼大头鱼再走，丰收成果有你一份。”

赵国慧说：“不行吧？太耽误我们离婚了。”

第二天清早，明灯扛着锄头出门，听到脚步声，回过身，发现赵国慧跟在后面。明灯给稻田放水，根据经验，下午一二点，田里水就快干了，达到捉禾花鱼的条件。种的田多，一天捉不完，以往得捉三天。今年增加了九桑，增加了赵国慧，预计两天可以捉完。明灯只放一半稻田的水，另一半明早上再放。

还没到下午，前来买禾花鱼的商贩及散客就到了。每年到这个时节，明灯就给新老客户打电话，村民跟着凑单，在同一天放水捉鱼。村民的鱼苗由明灯提供，因此，鱼的品质都是一样的。“明灯牌”禾花鱼在附近有很大影响，镇上县里，桂林城，都有人上门。来的人多，总有人不能尽兴。明灯不让人扫兴，他根据得到的鱼量，现场分配额度，每个到来的都不会空手归去。这样公平。大家都接受。

买鱼的顾客想，等着也是等着，不如帮主人捉鱼。人多力量大，两三个小时，稻田里鱼捉尽了，筐里的鱼卖光了。今年明灯买回真空包装设备，免费为顾客服务。顾客近的没事，远到在桂林的，有了真空包装，鱼的新鲜度就可最大程度保证。

至次日天黑，稻田里的禾花鱼都处理完了，留给自己吃的，也准备完毕。池塘里的鱼，要等到冬天接近过春节时，以清塘之名才能大量出售。

丰收季节，农活干不完，喜悦散不尽。

“在你家赶上一个丰收年，今年没白过。”赵国慧对明灯说。

说着干着，稻谷熟了，金黄色稻粒在太阳下闪闪发光。上边村不像赵国慧他们村也不像她前婆婆村，这里平地少，机械化程度不高，割禾、脱粒，都需要人工。赵国慧好久没这样干农活了，连干三天身体吃不消，就代替明灯妈，以在家做饭为主要工作。明灯妈年纪不小了，干起活来却不输一些中青年妇女。

夜晚是放松时间，明灯与赵国慧互相打趣，说一些乡间的笑话，不觉间，日子滑过。

收完稻谷，收花生，收套种在地头的大豆……又是一个夜晚，一家人坐着喝油茶聊天。赵国慧从包里拿出结婚证，明灯保管的那本她也带来了。赵国慧说：“明天是离婚的黄道吉日，我们去镇上，办完手续我就回家。如果需要，等卖鱼塘里的鱼时，我再来帮忙。”明灯妈拿过结婚证，仔细阅读。她当年只读到小学，识字不多，读不下去，就不读了。明灯妈评论说：“赵国慧的照片没有本人好看。明灯没有照片好看。”九桑拿过结婚证，他不做评论。他勾手指掐算，说：“明天日子不好，不利离婚。”九桑收起结婚证，又说：“等利于离婚的好日来了，我再还给你们。”

“九桑叔，你这么做很不对。日子好不好的，全在你一张嘴。你说了不算，黑头说了才算。”赵国慧说。

天气开始变凉，时光在无声的山风中渐去渐远。赵国慧带来的衣服已抵御不了早晚的寒流，她决定回江洞村去。九桑和明灯妈留不住。衣服不是问题，买就是了，今年卖鱼卖花生没少挣，家里不缺钱。赵国慧执意要离开。快乐时光又要远去，明灯愁眉苦脸。赵国慧进山来的这两个月，明灯，明灯全家，过得多幸福啊。九桑对明灯说：“你还不快收拾行李走人。”明灯犹豫不决，他问赵国慧：“我能跟你回去吗？”赵国慧生气说：“你说呢！早定好了，是你上门，不是我嫁给你！”

九

赵国慧久久不回江洞村，赵国田开始担忧，后来安心，再后来，很欣慰。有一天，马海问赵国田：“你希望，姐一个人回来吗？”

赵国田说：“我希望明灯跟在姐后面。”

“为什么？”马海问。

“因为，我妈——妈种的香楠树，希望他俩一起回。”赵国田说，“现在，我越想越觉得明灯做得对，我不仅不恨他了，还感激他。妈不在了，见妈种的树，就像见到妈。”

第二年秋天，赵国慧生下一个胖小子。举办满月酒宴这天，家里来了个特殊客人。他叫王云伟，是位摄影家。王云伟持续三十年专门拍摄漓江，他不只拍风光，漓江两岸风物和人文他拍，漓江流域人的生存状态他也拍。他已出版《桂林境界》《诗染漓江》《漓水春秋》《漓水柔情》《漓江古码头和船》《走出漓江的桂林人》等十本摄影专集。他的足迹遍布漓江两岸，只有为数不多的山岭和村庄没去过。他数十次与江洞村擦肩而过，今天进村，纯属偶然。明灯儿子满月，家中高朋满座。九桑来了，明山来了，晓巷来了。明灯妈自赵国慧生产前一个月就住进江洞村，服侍赵国慧。明灯上门，明灯妈像做外婆。晓巷负责拍照片拍视频，发现来的陌生客人王云伟专业，拍摄任务转给了王云伟。

王云伟自小在漓江边长大，他们村叫保锋渡。保锋渡曾经有个码头，水运文化发达的年代，这个渡口人来人往，热闹非凡，因此成就了保锋渡古集市。这里留下许多旧时的痕迹。渡口迎来送往，连接通向远去的大大小小的古道。渡口是每条路的起点，而每条路的终点，王云伟小时候不完全知道。漓水悠悠而来，静静流去，从哪里来，去了哪里，王云伟小时候最想知道。他从小就立下志向，一定要去漓水来的地方，一定要去漓水去的地方，一定要走尽村里那些大大小小的古道。

十九岁时，王云伟很少离开保锋渡，父亲在桂林农机厂工作，他跟一个弟弟一个妹妹与母亲生活在保锋渡村。他家是半边户（父母中一人在城里工作，一人在农村）。寒暑假，王云伟需在家干农活，父亲只带他去过两次桂林城区。一次是七岁时，一次是十五岁时。父亲工作忙，父亲的宿舍只有一间房，厨房在走道上。桂林城区大，父亲的家却很小。王云伟很失望。好在父亲每隔两周回村一次，父亲一回，桂林市也就跟着来了。父亲就是桂林市，因为每次父亲要讲桂林市里的事，讲桂林的街道，桂林的商场。有时候，父亲骑自行车回来，有时候坐船回。坐船慢，逆行，又是小机动船，但坐船很好玩。看着机器冲破流水的力量，船逆行向上，非常过瘾。王云伟从桂林市回村，一次坐父亲的自行车，一次坐船。坐船这次，他一人回的。父亲托了个开船的朋友。上船的地方不在桂林市，在桂林城北十几公里的地方，父亲用自行车载着他到达那个非著名的码头，给开船人交代清楚就返回了。坐船很快乐，坐了多长时间，王云伟没在意，反正到家时已经天黑了。开船人只顾开船，不跟王云伟说一句话。船走得慢，机器声大，风吹过来，噪声更大。不说话，双方自由。漓江两岸有各种各样的村庄，有错落有致的山峰。王云伟看得出神，这趟桂林之行值。开船人吃干粮，王云伟才感觉到肚子咕咕叫。父亲为他准备了一袋包子，有肉馅的，有花生芝麻馅的，咸的甜的都有。王云伟舍不得吃，他吃昨天攒下的饼干。没有水，他慢慢嚼。开船人用碗从漓江取水喝，喝完一碗，舀满，递给王云伟。王云伟就着漓江水吃饼干，有了水，饼干柔软多了。漓江上有船只经过，有短途的，也有长途的。长途的只在江心行走，全速前进那种，短途的则擦着岸，开得慢，并且很快就停靠码头。王云伟坐的船，连续超过好几只船，超过一次，王云伟得意一次，欢快一次。

掌灯时分，小船顺利抵达保锋渡。辞别开船人，提着行李，王云伟小跑回家。母亲和弟妹并不知道他回来，也不知道他坐船回来。王云伟行李里有一块两斤重的猪肉，见到猪肉，母亲和弟妹眼睛放光。村里人，每天见到猪跑，却难见到猪肉。王云伟家条件好一些，有在桂林工作的父亲，家里每半个月就有一回肉吃。父亲有时候从桂林割肉回，有时候回家路途经镇上食品处，凭肉票割一斤半斤。父亲一个人生活在桂林城，生活俭朴，节约下来的肉食带回家。漓江边的人，不缺鱼吃，缺肉。少了油，再肥壮的漓江鱼也出不了味。人们对猪肉的渴望远远超过鱼。漓江边的人得鱼容易，得猪肉难。母亲急忙将肉切下半斤下锅炒，剩下的她做些处理，留着吃半个月。吃过饭，全家每人又吃了一个肉包一个糖包。像父亲回来了一样开心。

王云伟在镇上读的高中，毕业时，恢复高考不久，他没考上。父亲带他进桂林中学补习。学业紧张，他不敢耽误学习，没有好好游桂林城。高考结束，填志愿时，他问老师，什么专业可以天天看漓江走漓江？老师被问住，老师想了想，想不出，老师说，皇帝专业。当了皇帝就能想看漓江看漓江，想走漓江就走漓江。王云伟说，没有这个专业。老师说，你回到古代，那是个热门专业。王云伟心里说，老师一点不幽默。没有人能告诉他能看漓江的专业。最后，王云伟随大流填报了一个专业，上了湖南财经学院，学的财会专业。毕业后，他进入桂林一家银行工作。有一天，他意外发现，看漓江走漓江最好的专业，不是导游不是水文地质，是摄影。从此，他爱上摄影。从胶片时代走进数码时代。

刚学习摄影那会，他跟人跑漓江两岸拍风光，起早贪黑，为了拍漓江日出，蹲守一夜，为了拍漓江的雾，蹲守几天几夜。漓江美丽的一面，有千万个摄影爱好者在拍，王云伟突然意识到，拍漓江不能仅拍山水风光，还应该拍出她的人文历史，拍出漓江流域的生态和人们的生存状态。他的关注点由自然风光，转向人文，转向人与自然的共存状态。

漓江上游有几大补水工程。川江水库，斧子口水库，溶江水库，都是近年建成的。王云伟跟踪拍摄移民，用镜头记录移民的不舍、矛盾、迷茫和放弃家园所做出的牺牲。有的移民去了安置点，也有移民因为故土难离，在水库水淹不到的高处安家，或搬到附近安全区域。安置点移民生活情况，王云伟记录下来，有必要的，反映给政府有关部门。留在山里的移民，有的成为护林员，护林员护水护野生动植物。漓江之源是漓江生态的重中之重，山里人也许不完全明白这个道理，但他们知道，守护好山林水源，能更好地发展绿色经济，呼吸优质的新鲜空气。王云伟在漓江流域有许多朋友，有的当作亲戚走动。三十年下来，他终于走进了漓江的源头，也看到了漓江尽头；走完了从保锋渡出发的大大小小的古道。古道有的湮灭在历史的尘埃中，有的还隐约可见，有的被扩展成康庄大道。

与许多拍摄漓江的摄影者不同，王云伟带着感情，带着探究，带着责任。而大部分人只是走过场，心里只有单一的表浅的唯美思想。

进来江洞村之前，王云伟刚接到弟弟的电话。弟弟约了他周末吃晚饭。弟弟跟他结仇十多年了。弟弟当初考上广西大学，工作没几年便下海，赚了两桶金后，回保锋渡搞开发。弟弟当董事长，成立漓江保锋渡旅游开发公司。一百六十多公里的漓江，数保锋渡一带的沙石最优质，储量最大。旅游开发是幌子，挖漓江里的沙石才是真实目的。弟弟建议王云伟参股，王云伟看了弟弟的旅游开发方案，觉得可行。可是他手头没钱，他工资收入一半用于家庭生活，一半用在摄影上了。有人讲笑话说，想报仇你就拉他搞摄影，想搞垮一个富人，你就拉他搞摄影。摄影投入大，回报少，对于绝大多数人来说，血本无归。特别是胶片时代。现在即便有了数码技术，但购买设备、车辆、消费，开支仍然不小。王云伟出版十本专集，虽然没亏本，但也没赚几个稿费。弟弟说："你没钱不要紧，你可以入干股，发挥你摄影特长，搞宣传，搞策划。"弟弟还拉妹妹入股。妹妹当年考上广西中医学院，毕业后到南宁工作，平时省吃俭用，存下二三十万。旅游公司开到老家，妹妹二话没说，全额入股。

弟弟公司开起来后，不久，王云伟便发现了问题。弟弟不承认，他说挖沙只是副产品，核心还是开发保锋渡旅游。保锋渡有历史有文化，还有风光，水路陆路交通发达，依托桂林旅游优势，融入大桂林旅游圈，前途无量，村民支持，不少村民进公司工作。旅游开发毫无起色，对外只是做做样子，套了当地政府的政策，却在破坏漓江。王云伟劝弟弟立即放手，弟弟不放。王云伟举了个极端的例子，说，你在家门口的漓江里挖沙，等于自刨祖坟。

明灯岳父被招进王云伟弟弟的公司挖沙，王云伟不认识明灯岳父。后来明灯岳父在另一个老板开的采石场被洪水冲走，王云伟才听说他最早在弟弟公司做过挖沙工。明灯岳父的葬礼现场，王云伟到过，拍过照片、视频。王云伟多次到过漓江流域的大山区，他那时候的重点不在江洞村，因此，与赵国田一家交集就少，没有来往。

王云伟劝不动弟弟，选择向政府举报。王云伟拍的照片、视频，证据有力。市县环保部门组成联合调查组，深入现场，调查结果与举报材料无异。政府立即取缔弟弟的公司，并进行了严厉的处罚。那以后，王云伟在村里组织成立护江队，制止所有破坏漓江生态的行为。护江队，业余的，需要的开支王云伟掏一部分钱，另一部分从环保人士那里募捐而来。后来，王云伟将护江队扩大到漓江保护志愿者协会，志愿者利用业余时间巡江护江。志愿者的行动，眼下只局限于漓江水域及漓江近岸，他们精力有限，整个漓江流域还没兼顾到。

且说弟弟公司被取缔，被重罚，投资血本无归，弟弟怀恨在心，与王云伟断绝兄弟关系。十多年以后，弟弟突然来找王云伟。弟弟第一句话便是："哥，我当年错了，原谅我。"他说："挖沙，我错了；不听劝，我错了；断绝兄弟关系，我错了。"王云伟说："你能转变思想真了不起。但你的思想又是怎么转变的呢？"弟弟没细说。王云伟猜想，弟弟一定经历了什么，能够触动弟弟思想转变，必定有一个特殊的机缘，一个事件，或者一种气氛、某种有力量的情绪。或者遇上了什么人。隔天，兄弟俩一起回父母家，父母见两儿子和好如初，很高兴。王云伟在桂林工作成家后，将母亲接到桂林市，他却像当年父亲一样，时常回保锋渡。后来弟弟开公司挖沙，给王云伟留下阴影，总觉得有人惦记着保锋渡的沙石树木和流入漓江的那条小河。王云伟像防贼似的，防着。

弟弟告诉王云伟，他能转变思想，倒不是遇到了什么特别的事，碰到了什么特殊的人，而是有一天在朋友家看到王云伟的摄影作品。朋友是王云伟的粉丝，王云伟出版的作品，他全有。朋友并不知道王云伟跟弟弟的关系，那天朋友从王云伟的作品谈到王云伟对漓江深沉的爱，以及王云伟为保护漓江付出的努力。弟弟听进去了，开始思考这个问题。没几天，他思想通了。思想通后，他对哥哥敬佩之心便油然而生。

十

王云伟才知道江洞村有香楠树。漓江上游地区虽然森林众多，他却没听人说过有楠木，便没注意。今天若不是偶然进来，他真不知道漓江边还有这么珍贵的宝贝。下一步，他的计划是重点拍摄漓江流域的动物植物，今天无意中发现江洞村的香楠树，老天真开了眼，送给他一个开拍吉日。

赵国田母亲种植的香楠树，在秋风中散发清香。王云伟在地下多角度拍摄香楠树，用无人机从高空拍。通过观看高空拍摄的照片影像，村里人第一次看到大树的顶部，看到村子全景，看到香楠树林，惊喜得说不出话。

回到桂林，王云伟将拍到的照片、视频制作成一个纪录片，有朋友来工作室，放给朋友看。对大多数人来说，楠木只是一个空泛的概念，知道它珍贵，却难得一见。王云伟答应等有了时间，带朋友们去江洞村参观香楠树。

王云伟还没来，县林业局的技术员来了。林业局的人在网上看到了王云伟的视频。林业局平时重点关注国有的集体的“大林业”，对个人的“小林业”不关注。除了普查古树，他们极少进村来。江洞村，二十几年前，有技术员来过，没发现古树，就将江洞村忽略了。赵国田为父砍树那年，有林业局干部来调查过，但他们只在意“树木”不在意“森林”。十年前，江洞村已经有不少香楠树，有的长高，有的还是小树小苗。事实上，六十年前，村民就在不经意地种香楠树，一年年积累，树一年年缓慢生长，终于有了今天的规模。

技术员进入赵国田家。听说来给香楠树“体检”，赵国田欢迎。技术员在赵国田带领下，查看每一棵树。赵国田母亲种的那棵，鹤立鸡群，技术员口头将它命名为树王。听了赵国田讲述树的来历，技术员写成文字，第三天将有文字的牌子竖在母亲种植的香楠树前。牌子上的文字不只是做简单介绍，还详细讲述了一个动人的故事，其中有明灯护树的情节。赵国田父亲种植的那棵，只剩一个树蔸，林业局也给立了块牌子，介绍它的前生今世。赵国田的名字和“事迹”出现在文字里。明灯看了牌子，建议林业局干部不要写得这么详细，父亲种的那棵，只写“因故被砍”四个字就行了；母亲种的，不要扯上明灯护树的情节。两块牌子，都有批判赵国田及赵国慧的文字，不利于团结，会对赵家姐弟声誉造成永远的影响。事情都过去了，赵国田砍树被判刑两年半，缓刑四年，已受到了惩罚；明灯护树的结果，树保住了。砍树、护树的故事已经成为过往。林业局干部说，这是我们局领导集体研究报县常委批示的结果，如果重写字牌，需要一层层请示领导。林业局干部一边解释，一边钉牌子。

赵国田说：“我认真看了两遍，牌子上的内容真实，用词客观，我同意立牌。我妈从没托梦指责我不孝，说明她认可明灯哥的阻挠。明灯哥说得对，珍贵的树砍了，就没有了；人只活几十年，珍贵的树能活几百年上千年。母亲种的香楠树活着，母亲就活着，她的功绩可以传诵千年。我很感谢明灯哥。”

同时，县里下文，把江洞村的香楠树林列为重点保护“单位”，它是个人的也是村集体的，更是国家的、人类的。下一步，县里还将一级级上报，争取香楠树成为“国保”。县里的技术员从外面请来相关专家，对江洞村香楠树林做了详尽的调查研究，他们认为，江洞村的土质，气候，地理条件，适合香楠树生存发展。

接着，县里做出一个大胆的决定：江洞村整体搬迁，把土地、空间、时间交给香楠树。政府不光停留在搬迁上，有一个总体规划，决定借机做一篇建设新农村的大文章。

正式文件还没下来，镇里的口头通知已经下来。村民代表集中在赵国田家，非正式地开会。也没人组织，是村民的自发集结。漓江上游地区，因为修建水库有过整村搬迁现象，但从没为了树林搬走的先例。修水库，村子不搬迁，会被水淹，但树来了，村子并不会被树淹。现在，村民已达成爱护香楠树的共识，不再非法砍伐，再说树不会伤人，人与树能够和谐相处，难道非得搬走吗？故土难离，换作谁都不愿意搬迁。

人们征求明灯的意见，明灯说："能不搬就不搬，我们要努力争取。"搬迁不是容易的事，除了村民感情上接受不了，代价也巨大。

县里的文件刚下达，搬迁工作队便成立了。工作队蒋队长带领工作队员，进江洞村，给每个成年的村民发放调查表。工作队又将电子表发给明灯赵国田，希望把表格发给在外务工的村民。在外务工的村民分散，大部分相互不是微信好友。蒋队长说，建一个村民群，说话就方便了。蒋队长帮着建立"江洞村民群"，一个拉一个，五天后，绝大部分有微信的村民入了群。在外的村民听说要搬迁，闹翻了天。来的不是洪水不是猛兽，只是不会说话站着不动的树，凭什么搬迁？县里如果执意要我们搬，我们就上访，给中央写信。赵国田在群里发言说："我们可以不同意搬迁，但不能上访，县里的事情就在县里解决。”赵国田“话音”刚落，有人反驳：“县里的事能在县里解决，还会有那么多人上访吗？上访不上访要看具体事，有的上访是无道理的，有的是有道理的。”赵国田问：“给树让路，这事有道理还是没有道理？”对方说：“当然没道理。你说呢？”

其实，赵国田也觉得没道理，他有意跟人唱反调，目的是激发出更多反对意见，守住自己的观点。

群里的观点一边倒，都不同意搬迁。表格纷纷寄回来，寄到赵国田手上。赵国田交给明灯，说：“你是哥，你来处理吧。”明灯说：“你学过法律，懂法，你处理起来更顺手。”兄弟俩笑着推来推去，赵国慧说：“村民大部分不同意搬迁，还需要你们处理什么？表格交上去就完事了。”

工作队再进村时，明灯把收集到的表格上交。蒋队长一看，说：“哇，全不同意。这工作难做了。”

“工作并不难做。”明灯说。

“你有好主意？”蒋队长说。

“县里收回决定。”明灯说。

“你这不是废话吗？”蒋队长说。

“我在网上看到过一句话，叫不作死不会死。”赵国田说。

蒋队长说：“你看了那么多书，为什么还不懂道理？”

“就是因为我太懂道理，你们才觉得我不懂道理。”赵国田说。

县政府不是乱决策，不是拍脑袋，听了林业专家的建议，在漓江上游保护和发展香楠林，意义非凡。香楠树林没了“杂质”，更利于生长。专家建议，不仅村民应该搬迁，村中杂树也应科学处置，保持纯净的香楠林。江洞村曾经有古树，一般来说，村子有多古，树便有多古。但以前，大家缺少环保意识，无生态理念，对野生动物想打就打，对树木想伐就伐。以前，江洞村有一个习惯，有老人去世，必砍伐一棵古树。古树用来当柴烧，为守灵人增加温暖，为唱孝歌的人驱赶寒冷。老人去世，砍古树，也有一种寓意和象征，即故人活得像古树一样长，活出了意义，故人的德才可与古树匹配。一年接一年，一棵接一棵，古树被砍光。村里杂树有一些，樟树，槐花树，桂树，白果树等，有十几种，量不多，品种多。全砍了，当然可惜，能移栽的都要移走。为了顺利搬迁，县里准备出台系列补偿政策，对于积极搬迁的给予奖励。

调查问卷反馈到县里，领导并没有收回决定。保护香楠树林利国利民，保护好了，能成漓江流域佳话，保护不好，只能成为笑话，招来骂名。县里下了决心。什么是保护漓江？保护漓江就是要保护漓江上下左右所有的生态，保护好自然生态，保护好人文生态。搬迁工作必须推进，村民的思想工作要慢慢做，一年不成两年，两年不成三年。

蒋队长带队再进江洞村。工作队中有林业局的技术员，负责解释科技问题。工作队仍然以赵国田家为据点，这次，他们带来行李，准备住上一段时间。住了一夜，他们发现住赵国慧家更舒适。赵国慧家是传统房屋，冬暖夏凉，秋老虎如此凶猛，赵国田家闷热，赵国慧家凉爽多了。赵国田建的是洋房，透气性没有传统房屋好。赵国慧欢迎蒋队长，家里房多，需要人住着，才有人气。

明灯是边村一带巡山队员，是主力，林业局的人有档案记录。巡山队员没有待遇，全是义务。巡自家的山，他们认为没有理由要报酬。但是巡山有功，林业局年底有表彰，有时候发奖金，有时候只发奖状，再加一堆赞美的话。蒋队长跟明灯聊天时，聊出明灯的过往。明灯除了人长得不够帅，各方面优秀。明灯讨不到老婆，看似是个体情况，实则是山区的普遍情形，也是许多农村的严峻现实。要不是遇上赵国慧，明灯有可能还单着。蒋队长老家也在农村，他们那边就不一样，歧视上门女婿。明灯上门如此快乐，令蒋队长感慨不已。

蒋队长不是林业局干部，他在政府办工作，级别为副科级。蒋队长对明灯说："明灯啊，你是边村护林先进分子，像保护孩子一样保护野黑山羊，上门到江洞村，怎么就变成落后分子了呢？"

明灯说："情况不一样，江洞村是祖先圈定的家园，香楠树并没有赶我们走，是政府人为地赶我们走。”

“你爱香楠树吗？”蒋队长说。

“爱。”

“你愿香楠树更有前途吗？”

“愿。”

“你们占着土地，香楠树能有更好的前途吗？”

“香楠树到江洞村才六十多年，江洞村人祖先来了六百多年，你讲哪个是主人？”明灯说。

村民群里每天有人都发牢骚。自己种的香楠树没有权利自由处置，现在又要因为香楠树搬迁，他们心里堵得慌。有人趁机怪赵国田的爷爷，当年不种香楠树，不是没有今天的困局了吗？也有人说，不能全怪赵国田的爷爷，后来如果村民不跟风，不一年接一年种植，香楠树就成不了林，就不会得到政府的关注。群里整天吵架，他们不是因为搬与不搬吵架，而是因为观点不同而吵。比如有人认为谁的香楠树栽错地方了，离他太祖父坟墓太近，影响祖坟的发达。那时，江洞村小，村里去世的老人坟地在村外，多年后，人口多了，村地盘不断扩大，早年的村外便成了村里。蒋队长也在江洞村群里，他每天看群信息，暂时只观察不发言。但杂乱的争吵无助于工作的开展，蒋队长比谁都着急。

| 第四章 |

冬日暖

一

明灯耕种岳母留下的田地。田地不多，不像边村老家，只要你有力气，想多种，就有种不完的田地。明灯干活不含糊，手头的这点田地不够他一人种。赵国慧精力几乎全放在带孩子上，包括照顾跟前夫生的两个孩子。明灯干完这边的农活，便回边村去帮母亲干。有时，两口子一起去。去的时候，带着他们的嫩仔。明灯赵国慧不仅没离婚，还生了个胖小子，明灯妈提起来就笑得合不拢嘴。明山还没讨老婆，作为伯娘，明灯妈着急。赵国慧来了，明灯妈趁机交给她一个任务：帮明山物色一个，哪怕上门都行。明山不置可否，他还想着孟暄碟，时常翻看她的照片。孟暄碟回到桂林，到专业剧团当演员后，就跟他断了联系，明山对她近况不知。明山每经过她曾经开的米粉店，都要望一眼，有时候停住车，多看几眼。

明灯和赵国慧这次回来，想多住两天，因为蒋队长成天找他谈心，他烦，想暂时逃避。以为回到边村，就能躲避，可是蒋队长三天两头给明灯两口子打电话，问什么时候回江洞村。蒋队长带着工作队住明灯家，说主人不在，他们住着不踏实。明灯知道蒋队长找借口，相反，主人不在，住得才自由踏实。明灯应付蒋队长说：“快了，马上就回江洞村。”明灯偏不回，他私自定下一个规矩：蒋队长每打来一个电话，回江洞村时间便后推三天。虽然也没个回江洞村的具体时间，明灯随时可以回，但有了理由，就能在边村多待些日子。

家里有干不完的农活，他一时忘记自己的身份，他回妈家是“回娘家”，按常理，不能久待。明灯却不讲究，像“出嫁”前一样当主人。江洞村的农活没有耽搁，稻谷黄了，赵国田两口子帮收；花生壮了，赵国田两口子帮收。秋天该收获的庄稼，赵国田两口子都帮收了，而且，干完活，才告诉明灯或者赵国慧。赵国田变化不小，赵国慧搬回娘家那年没有春播，因此没有秋收，她想帮赵国田干农活，赵国田两口子还防备，担心她分走丰收成果。今年，却主动帮赵国慧收割。赵国慧越发感到这个弟弟成熟可爱。

明灯两口子长住且积极干农活，九桑和明灯妈有了盘算，希望明灯两口子从此扎根，明灯不再做上门女婿。山区有上门女婿两边跑的传统，生了孩子也分作两姓。赵国慧看出来了，她明确表示，这次回来是躲搬迁，不是改变婚姻方式。明灯妈对赵国慧说：“想永远躲避，只有嫁出来，只有江洞村不是你的村子了，你才没有搬迁的烦恼。”

村里人弄清明灯带老婆回村的真实目的后，找明灯聊天。有人支持明灯，有人表示说不好。强迫人给树腾地盘，或者说人被树赶跑，前所未有，闻所未闻。不是因为战乱，不是因为地质灾害，不是因为修水库，谁搬迁呢？同情者说得明灯热泪盈眶。赵国慧知道明灯对江洞村的感情还没这么深，他是替她情深。对于江洞村，赵国慧童年的记忆和情感永远深扎在内心。

她对明灯说："我们回江洞村吧。"

明灯说："回去不得填'同意'表吗？"

赵国慧说："不填，砍手也不填。"赵国慧又说："你不回，我回，离开家太久，你放心吗？"

赵国慧带着孩子先回去了。明灯妈和九桑的计划落空。赵国慧回到江洞村，见到蒋队长，她没好脸色地说："你们走吧，不要住我家，不要待在我们村。"蒋队长带着工作队搬出去，赵国田也不让住，村里没人愿意让蒋队长一行人住。蒋队长回县里拿来帐篷，在江洞村空地上宿营。但是他们很快遇到现实问题，即吃喝拉撒极不方便。他们便住到镇上旅馆去。天天住旅馆，这钱报销不了。他们被迫回到县里。关于搬迁，江洞村无一村民松口，蒋队长的工作也就无一进展。

为了加大力度，县里要求镇政府全力配合，镇政府派出一个干部全权代表。镇里的这个干部姓张，离退休还有五年，当过副镇长，现在退居二线。人们仍叫他张镇长，起初他不答应，要别人纠正，别人懒得纠正，他就不再跟人啰唆，人家叫他镇长他只好答应。张镇长一直没升到镇长，他没有怨言。当副的很好，很安全。县组织部看他人老实，从不发牢骚，随遇而安，曾想调他到县里某局当副局长，他不去。到城里工作，是乡下多数干部梦寐以求的事。张镇长不喜欢住县城，儿子儿媳住县城，他不想时常见到。他跟儿子生活观念不同，易起冲突，不见面心不烦。这是理由之一。更大的理由是张镇长喜欢乡下生活。他出生在漓江源头一个叫过江铺的小村，酷爱漓江源头的山水，没事的时候骑摩托到山里转转，看看植物换叶、开花，看看野生动物，生活惬意。退居二线后，他跟风学习摄影，有一次拍摄了一朵杜鹃花从含苞到开放的全过程，还秘密跟踪拍了一只雌性野猪在窝里抚养幼崽的全过程。张镇长认识摄影家王云伟，王云伟系中国摄影家协会理事，水平高，张镇长跟不上，王云伟教会他基本的摄影技术后，他就不再跟王云伟学习创作。他没有王云伟高目标的追求，只满足于寻找乐趣。

县组织部对张镇长印象良好，有了二级主任科员名额，第一个想到他。刚闲了两年，镇里派他当蒋队长的工作队员，他满口答应。有了本地通，蒋队长像多长出一只手，有了新生力量。

张镇长跟江洞村所属的村委支书刘石板熟，去江洞村时，便叫上刘石板。江洞村有七十一户，人口二百八十一人，这么多户人搬到哪里呢？县里让镇里拿方案，然后审批。刘支书带蒋队长张镇长一行到周边察看，挑选新村位置。花了三天时间，初步定下一块地，综合来说，比较理想。汇报到县里，县里指示有关部门派出勘测队现场测量，数据传到建筑设计院，交由专业人士科学规划。县里想以此为契机，搞一个新时代农村样板，依托漓江上游天然优势，以开发民宿搞区域旅游为主打。江洞村整体搬迁后，香楠树林辟为一个旅游点，结合丰富的森林、峡谷、瀑布等资源，做成一个自成一体的旅游度假区，目标人群为大桂林以及周边的市县，包括与桂林接壤的湖南永州邵阳等。

县里用三个月时间勘察规划，拿出规划设计图、效果图。蒋队长要了电子版，发到江洞村群里。看了规划图、效果图，搬迁新址，村民议论说，前景看似美好，可搬迁不是买衣服，想买就能实现。新村址距离江洞村有一公里左右，面积宽，但有一小部分地盘是别村的，免不了土地纠纷。蒋队长解释说，政府有办法协调，准备以成立旅游公司的形式，参股置换。如果江洞村人不同意对方参股，也可以用土地置换。土地置换不好弄，因为土地难换到一块。大家议论后达成共识：给对方股份，成为股东，那个村的人才有主人公意识。看了群里村民最后的意见，蒋队长笑了，说到底江洞村还是聪明人多。

精准扶贫开始时，江洞村有五户贫困户，不到两年，全都实现脱贫。得益于扶贫政策好，扶贫干部责任感强，还得益于漓江源头自然资源的优势。江洞村大部分家庭建了新房，有人建房花去全部积蓄，有的人还因为建房欠着债。搬迁不只是人搬走，需要拆房，迁坟，平整土地，“服务香楠树林”这个中心大局。开支大，工作量大。村民不愿再花钱新建房子，因此仍然不答应搬迁。

赵国慧带着孩子生活在江洞村，明灯大部分时间则待在他的上边村。明灯说逃避填搬迁表格，开始是真的，后来，就不完全是这个原因了。他每个月去江洞村住三五天，然后找着各种借口回边村。赵国慧怨言越积越多，终于忍不住，问明灯：“明灯，我们的婚姻还有效吗？”明灯回答说：“有效，有效。”赵国慧说：“你成天待在边村，什么意思？”

作为报复，赵国慧不再去明灯他们边村。村民怀疑明灯与赵国慧的关系又出了问题，前面因为砍树，赵国慧要“休”他，现在因为搬迁又要“休”他。明灯长年巡山，他爱山里的一山一水，一草一木，理论上，他保护自然生态的觉悟比江洞村其他任何人都高一些。村民怀疑明灯已经签了同意搬迁承诺书，这才引起赵国慧的愤怒，赶走了他。村里人这么公开议论时，明灯没有更正。他反复咀嚼村里人的话。看了蒋队长发在江洞村群里的规划和效果图，明灯心动，但现实问题仍然存在，这便是搬迁费用。政府答应补偿，可补偿的钱不够建新房及支付搬迁产生的费用。政府考虑问题更长远，更深刻，明灯知道，村民碰到的现实问题又不得不考虑。明灯时常站在村民和政府两方的立场考虑，作为江洞村的一员，他被拖进巨大的困境。蒋队长时常先表扬他，然后严厉批评。每次这种欲抑先扬的手法，让明灯生气又无地自容。因为救野黑山羊，因为制止人看桃花破坏山林，舍身保护香楠树，明灯得到过县里的表彰，公安局领导因而敬佩他，跟他做朋友。有时候他又想，难道英雄就该永远克己奉公，不可以为自己争利益，不能反抗吗？英雄情结与个人利益，时常在他脑海中交织争斗。

蒋队长上边村来找过明灯，希望明灯回江洞村继续起模范带头作用。明灯热情招待了蒋队长，最后没跟他回去。

“你再不回去，赵国慧又要闹事。”明灯妈对明灯说。江洞村搬迁不搬迁，明灯妈不关心，因为她关心不了。九桑赞成江洞村搬，村子一搬，房屋没了，明灯赵国慧不就考虑回边村了吗？明灯取笑说：“新村不建好，政府不会强迫村民搬迁。这个工程又不是十万火急，没必要给村民住过渡房。”明灯的想法不完全对，政府虽然没把这个工程当急迫工程，却列入重点项目，三年内必须全部完成。每一年都有计划，有进度。实际上，政府还是迫切的。在漓江流域，生态扶贫是重要抓手，但扶贫是前期已完成的目标，奔小康，振兴乡村是新的目标。未来的任务仍然繁重。

二

王云伟进山里拍照，顺便寻找得到救治、回到大自然的黑山羊小瓦。王云伟钻山林，涉溪水，干粮不够吃野果，水壶没水了，喝泉水。泉水虽然清冽，毕竟是生水，有人喝了肠胃受不了。王云伟能适应，长年走漓江，他已适应各泉眼里冒出来的山泉水。黑山羊固定的家在哪里，没人知道。黑山羊一群一群，一伙一伙，它们是家族群，还是“朋友圈”，周围没人仔细研究过。大海捞针，自然难碰到小瓦。

明灯也久不见小瓦了，不知道它身上的护身符还在不在。如果没有护身符，时间一长，明灯不敢保证能认出小瓦。明灯仍然在原来投食的地方为小瓦准备好吃的。明灯曾用一夜时间等待小瓦，没等到。而趁明灯不注意，有一天小瓦却来将食物吃掉了。明灯确定是小瓦吃掉了食物，别的黑山羊不容易找到投放食物的地点。明灯“嫁”去江洞村，跟小瓦的交往只在梦里，那次被赵国慧赶回边村，他心里苦闷，特别想见小瓦；现在回来躲避江洞村搬迁的烦恼，仍然想小瓦。见小瓦像中彩票，概率很低。

王云伟说他有信心帮明灯实现这个愿望。王云伟在山里钻了一个星期，又在明灯投放的食物附近蹲守了两个晚上，可是，小瓦的毛都不见一根。

王云伟开始了他拍漓江流域动物植物的计划，见不到小瓦他没那么失望。只要能拍到不一样的植物，拍到任何野生动物，他都满意。因此，他在山里走时，一天过得很快。白天进山拍摄，晚上他住明灯下边村的家，整理照片及视频资料。

“明灯，你再这么住下去，恐怕又要单身了。”王云伟对明灯说。

“赵国慧对我有意见，但她不会不要我。”明灯说。

“那是从前，现在不同了。情况每天都在变化。从前你对她好，现在你恶意与她两地分居，每一天都在伤害她。”王云伟说。

明灯说：“我不愿回江洞村面对搬迁。”

“这不完全是你的心里话，是你离不开边村。可你是一个上门女婿，你的家在江洞村。”王云伟说。

明灯问：“我应该在搬迁表格上签字同意吗？”

王云伟说：“我来边村前去过江洞村，看了县里规划图、效果图，换了我，半夜都答应搬迁。”

明灯说：“故土难离。”

王云伟说：“新村就在一公里外，哪里离开了故土？谁说的故土难离？”

明灯说：“问题还在于祖先挑选的家园，子孙抛弃，大逆不道。过去人讲究风水，村里人抛弃好风水，将来可能不吉利。”

王云伟说：“新村的风水我看就很好。不信你们听听黑头的看法。想象一下，村里建筑搬走，杂树移走，剩下一片纯粹的香楠树，那场面有多壮观。香楠树是稀罕之物，它们的到来，给全村带来财富。说到底赵国慧的父亲功绩彪炳千秋。财富来了，要顺，不要堵。”

“这番话你跟江洞村里人说了吗？”明灯问。

王云伟没跟江洞村人说，明灯不就是江洞村人吗。王云伟就这么跟江洞村人说，力量不足，得江洞村自己人说。

第二天明灯回到江洞村。儿子见他就哭。儿子跟他生分了，赵国慧说：“不怕，他是你爸爸。”明灯回来，赵国慧高兴，那些积压在心里的怨言瞬间消散。昨晚他用整夜来消化王云伟的话，王云伟有知识有文化有思想，在银行里做过领导，眼光比一般人独到。咀嚼王云伟的话，明灯嚼出味来。

规划图、效果图，被蒋队长他们制成大背板，比在微信群里看，更出彩。搬迁工程，短期来说，村民得不到利，而且还会损失利益，要说到长远，可就完全不一样了。政府规划建设新村，新楼房统一建筑标准，街道统一规划，正如效果图所示，那是颠覆村民认知和想象力的大构想。

之前，经过黑头他们村时，明灯特意去请黑头，叫他给村里人讲风水。明灯说：“你实话说，新村的风水好吗？如果不好，你就不用跟我去，不要跟任何人说风水不好。”黑头说：“新村山水好，很好。”所谓风水，与周边环境有关，山势，水土，建筑，朝向等，都是构成风水的因素。好环境才有好心情，好心情才有好运。黑头说了许多，明灯听进了些。黑头真是难得，不装腔作势，不神神秘秘，不装弄鬼神，还不贪财。

黑头指着规划图、效果图，给村民讲新村的风水。黑头的话村民信，专家规划首先想到的就是人居环境，哪有风水不好的。黑头给在现场的村民讲完，又进江洞村群里讲。他用明灯的微信号发语音。听了语音，一些村民思想开始转变，但也只是暂时有所松动。

建新房的资金问题，政府有方案，根据每户村民房屋大小，实施一户一策，资金不足的政府担保低息贷款。在规定时间内签字同意搬迁的，还有政策奖励、现金奖励。政府出资部分，一方面来自乡村振兴投入，一方面来自林业系统的林业、珍贵树种补贴。算下来，个人投入资金不多，而且用贷款就能解决。

明灯遇到的问题比较大，他家存款不多，赵国慧带过来的积蓄有是有，但要养三个孩子，她手头的钱轻易不能动。贷款呢，本利给他的压力大。

三

出乎赵国田意料，山本再次进村。山本照例带着他的两名助手，开着豪华越野车。与上次不同，山本身穿茶马布衣，脚套了双差不多失传了的桂林乡村布鞋，左手持纸扇，每轻轻扇一次，摇头晃脑四五次，派头十足。这场景赵国田在电视里看过，穿这身行头的，不是地头蛇，便是跑江湖的人士。他两个助手也是同样行头。赵国田对这种打扮的人，天生有一种厌恶和恐惧。如果不是从另一辆车上下来王云伟，赵国田要把山本赶走。上次山本进来买香楠树，赵国田将他耍弄了一回，这回山本是来报仇吧？赵国田问明灯："怎么办？"明灯说："不要慌，他若使坏，我们将他'凉拌'——法办"。王云伟带着全套摄影、摄像器材，他从现在开始全程记录江洞村的搬迁，像曾经记录漓江上游水库移民搬迁一样。记录之后，是跟踪，五年小跟踪，十年大跟踪。漓江两岸尤其中上游地区的变迁，普通百姓的变化与成长，都会在他镜头之下。他从漓江风光摄影转向纪实拍摄后，有一回，在漓江边偶遇一对拍婚纱照的年轻夫妻，他记录下来；这对夫妻生育小孩满月时，他又记录；小孩一岁再记录；小孩九岁，年轻夫妻结婚十周年，他仍然记录；再过十年，他继续记录。是年，小孩十九岁，准备上大学。这对夫妻，这个家庭，是桂林普通人家的代表，他们的生活轨迹，反映桂林二十年来的发展轨迹，也从一个侧面印证了中国经济社会前进的轨迹。桂林人的生活离不开漓江，漓江生态的优劣，直接影响桂林人的生活品质，影响漓江在世界的声誉。王云伟以特别的方式记录漓江生态健康发展的状况，也是一种参与漓江生态建设的具体行动。

王云伟提设备时，明灯迎上来帮忙。王云伟说："我还住你家，可能要住一段时间。"明灯说："好啊，你能给我们村带来新鲜血液。"同样过来帮王云伟搬摄影器材的赵国田说："你来就来嘛，带山本干什么？"王云伟打趣说："我不带他，他敢来吗？"

"你不该跟他做朋友。"赵国田说。

王云伟跟山本认识多年。那次，山本来看王云伟的摄影作品展，两人聊得投入，当晚山本做东宴请王云伟，交往就开始了。山本是外地人，到广东开工厂，开过洗涤剂厂、化工厂、打火机厂、开关厂，赚了钱，跟风开发房地产。从广东开到广西，开进桂林。山本在桂林成功开发两个楼盘，在其中一个楼盘的一栋楼留下三层当展览馆，展览收购来的古董玉器和艺术品。山本收购的艺术品不少，但大多是当代的，品位低。一些书画家见山本有钱不计成本搞艺术品投资，便私下组织起来哄抬价格，相互吹捧，弄来一大堆"省级”“国家级”，甚至“世界级”书画展证书，花钱买版面要来吹捧文章，糊弄山本这些叶公好龙的新型资本家。他们不只糊弄跟风搞收藏的有钱人，还糊弄个别官员，还相互糊弄。王云伟与山本交往渐多，关系可以后，王云伟为山本挑出劣质收藏品。山本多了个心眼，他带着这些作品去广东叫行家鉴定，又去北京上海叫专家过眼。无一例外，专家意见跟王云伟一致。山本私下开始佩服王云伟的艺术眼光、艺术鉴赏能力。王云伟虽然不搞书画创作，却跟不少书画名家有深交，从他们身上学到了一些艺术鉴赏知识。山本只要想收藏书画作品，便让王云伟当艺术参谋。虽然，两人有艺术上的爱好，但王云伟跟山本保持着一定距离，是朋友，但又不是特别交心的铁哥们。

山本进江洞村购买香楠树失败，没跟王云伟提起过。最近听说江洞村因香楠树搬迁，山本才跟王云伟讲上次被赵国田耍弄的经过。王云伟听后，没表示什么，却对赵国田有了好感。

摄影器材还没搬到明灯家，王云伟叫停，他开始拍照片。有村民围看规划图及效果图，他们看了又看，看过好多遍了。看着效果图，村民大都不说话，想说的话都说了，暂时找不到新的话题。村民发现王云伟正拍他们，急忙躲闪。王云伟说不用怕，你们继续看规划图，不要理我。但还是有部分村民闪开。王云伟已经偷拍十几张了，村民躲闪没关系。村民担心他们入镜，成为某种证据，胆小的能躲便躲。王云伟在村里行走，寻找参照物，将来作搬迁前后的比较。最大的参照物莫过于赵国田母亲种的那棵香楠树，树不在村中心，但规划中，它被纳入中心，它将以树王的高大形象引领香楠树林，给游客带来惊艳的印象。明灯赵国田跟在王云伟后面，看他拍照；山本及两个助手用手机照葫芦画瓢，学王云伟拍照。王云伟对明灯山本他们说："都不用陪我，你们聊去。"

山本的纸扇插入茶马布衣口袋，口袋浅，稍不注意扇子就要掉出来。山本干脆抽出扇子，像刚下车时那样轻轻扇。其实，阳光并不强烈，风吹过，还有一丝凉爽，用不着扇扇子。赵国田说："把你的扇子给我。"山本递给赵国田，赵国田投掷出去，说："你再扇，我把它烧了。"山本说："真是个粗人，我扇个扇子你也看不惯。"

明灯将山本三人带到家，赵国慧用油茶招待。桌上摆着糖果瓜子和润了的香烟。这香烟还是山本送给赵国田的，一直没开，因为放置的地方潮湿，香烟受潮厉害。这香烟高档，赵国田舍不得抽，送给赵国慧一包，赵国慧也舍不得给人抽。明灯不抽烟，九桑抽。九桑得罪过赵国慧，赵国慧觉得九桑不配抽，留着招待尊贵客人。香烟受潮厉害，理论上已变质，打开请山本抽倒十分合适。前次山本给人留下不好印象，只能得到这样的待遇。山本拿过烟，他手感好，连忙放回去，从口袋里掏烟。

赵国慧油茶打得好，山本喜欢喝。

山本撩起袖子，露出两件手串。茶马布衣袖子翻过来是白色的，很显干净。山本这件茶马布衣袖子长，差不多将手背盖住，只留手指。再长点，就像水袖了。山本取下其中一串，搓了十几秒，递给赵国田说：“你闻闻。”赵国田说：“你手臭，我不闻。”山本又递给明灯，明灯说：“这有什么好闻的。”没人接手串，手串被山本搁到桌上。过了一会儿，山本对赵国田说：“我手的气味没有了，只剩下手串的味道，你可以闻了。”

赵国田小心拾起手串，与鼻子保持距离，闻了闻，说：“有股香味，像香楠树的味道。”山本说：“好鼻子，正是香楠树味。”山本取下另一串珠子，让赵国田闻。赵国田闻了说：“有微弱的味道，不够香。”明灯跟着也闻了前面的手串，证实有股香楠木味道。明灯以前没见过香楠树，上门后，见的多了，闻的多了，了解就多了。山本说：“两串珠子材质不同，香楠木的上千元、几千元一串，普通材质一串十元、几十元。”

“又来买树？”赵国田说。

“算是，但形式内容不同了。”山本说。

山本一直有买香楠木的打算，听说漓江上游的江洞村就有，便有了上次。没买成，山本耿耿于怀，如果能报复，他早对赵国田报复了。可是，山本再有钱，也报复不到赵国田，赵国田不跟山本做生意，不发生交集，就是一个山民，山本本事再大也使不上劲。但是“君子报仇十年不晚”，山本记着这桩仇恨。后来听说政府出面保护江洞村的香楠树，给每一棵树标了号，赵国田母亲种的那棵被评为树王，山本再有动香楠树的歪脑子，恐怕也没机会了。王云伟跟山本谈保护香楠树林的意义，山本认为有道理，但道理嘛总是讲给别人听的，轮到对自己有利的事最好不要讲道理。山本没被王云伟的道理和高大的理想打动，他倒是想到一个合作的项目。山本想投资建一个香楠木手串加工厂，原料由江洞村供应，工人由他的技术员和江洞村村民组成。制作手串，不是砍树，只需砍树枝。粗壮的做成大的珠子，细的做成小的，再小的可以做成一小截一小截的，圆的扁的方的，可以用来做成任何形状的手串。

这倒是个好主意。江洞村的香楠树从六十年的到几年的都有，它们自然生长，几乎从没被修剪过枝叶。如果有林业专家指导，科学砍伐树枝，不仅有利于树木生长，砍下的树枝还能产生很大的经济效益。树是江洞村村民的，村民人人是股东，分成方面山本可以跟村民好好谈，甚至可以让利。等到将来旅游区建成，游客多了，手串的价钱会更高。人们平时难买到纯正香楠木手串，市场上假冒的多。江洞村这一大片香楠树，原材料游客看得见，可信，将来销售必定持续火爆。

“我两次来江洞村，都带着财富来。”山本讲完设想，自我吹捧说。

“两次带来财富没错，但前次财富缺德，这次财富有道。我同意取之有道。”赵国田说。

山本全额投资，村民只要干得来的都可当工人，工资不低，能在家里上班，村民同意。村民闻讯来到明灯家，挤满了屋子，屋里挤不下，山本到外面宽大的空地上继续宣讲。明灯接着帮腔说：“人搬走，给香楠树腾出地盘，利于香楠树生长，它们枝叶茂盛了，树长高大了，对我们百利无一害。我们继续造林，全村人的子孙可以吃香楠树饭。”

“明灯，你同意搬迁？”有人问。

“我想通了。搬迁好处多，住新房，搞旅游，做手串加工，哪一样不是好事？”明灯说。

山本计划投资建手串加工厂，报告和计划书报到县里，县领导研究后，认为项目不错，将加工厂纳入整体规划。蒋队长跟村民商量后，建加工厂的地方也很快确定。

明灯签字同意搬迁，村民跟着动了心。村民群里在外务工的，也动了心。在外工作不好，收入低的，打算回家乡，进工厂也行，搞旅游也行。靠山吃山，靠水吃水，老天送给村里这么好的自然山水，政府为村民规划致富方案，再不抓住机会，便是傻瓜。未来，项目带来的不仅是物质上的巨大变化，而且在精神上也能最大地满足村民需求，因为项目里规划有精神文明建设内容，书屋、戏台、棋牌室、运动场等基本娱乐设施全有。

说来说去，村民说最该感谢赵国田的爷爷，是他引进香楠树苗，赵国田父母种植香楠树并精心护理，埋下了村民走上富裕之路的种子。村民感谢明灯，明灯护树有功，没有他的举动，香楠树可能会被相继砍光，也就不会有政府的保护计划和建设新农村的总体规划。一夜之间，全体村民对树王肃然起敬，说起赵国田母亲的好。树王是母亲，母亲就是树王，美名相互成就，功盖千秋。

四

各种手续办得快，地盘一落实，山本就着手建手串加工厂了。山本的一个助手，带领第一批十五位工人去外地培训，学习手串加工技术。这十五位工人学成归来，将成为厂里的骨干，再由他们培训新人。手串加工厂将来不只是加工手串，还要制作各种旅游工艺品，比如上档次的竹器工艺品，民族装饰品。这是山本的未来计划，只要旅游市场需要的文创产品，他都做。品种多了，就业岗位就能增加。赵国田被山本任命为厂办公室副主任，因为他懂法律。其实，他那点法律知识，山本看不上，他那点文化水平，山本也看不上。山本给赵国田安个一官半职，利于工作开展。赵国田母亲种出树王，村里香楠树都是他父母种下的树的后代。只凭这点，赵国田在村里就有威望，有号召力。办公室主任是山本从桂林公司抽调的，大学文秘专业毕业，能写讲话稿，能写文案，山本用得顺。山本没有忘记明灯，明灯虽然文化程度不高，可他思想境界高，集体意识、大局意识强。山本任命明灯为销售总监。明灯不知道总监是个啥，他对山本说他不要这个官，他监不动。他向王云伟讨教，王云伟解释得很清楚，明灯听后似懂非懂。明灯不要官，请山本撤销决定。山本说你是赵国田的姐夫，实际是赵家长子，赵国田都当官了，你不当，村民不答应。明灯说我兄弟两人有一个当官够了，都当官，影响不好。山本说："你不当官我不放心，我怕你私下给我使棒子。"明灯说："如果你是这么考虑的，完全没必要。我的为人你还不知道吗？你是对的，我双手赞成并大力支持，错的，你花钱也买通不了我。"

"你总得当一官半职吧，不然，说实话我心里不安。你保护了树王，给你当个官，冥冥之中也是你岳母的意思。都说你岳母化作了树，以前树是树，没有灵魂，你岳母去世后，树就有了灵魂，是一棵完美的树，智慧的树，有灵气的树。我不给你当官，你岳母不答应，天地不答应。"山本说。

山本说出一大堆理由，目的就是用官职来笼络人心。明灯偏不当官，他为人是哪样的，心就是哪样的，不在乎当不当官。明灯拒绝得决然，山本拿他没办法。

县里的项目开始推进，工作队负责搬迁。搬迁工作琐碎，房产面积计算，价值评估是重点。接下来村里杂树的迁移，房屋遗址的平整，复原土地，旅游道路规划等，还有许多事。这些工作需要村民参与，明灯第一个报名。山本说："你当公司总监不影响你参与搬迁工作，收入高很多。"明灯说："我文化水平低，干搬迁工作踏实。"山本说："你是个复杂的人，我摸不透你。"明灯说："我不复杂，是你想复杂了。"

江洞村主要姓赵，六百多年前，祖先就来建村。赵家有一个公共祠堂，里面供着近三十代祖先的灵牌。第十五代时，有的人迁到别处，留在村里的延续着家谱。迁出去的，三年来一次总祠堂，搞一次宗亲祭拜。迁到别处的并没迁远，顺着漓江，其中又有外迁的，目前形成了好几个村庄。搬迁祖宗祠堂，得征求宗族人意见。当年留在江洞村的祖先是老大，迁出去的是老二老三，江洞村既是外迁宗族的祖宗所在地，也是老大所在地。老大的后人有天然的优势，村里老人说了，迁祠堂我们说了算，老二老三的后人只能服从。村里决定让明灯当宗族联络员，请老二老三后人派代表来议事。明灯提出异议，说他是上门女婿，担心老二老三后人不服。村里老人说，江洞村人人服你，他们敢不服？

明灯按照家谱列的各分支联络人名单，一个个去通知。蒋队长帮明灯拟了通知，张镇长到镇上叫办公室人打印。通知上说，三天后的上午十点，在江洞村集中，共商大事。明灯带着通知去通知族人。明灯的顾虑没错，当他报上名时，老二的后人联络人赵炳义爱理不理，傲慢十足。明灯说："通知我已经发到，你们必须参加。"

赵炳义说："什么时候轮到你说话了？你不是赵家人。"

明灯说："我上门当儿子，就是赵家人。"

"如果我们不去参加会议呢？"赵炳义说。

"不参加没关系，赵家总祠堂我们照样搬迁。"明灯说。

明灯想，如果你好好跟我说话，我还敬你三分。按辈分论，赵炳义高一辈。赵炳义歧视他，明灯当然要针锋相对。明灯强势，赵炳义再傲慢没意义，口气缓和了些，说："赵家总祠堂迁到哪里？"明灯说："迁到新村，国家给划了地盘，新祠堂面积宽，设计好，用料好，你们一定满意。""新建资金从哪里来？"赵炳义问。明灯回答说："江洞村人凑，老二老三后人捐资我们欢迎，不捐也没关系。你们随时可以去祭拜老祖宗。"赵炳义说："建新祠堂赵家后人人人有责，我们哪能不捐款呢？"

赵炳义是老二这一支的联络人，平时议事，他牵头。通知到他，这支的联络任务明灯就完成了。明灯手上抓了一把通知给赵炳义，让他分发下去，让更多人看到文字通知。看文字通知不容易忘事。告别赵炳义，明灯去找老三的后人赵炳发。明灯来的路上，赵炳义已经给赵炳发打了电话，说了明灯送通知的事。“江洞村没人了吗？叫一个上门女婿来联络，太不像话！”赵炳义跟赵炳发发同样的牢骚。赵炳发心里想，你老二都治不了他，我哪里治得了。听完牢骚，赵炳发便没了牢骚。送个通知而已，谁送不是送？赵炳发为明灯准备了油茶，明灯一到，热气腾腾的油茶就上桌了。明灯在赵炳义家没喝上一口水，开始赵炳义要态度，后来明灯强硬，赵炳义意识到自己失态，招呼明灯喝茶喝水，明灯婉言拒绝。走了几公里路，他还真的渴了。

赵炳发没见过明灯，但听说过明灯。明灯因为保护野黑山羊、保护桃花林出了名，护树让他的名气更大。赵炳发说：“我亲爷爷为什么就不晓得在村里种香楠树呢？”明灯说：“你们从现在起，种金丝楠树，它更值钱。”赵炳发摇头，说：“这树太金贵，不是想种就能种的，需要好土质好气候，需要好命。同样是赵信昌的后代，江洞村得到了他的护佑，种活了香楠树，种成了香楠树林。而老二老三后代什么护佑也没得到。发了，你们村大发了。老大的后人大发了。”

明灯喝着油茶，不插话，任由赵炳发说。明灯想，政府搬迁江洞村，开发江洞村，树立乡村振兴的榜样，江洞村好运来了，好日子要来了，这并不是老祖宗保佑的结果。

刚开始，江洞村人反对搬迁，赵炳发听后暗自发笑，这么好的机会江洞村人不抓住，蠢死了。赵炳发不敢跟别人讲，哪怕是村里人，哪怕是老婆。他担心骂江洞村人蠢，话传出去，传到江洞村人耳朵里，倒提醒了他们。赵炳发嫉妒江洞村，他曾带着两个族人去找镇长，要求开发他们村。镇里说，不要着急，乡村振兴面对每一座村庄，面向整个农村。这是一个庞大的长远的工程，政府不会懈怠不会停止。赵炳发说："这话不假，但是有几个村像江洞村那么幸运？"赵炳发郁闷好几天，明灯上门，他有脾气，他的脾气跟赵炳义不同。现在江洞村村民都签字同意搬迁，开发工作已经开始，赵炳发再生气已没有用，只怪老祖宗只保佑老大一脉。发完牢骚，老祖宗他也不怪了。他想道，不如做个顺水人情，向江洞村的族人表示祝贺。

三天后，老二老三的后人各来了四个代表。他们坐在赵家总祠堂里开会，其实不是什么开会，是来听候老大后人下达通知。搬迁宗祠，国家不补助，但给政策。江洞村人理解。按惯例，农村新建或者重建宗祠，采取家族集资、募捐的方式，江洞村搬迁宗祠，也只有按这个套路。

宗祠设计图，是县里帮设计出来的。效果图非常漂亮。给祖宗建"新房"，祖宗没有不高兴的。老二老三的后人挑不出毛病，也说不出不同意搬迁的理由。剩下的，只由老大的后人完成，正式搬迁那天，老二老三的后人参加就是。明灯在家设宴招待老二老三的后人，一喝酒，一家人的气氛又来了。赵炳义受气氛影响，架子早放下，江洞村搬迁他打心里高兴。同祖同宗，江洞村富裕了，老二老三要是还受着穷，老大能不管吗？

六百多年前，赵信昌到此建村，周边荒无人烟。建了村，有了人气，格局改变了。如今，政府重新规划，总体设计，将打开一个新的更大的格局。一个更宜居的环境，一个彻底改变物质生活、精神生活的环境，将在漓江上游建成。

工作队一家家丈量房屋面积，村里的老房大都没有了，只留下明灯赵国慧住的这一座。江洞村古老，却没留下古屋。相对来说，赵国慧家的要古老一点，清末民初建的，类似这样的建筑在漓江上游有不少，村里古建筑多的，基本纳入古村落保护名录。清末民初建的房，上百年了，也进入古董行列。拆了它，对古建筑保护谈不上破坏，因为全市已经划出了保护重点，赵国慧家这座老屋，如同大年三十的一小块肉，有它不多，没它不少。但是细想，上百年的房屋能保存到现在不容易，就这么拆没了，还是可惜的。蒋队长有些拿不定主意，不知道如何处置。明灯说能不能保留老房，为游客提供历史见证，林业专家说不行。树林里突然来座古房，显得不伦不类，不利于整体林业规划。拆掉它，赵国慧赵国田都没意见。因为涉及“古董”，这个价格真不好评估。破坏古建筑的行为，时常遭到人们诟病，明灯家的房子要是拆了，网友知道，肯定有许多说法，有人要趁机闹事。

王云伟给出了个主意。漓江另一条支流边上，有一个老板建了座名曰“漓江人家”的新村，全是从本土买来的旧房子。在漓江人家，能看到各种桂北传统建筑代表。旧房子是真的旧房，没一点仿造，只有少量不可用的不重要的材料是仿古的。建筑上，按旧房一比一修复，格局跟原来一模一样。这条漓江支流水源丰富，风景优美，有了这群带着历史印记和文化内涵的建筑，便又有了人文的厚度。旧房能在新的地方重生，赵国慧姐弟俩同意。漓江人家一期完工，二期也接近尾声。许多游客冲古建筑而来，漓江人家每天接待不少游客。王云伟云盘里有他拍的漓江人家的照片、视频，他调出来给明灯赵国慧看。其中一座房子赵国慧熟悉，那是外婆家一位亲戚的，她早些年还去那儿玩过。这房子因为建漓江补水工程，拆了，整座村搬迁了。漓江人家唐老板整栋买下来，让它在漓江流域的另一个地方重生。

第二天，唐老板闻讯赶到江洞村。买古董难，买到整座老房更难，只要有信息，唐老板半夜都要启程。唐老板是行家，他在大学学的是民用建筑学，对古建筑情有独钟。从建筑设计院辞职后，他一直从事寻访、研究古建筑的工作。在漓江支流建桂北古民居“博物馆”是他的梦想。他花了二十几年时间，慢慢向着目标迈进。唐老板看了赵国慧家的老房子，很满意，价钱也给得合理。合同很快就签下。拆房子那天，唐老板要亲自来，交给别人，他不放心。唐老板拆旧房，是为了异地重现，所以这种拆迁有许多讲究，一般人做不来。

卖旧房的钱，赵国慧姐弟俩平分。前面明灯还为搬迁建新房资金发愁，做梦也想不到，钱从天上掉下来。村里有几座倒塌的老房子，唐老板查看后，决定买下那些可用的构件。

五

与赵国慧赵国田姐弟签订房屋购买合同后，唐老板按约支付了定金，整屋搬迁已是板上钉钉。回到漓江人家，他给赵国慧家老屋安排了个好位置，前可观清悠的流水，集纳对岸风光；后能赏造型奇异、起伏不定的山峰。唐老板预留了好些佳位，虚位等待质量上等的老屋。这像房地产老板开发楼盘，越往后期位置越好，价格越高。好地段要配好房。唐老板最得意的民居组团，来自湘桂铁路线上一座小村庄。那年，湘桂铁路扩容改造，铁道线穿过小村，小村必须搬迁。唐老板获得信息，将整村老屋买下，搬至漓江人家。熟悉原小村的人，来漓江人家参观，总有一种行走在原小村的感觉，房屋布局，巷道，扫描机扫出来似的。原小村已经消失，但原村上的人时不时来漓江人家怀旧，拾掇童年时光。漓水人家留住人们的记忆，留住了乡愁，更留住了桂北古民居文化。

赵家老屋造型结构跟周边很搭，甚至起到提升局部美感的作用。唐老板在冥想中，又来一个主意，他想在即将到来的赵家旧屋后面，种两棵香楠树，营造出更加逼真的气氛。赵国田咨询林业专家，得到答复是，成活的可能性极小。漓江人家的环境条件不适合香楠树生长，要是适合，老祖宗可能早就种了。一方水土养一方人，一方水土养一方树。唐老板不信专家的话，不管成不成，都要试一试。他打电话给赵国田，希望能买到树苗。赵国田说，你这个主意我们没想到，如果有了树苗，送给你也是可以考虑的。

唐老板成天琢磨他的桂北民居"博物馆"。这天，他又来灵感，想买下江洞村赵家祠堂。漓江人家不缺古民居，缺祠堂。唐老板亲自上门，江洞村人一口回绝。祠堂不是一般的老屋，哪能卖呢？卖祠堂就是卖祖宗。唐老板找到老二老三的后人，想各个攻破。出价不是一般的高，要是能卖给唐老板，老二老三的后人获利不小。老二老三的后人代表经过慎重考虑也没答应。唐老板有了想法就想实施，于是开始了寻找祠堂之旅。走访半个月，没找到一家出卖的祠堂，相反还被人骂了几回。有的村，祠堂倒塌，但建了新祠堂。倒塌的祠堂，主人不卖，一块石头一片瓦一根横梁都不卖。唐老板也是漓江边长大的，他理解主人的心情。买不到祠堂，对一座桂北民居博物馆似的村庄来说，终究遗憾。他的助理出主意说，建一座祠堂呢？唐老板说，建一座祠堂没问题，问题是这是谁的祠堂呢？唐老板不愿当成自家祠堂，即便他胆大犯忌，也要遭来族人的唾弃和阻挠。没有主人的祠堂算祠堂吗？

赵家老屋，唐老板希望尽快搬迁到漓江人家，他打了几次电话催问明灯："什么时候能搬？"明灯说："新村才动工，拆了旧屋，我家住哪里？"唐老板说："赵国田家能住，他的楼房空房间多。"明灯认为没必要。唐老板爱磨人，他把明灯约到镇上酒馆，如果明灯不满意，载他到县城大饭店，如果还不满意，就带他去桂林的五星级酒店。明灯说："不用费心，一碗米粉就能把我打发。"唐老板点了两个小炒，开启自带的好酒，吃着喝着，他给明灯分析早搬迁的好处。直接的好处便是，房款早结清，早吃利息。明灯说："我家住到赵国田家不合适，人都大了，各自成家，还住在一起，不自在。"唐老板说："克服一下，新村建设进度快，最多一年。"明灯说："一个月我都住不惯。"

明灯回家跟赵国慧说起唐老板请求提前搬迁的事，赵国慧说："唐老板心太急，他只顾自己，不考虑我们的处境和感受。"明灯试探着问："你愿跟赵国田一家住吗？"赵国慧说："不愿意。"明灯说："卖房款赵国田有份，他肯定愿意。”赵国慧说：“他愿意，我不愿意。”明灯想，我更不愿意。两口子跟赵国田一家关系好，是另一回事，要住在一起，共用许多东西，且不说可能影响关系，还真的不方便。

但唐老板的分析有道理，若能提前搬迁，又能住得安然自在，再好不过。有没有两全其美的办法？他向王云伟请教。王云伟说：“这有何难？你们搬回边村居住，不就两全其美了？”明灯说：“好啊。”

明灯问赵国慧愿意不愿意回边村。赵国慧说：“那不成我嫁给你了？”明灯说：“就一年时间，最多一年半，将来我们还要回来的。江洞村规划这么好，我们能丢西瓜捡芝麻？”赵国慧说：“就怕你‘老虎借猪’，说话不算话，永远赖在边村。”赵国慧又说：“边村旅游资源丰富，早有老板盯着搞旅游开发，一旦开发，前景不比江洞村差。”

明灯脑子里迅速闪出边村山水，心里说，赵国慧看得准，真还是那么回事。明灯却说：“漓江流域哪一处旅游资源不丰富？不可能都搞同质化开发，而且保护漓江是政府的头等大事，谁敢随便开发？”

明灯心里清楚，他们边村一带真有与众不同的风光，开发成生态旅游景区，条件具备，前途无量。

“我说话算话，等新村建好，我们立马搬回来。”明灯说。

“我不信，你必须立下字据。一、你永远当上门女婿；

二、新村建好，立即搬回。”赵国慧说。

明灯答应下来。

各家旧房面积勘察工作一刻没停。新村建设一刻没停。下好地基，村里负责监工的人满意后，蒋队长组织分房工作。按城里购买商品房模式，先出房屋结构模型，出图纸，出整体规划图，分解房屋位置图，让村民们熟悉七天，充分酝酿，然后抽签取号，按号码顺序现场选房。房屋大小结构相同，只是位置不同。其实每个位置都各有优势，选哪一座都没关系。明灯跟赵国慧持同样的观点，赵国田则不同，他喜欢最外边的。最外边占据“交通”优势，游客来来往往，将来干啥都占优势。明灯跟赵国田说，如果我先有机会挑选，我帮你挑你想要的。有了双保险，赵国田踏实多了。

正式选房那天，蒋队长主持，张镇长代表镇里监督，村委派出干部配合监督。抽签后，明灯抽到第五号，赵国田抽到倒数第三。新村房屋布局为左右两排，前面四个号选走了最外边的四套，轮到明灯，明灯问赵国田选哪套，赵国田慌了手脚。抽签前他自认为选号不第一就是第二，至少也是前四，过于自信。他问蒋队长，蒋队长说我不能给你出主意；问张镇长，张镇长说我也不能乱说话。明灯突然说：“选最里面的，里面安静，谁不愿住安静的地方？将来想做民宿，安静的房间客人更喜欢。”赵国田拿不定主意，明灯就选了第一排最里面的。轮到赵国田，没得选了，最后选了中间位置。明灯问赵国田：“换不换？”赵国田说：“等以后住两个月再考虑。”明灯笑着说：“你也太精于算计了。”赵国田说：“谁让你是哥？”

村民选完房，有没选到预想房的，心里不爽。蒋队长总结时，点评每一套房，把每一套房都说得花团锦簇。蒋队长能说会道，会抓人的心理，只说房屋的好，有多好说多好，没多好也说多好，说得村民个个心里乐开了花。

既然都是好房，选中它便是缘分，赵国田也不跟明灯换了。

明灯将家里用得着的东西搬到赵国田家存放，不重要的东西，等唐老板搬迁过后再来收拾。得到消息，唐老板迅速带着专业拆迁队伍过来，拆为了迁，得处处小心。唐老板动工这天，将全款打入赵国慧的账号，赵国慧收到款，赶紧分了一半给赵国田。

明灯回边村，村里人不反对。明灯在江洞村的旧房评估工作，有人代替。为集体干活多少有报酬，空闲的人愿意做。

赵国慧跟明灯回边村后，赵国田在一旁看唐老板的队伍拆房，赵国田看得仔细，紧张，有时候眼都不敢眨。老屋里藏宝，通常不是传说。有的先人在墙中间藏金银财宝，藏武功秘籍，藏民间良方。赵国田父亲外出挖沙的头年，有一男一女两外地人从天而降似的，向他父亲兜售两块金砖，说是在别人祖宗宅基地里挖出来的。具体说就是，这对男女为人建房，下地基时，掘地三尺，无意中挖出两块金砖，还有许多银圆。银圆主人收走了，金砖这对男女偷偷藏起来。主人知道后，四下追查。这对男女逃进山里，想以最低价尽快出手。赵国田父亲看了金砖，闪闪发光，掂掂，挺沉。金砖上一面刻着“福”，另一面刻着金府。说这家人姓金，祖上是大户人家，金砖系特意到金铺打造的。这对男女慌慌张张，上气不接下气，问赵国田父亲买不买，很便宜，转手就能赚一倍。赵国田父亲没见过金砖，他不知道金砖长什么样。这对男女拿出彩色图片，上面有大小不等的金砖。“是真的。”赵国田父亲想。

“赶快决定下来，主人就要追来了，发财机会来了，要紧紧抓住。”男人说。

赵国田父亲叫来赵国田母亲，赵国田母亲看了图片，看了金砖，说：“是真的。老宅挖出来的东西是老东西，老东西值钱。”女人说：“现在金价二百元一克，这两块金砖每块不低于五十克，也就是有一两，每块值一万元，两块就是两万。我们只卖两千。”

出手就赚一万八，这么合算的买卖不能放过。赵国田父亲说：“我们家没有这么多钱。”

“去借。要快。千万不能告诉别人你要买便宜金砖。”男人说。

赵国田父亲出门借钱，母亲为了稳住这对男女，请他们吃糖果瓜子。这对男女说，关上大门，不要让外人知道，特别不要让主人追进来。

赵国田父亲向村里人借钱，借了一圈只借到两百。他沮丧回到家来。男人问："你手上有多少？"赵国田父亲说："加这两百一共一千五。"

"罢了，活该我俩倒霉。老天让你发财，谁都拦不住。一千五卖了！"

钱货两清。男女消失得无影无踪。

过了几天，赵国田父亲拿着金砖去县农行换钱，农行叫来行家，鉴定后，行家告诉赵国田父亲，金砖是假的，铜皮包着块铁。五十元都值不了。

父母那年上大当，并不能让赵国田打消老宅无宝藏的念头。骗子编故事骗人，但为什么能编出故事？因为现实生活中，类似例子是有的。这老屋是爷爷的爷爷留下的，据说祖上因为贩卖杉树，家底殷实。房屋一代代传到赵国田父亲手里，而且是村里最老的祖屋，就算没有金砖，小古董也有的。

赵国田天天盯着唐老板的拆迁队伍，唐老板看出他的心思。老屋里刨出老东西，唐老板常见。有一回，拆墙，从墙中间发现一把老烟枪。据分析，家人反对老人吸鸦片，劝不住，悄悄买通砌墙师傅，将烟枪砌进墙里。唐老板表示，老宅里发现任何与房屋无关的东西他都不要，全归房主。赵国田不放心，他让王云伟全程拍拆房的摄像机不要停，镜头时刻对准拆房人。拆完房，唐老板拉走一砖一瓦，墙脚也要带走。地基是长方形大石头，有一半埋在土里，挖出这一块，下面还有一块。刨到最下面，从泥土里刨出铜钱，清朝早期的，明朝的，有一小篮。山本搞了好些年收藏，见过古钱币，他说其中一些还比较值钱。赵国田日夜守候，终于得到祖先留下的宝藏。人们分析，大约祖先用钱币奠基，图个吉利，垫得越多越吉利。

六

赵国田将得到的古钱币清理干净泥土，晒红薯干似的在太阳下暴晒。古钱币在地下待了百多年，潮湿，一触摸，冰凉。赵国田跟人说：“古钱币冷着了，需要晒太阳。”山本说：“等古钱币体温上来后，我教赵国田清理，然后以高价买走。”王云伟叫赵国田别卖，收着，“家有古钱，一世有钱”。老屋拆除后，一块空地腾出来，母亲种的香楠树有了透气空间。按照规划，老屋前地盘留出来，建成小广场，将来做展览及游客休息之用。赵国慧拆房，起到良好的带头作用，村民蠢蠢欲动，有人苦于无处安家，只能等待新房建成。全家外出打工的，放心交给蒋队长带人拆房，等新房建好再回来安家。好几座房屋进入拆除程序，整体速度比预计的大大提高，搬迁进度加快，搬进新居的那天将来得比计划的早。赵国慧第一个获得政府补贴款，卖掉老屋建新屋，赵国慧资金还有余，早先明灯担心的资金问题，解决了。

山本的手串加工厂竣工。这种不复杂的加工厂，建起来快。原料车间，粗加工车间，打磨车间，面积大小不等，消防设施同时安装到位。山本招的工人全部到位，外出培训的工人全部归来。熟练工来自从事珠宝加工、手串加工多年的作坊；半熟练工，是只经过外出跟班学习，啥也不懂的村民。

熟练工负责培训新工人，半熟练的工人，在行家指导下继续训练。他们在新机器上做手串，手串材料都是当柴烧的树枝。训练工首先将树枝切成块，然后削成方块，接着去方成圆，最后打磨。材料有多种多样的树枝，柳树，杨树，樟树，银杏树，能得到的树枝都当成训练的材料。树种不同，因而硬度、湿度、实度、纹理不同，加工用的技术也不同，能熟练加工这些树枝，并不等于掌握了加工香楠树枝的技术。山本要的是工人们掌握操作方法，具体到香楠树，再针对性训练。

加工厂最没技术含量的工种，便是仓库保管员、清洁工。江洞村一些手脚不麻利、悟性差的中老年人，纷纷当保管员，做清洁工。凡是意愿上班的村民，山本尽量安排。

山本请来林业专家，科学砍伐香楠树枝叶。林业专家带来林业施工队员，这些队员长年为城市街道清理树枝，在森林里砍伐、修剪废枝，经验丰富，一个人就能独立砍伐一棵树。砍下的香楠树枝拉到加工厂外空地上，去掉细枝，保留能做最小珠子的树枝。工作分成四种，一种砍树枝，一种运送树枝，一种去细枝，一种根据树枝大小分类，把大小不同的珠子从不同类型树枝中生产加工出来。有人估计，抛掉材料损失，砍下来的香楠树枝，可以做上万件成品手串，价值超千万。村民不懂，不知道说法对不对。山本讳莫如深，闭口不谈产品价值，不回答村民的提问。

赵国田是办公室副主任，他不懂加工，山本不需要他懂。山本只需要赵国田听话。赵国田说："听话，不就是陪你喝酒，帮你陪客嘛。"山本承认，一些公司的办公室工作人员，招来就是陪客人喝酒的，伺候好了客人的吃喝拉撒睡，公司谈判签合同就顺了。办公室陪酒的，有的是主任，有的是副主任，有的是干事，只要能为公司所用，想任命多少主任副主任、经理副经理都行。赵国田知道自己的身份后，提出不干副主任，宁可守仓库当保安。山本在多个场合解释说，赵国田不需要陪酒，为了让赵国田相信，山本一次也没强迫赵国田陪酒。

山本的意图在香楠树。香楠树生长缓慢，无论树干还是枝叶，都不像普通树那样，两三年就枝繁叶茂，树身粗壮。

光靠树枝做手串，利益难以最大化，他希望能得最粗的树枝，甚至想得到树身。山本有这个逐利的思想，希望得到赵国田的支持或者默许。赵国田默许，比陪别的大公司十个总经理喝酒都强。倘若赵国田默许，林业工人那里，山本有办法买通；即便买不通，他叫公司里的工人来办。只要不砍树，砍伐树枝时操作上违点规，砍掉粗树枝，不会有人注意或者追查。山本暗示赵国田，赵国田装听不懂。

“香楠木手串确实昂贵，从一千到几千，都有，这要看木质。木雕价格又是手串的几倍，甚至数十倍。”山本说。

“原料越大，手串越大；原料越老，手串越值钱。对吗？”赵国田问。

“正是。我们现在砍伐到的树枝大多偏小，有人私下估计价值千万，我看百万都不到。”山本说。

“那你砍一棵树啊。”赵国田讥讽说。

“砍一棵树，潜在价值可能就上百万了。”山本说，“砍树风险大，我们只需要稍微越界，价值就上来了。”

“行啊，你先砍树，然后我砍你脑袋。”赵国田说。

赵国田死脑筋，不知道变通，山本拿他没办法。山本想一夜暴富，赵国田成天盯着树，山本无法下手。赵国田告状告到县林业局，林业局派人来调查，施工人员砍树枝，总体来说比较规范，偶尔有那么一两锯超标，但无伤大雅。林业执法人员告诫山本，不要有任何破坏香楠树的行为，否则，以法律法规论处。

江洞村有一个巨大的金饭碗，这片“偶然”到来的香楠树林，村民不能利用它图眼前利益，要让它荫泽江洞村千秋万代。它的意义，除了保护珍贵植物，还在于教育人们爱树爱林，精心呵护自然生态，享受优质生态带来的红利。县林业专家成立了江洞村香楠树林研究团队，时刻跟踪每一棵树，任何人都别想乱打主意。

赵国田对村民说，未来如果这片香楠树形成沉香，只要科学割伐，将价值连城，看护香楠树，是江洞村每一位村民的责任。赵国田接触蒋队长一多，他也变得能说会道了。时常回忆砍树葬父的场景，回忆跟明灯因砍树争斗的细节，因此他慢慢养成思考的习惯，思考多了，脑中也就有思想了。

山本是商人，他眼中利益高于一切，不及时发现纠偏，他会在错误道路上越滑越远。村民希望山本在开发香楠树的过程中，学会爱树敬树。赵国田隔三岔五给山本灌输这个思想，山本烦他，他想把赵国田改任为原材料保管员。山本试探赵国田，赵国田说：“行啊，反正办公室副主任也没级别，当什么都一样。”

赵国田去了仓库守材料，堆满屋子的香楠树枝散发出高贵的香味，晚上，他闻着香味不愿回去。

刚砍下的树枝需要晒干一点，才能制作手串。行家懂。加工车间里训练的工人，每天都拿不值钱的树枝、木头做手串，有时候晚上也响起加工的声音。累了一天的工人，喜欢找赵国田玩，玩不是目的，闻香楠木特殊的香味才是目的。工人悟性有高低，加工手串的熟练程度也不同。有的还车不圆珠子，有的则把自己加工的合格珠子戴在手腕上了。这些戴手串的工人，像 20 世纪 70 年代末 80 年代初的人炫耀腕上的手表一样，有意无意显露手串，有人还拿出来把玩，假装闻手串的香味。木头香味各不相同，如果是香樟树，就香得爽神。香樟木属好原料，山本哪舍得当训练材料用。工人戴着的手串通常淡到无味，狗鼻子都闻不出。看到别人炫耀，还没完全掌握加工技术的人就笑骂："显摆什么呀？"

夜晚天冷，仓库不允许闲人进去，过来闻香的人只得站在门外。赵国田打开门，让浓浓的香味飘出来，算很"开恩"了。换了别人，开门的胆量都没有。仓库重地，请闲人远离。赵国田开门是开门，但他在门口把着，别人最大限度只能探个脑袋过来闻香。

山本有些着急，他不听行家的话，提前拿一捆树枝让熟练工加工手串。香楠树生长缓慢，肌理清晰，木质扎实细腻。大部分人还没加工过香楠树，上手后，兴奋，紧张，叫声一片。有人紧张而叫喊，有人激动而叫喊，有人兴奋而大哭。去皮，刨屑，隐藏在木材内部的香气有了更大的出口。整个车间都是人们的惊叫声，欢笑声。山本站在最熟练的沈师傅身边，看他加工。前三个珠子，沈师傅做失败了，山本心痛，他双手紧握拳头，冷汗一粒粒沁出。到第四个，一颗漂亮的香楠木珠子脱颖而出。山本接过珠子，吻了吻，然后高高举起，大喊：“我们成功啦！”

第一件完整手串做好，工人们轮流接过把玩闻香。村民闻讯，拥向加工厂参观。村里终于有了艺术品，想不到在这个偏远的漓江上游之地，猛然有了艺术品加工厂。附近那些竹器加工厂的产品，几乎都是实用品，谈不上艺术。山本将艺术带进了山里，将来他要完成竹器从实用品向艺术品的升级。第一件手串，山本将它留下当纪念，搁在办公室。他信不过别的保安，他信赵国田。他抽调赵国田到他办公室当贴身保安。工厂开业不久，赵国田的工作岗位就换了三次。随着第二件……第五十件……香楠木手串做出来，工人们不再惊叹。不熟练的工人，技术日臻熟练；熟练的工人，技术日益精进。

加工留下的木屑，山本叫人收集起来制作成小香包，物尽其用，每一个边角料都不放过。

江洞村旅游开发项目才开始，加工出来的手串，不能实现就地销售。山本做了一次漓江香楠木手串新闻推介会，请来手串爱好者、楠木收藏者。活动当天一家伙来了百多号人。手串因为材质相对较嫩，质量没达到上乘，价格达不到论克卖的地步，但相对于别的木料手串，价格已经不菲。中等偏低的价格，正好满足中产阶层需求。第一批一百多件手串，被一抢而空。香楠木屑制作的香包，也被抢光。来者一人十几二十包地抢，抢回去送给亲友。除了当纪念的第一件手串，全部卖光，香包卖光，村民看到了以手串为主打的香楠树经济的前途。当然，江洞村不能只靠手串、香楠树，还得向综合旅游开发要效益。虽然手串带来的利润不算大，但它是个良好的开端，是江洞村走向振兴的助推剂。

七

明灯带着妻儿回到边村，江洞村发生的事他俩全清楚。山本购买香楠树枝，钱到集体账户后，村里拿出一定比例的现金分红，村民人人得利。山本手串加工厂获利，按照合约，村集体账户又有了进账。将来旅游度假区建成，集体进账会年年增加，村民分红会年年提高。远在边村，明灯跟人聊起江洞村，每次都是眉飞色舞，得意万分。村民说，我们羡慕你“嫁”了个好人家，但羡慕不来，你一辈子做好事，得到好报，顺理成章。我们做得没你好，只能过平常日子。也有人怨明灯，都把好运带到江洞村去了。明灯回来后，一家三口住下边村新房里。新房条件好，明灯不能亏了赵国慧和儿子。明灯虽然已经习惯了下边村的环境，但仍然想念上边村的老屋，也不是想念老屋，是想念上边村的自然环境。

明灯妈和九桑住上边村老屋，老两口只喜欢那里。明灯赵国慧白天下地劳动，一日三餐在上边村解决，晚上回下边村住。儿子小，明灯妈带着，有时候晚上就在她身边睡了。多次之后，明灯建议让儿子住在上边村老屋，免得爬上爬下。赵国慧没觉得不妥，同意了。

儿子称呼明灯妈为外婆还是奶奶，明灯两口子有过争论，争不出高下。明灯妈不表态，暗地支持明灯。村里人调解说，即使上门，按当地习俗都叫奶奶，没有称“外婆”的说法。明灯人多势众，赵国慧就默许了。儿子两边都叫爷爷奶奶，赵国慧听了不太舒服，早知如此，当时直接嫁来好了。当时，出嫁不招郎，其实做不到。赵国慧死了老公，带着疗伤的目的回娘家，如果出嫁，那就达不到疗伤的目的。孩子适应能力强，两三天就叫顺过来了。赵国慧说，儿子姓赵这个事实，明灯不能改，这是原则问题。

回到边村，赵国慧心情舒畅，明灯妈和九桑对她好，堂弟明山对她尊重，村里人对她友善，甚至好过她在江洞村。在江洞村，赵国慧是女儿，嫁出去后，还搬回来，还要招郎，村里人心里多少有看法。看法就形成了态度。村里不歧视上门女婿，但上门女婿不可能替代儿子。赵国慧感觉得到江洞村人内心深处的不满，尽管这种不满轻微且隐藏着，还是多少伤害了敏感的赵国慧。心情好，生活甜蜜，明灯两口子“夜生活”便多了。

赵国慧为明灯怀上第二个孩子。九桑测算，是个女孩。男女都一样，明灯不在乎。九桑酒后喜欢吹牛，他测算的结果不要当回事。听了村医的建议，赵国慧到镇卫生院建立孕妇卡，交给妇产科医生跟踪服务。明灯给赵国慧出难题，他说："孩子是在边村怀上的，属于边村'财产'，他（她）必须姓李。"李是明灯的姓。"孩子必须叫我妈奶奶。"明灯又要求说。赵国慧说："你的要求太多了，我不能答应。从时间推算，孩子也可能是我们回江洞村那两天怀上的。"之前，两口子回过一次江洞村，他们不是回去领钱，是回去参观。江洞村每天都在变，赵国田催他们回来看看。两口子回到江洞村，果真看到了变化。变化是预料中的，效果图就在那里。明灯两口子住赵国田家，赵国田家房子列入最后一批拆迁。村里不住人的房屋都拆了。还是因为兴奋，住赵国田家的两夜，明灯两口子的"夜生活"也频繁。赵国慧说孩子在江洞村怀上的，也有道理。明灯不承认，不愿承认。赵国慧抗争两个月，随着胎儿一天天长大，她默认了。明灯妈对她无微不至照料，明灯两口子江洞村、边村，两头住着，生个孩子姓李，又有什么关系呢？

明灯让赵国慧立个字据，以防她反悔。将来要是打起官司来，他有胜算，即便有懂法律的赵国田支撑，她也无力回天。赵国慧当时有点蒙，没多想就在明灯拟好的字条上签字了。字条是打印的，晓巷按明灯的意思写好打印两份，从桂林带回来。赵国慧签字后，立即意识到自己太草率，上了明灯的当。说到底，明灯上门当女婿，不是他百分之百愿意的，能有机会回到边村居住，他会紧抓不放。

晓巷安新瓦带着女儿回娘家。晓巷母亲不在了，父亲上门，她的娘家便是明灯家。九桑看女婿，越看越欢喜。安新瓦孝顺，九桑逼他给彩礼，逼晓巷在娘家生产，安新瓦不记仇，还时常嘘寒问暖，九桑满意。安新瓦不光孝顺九桑，对明灯妈也孝顺。九桑特别欣赏安新瓦这点。

赵国慧问晓巷："你和你大哥合谋算计我？"

晓巷说："没有。但我大哥有道理。你两个孩子给李家留一个，祖宗感激你不尽。"

晓巷希望赵国慧住下后，就不要再回江洞村，新村建好，可以租给人开民宿。那边得房租，分村里的红利，这边又能种田种地发展经济，多好的事。赵国慧承认这是个好主意，但她接受不了"嫁"给明灯的事实，要是一开始嫁给明灯，倒没问题。招了郎，又改变，对不起妈，对不起赵家祖宗。晓巷扑哧一笑，说："大嫂你好封建。"

晓巷怀了第二胎，预产期比赵国慧早两天。两人在野外走着，吹着野外的凉风，采些野菜回家。晓巷像城里人，爱吃野菜，她计划在娘家吃够，再带一麻袋回桂林送给好姐妹。晓巷原打算住两晚，发现跟赵国慧相处很愉悦，就多住了一夜。清早，一家人到野外给晓巷采野菜。虽然进入冬季，野外仍然有一波一波的野菜发芽。全家出动，采了两麻袋。

赵国慧坐晓巷家车送晓巷到镇上，返回再坐明山运破烂的车。赵国慧合晓巷的气场，与晓巷相处这几天，赵国慧与晓巷的感情加深了。晓巷家的小车开出视野，赵国慧竟然不舍地流泪，像送亲人去远方。也是因为晓巷吧，她对签字“让姓”完全释怀。她联想到明灯立字据永当上门女婿的事，自个儿笑起来。明灯问她笑什么，赵国慧笑得更欢，久久不能控制。两口子，立这个字据，签那个字条，都是荒唐可笑的事。不过，想来很有趣。赵国慧从此不再纠结这些事了，一切顺其自然，居住在江洞村也好，居住在边村也罢，没有绝对的对错，只有两口子愉快不愉快，愉快了幸福了，在哪生活都一样。

从镇上回来，明灯去巡山，巡到蘑菇山山脚那个小湖泊时，停下脚步。灰蒙蒙的天空，阴沉沉倒映在湖面。离岸近的是湿地，湿地的水深齐膝盖，有灌木及芦苇高出水面，水面有群鸟飞过。明灯走近湖岸，发现一大片鱼浮出水面呼吸。通常情况下，鱼因为缺氧才浮出水面。这原生态的湖泊缺氧吗？应该不是，他分析，是湖小鱼多，空间不够所致。他打明山的手机，叫他多带几个人来，带上捕鱼工具。明灯每年都往这个湖泊投鱼苗，鱼没人捕，数量膨胀。这个湖泊低处可排水，但需要湖水满载才行。每到雨季，湖水外排，流下山，汇入溪流，走进漓江。今年排水，流走的鱼不多，否则不会多到缺氧的地步。

明山和几个村民来了，他们捕走了好几担鱼，挑到河水充足的河段，放生一批。明灯将剩下的鱼分给村民，村民拿回家后准备制作成腊鱼。腊鱼自己吃，或者出售都行。明灯幸好今天巡山巡到蘑菇山，幸好碰上浮出水面的鱼。不然，鱼因缺氧死掉，会污染湖水。看来，往湖里投放鱼苗，需要适度，过了，起反作用。

山里有好几个大大小小的湿地湖泊，它们是不是都存在鱼超量的情况呢？明灯组织村里人普查，真有湖泊承载鱼量过多现象。这次普查还有了一个大发现，在野狼山那个流水的岩洞里，有野生娃娃鱼。这是边村第二处发现娃娃鱼了。实现了历史的突破。明灯赶紧报告给镇政府，镇政府往县政府报告。专家闻讯赶来，他们初步确定，野狼山岩洞有娃娃鱼九条。好山好水质，才能孕育娃娃鱼，这几年，以明灯为首的巡山员功劳很大。县里给予巡山队员奖励。发现娃娃鱼，明灯身上的担子重了。另一处，牛头岭岩洞里的娃娃鱼，知道的人不多。严格保密，娃娃鱼才能安全。明灯的做法是在岩洞口沿溪水一百米种上高大荆棘，给盗猎者造成障碍，阻止他们进洞，防止他们发现娃娃鱼。基础设施做到位，加上重点巡视，可保证安全。野狼山这里，将如法炮制。明灯的方案，得到县里野生娃娃鱼保护专家的肯定。

巡山员坚守同盟，对天发誓，决不向任何人透露娃娃鱼信息。

赵国慧肚子一天比一天大，穿厚衣服，也会显怀。明灯对赵国慧说：“孩子出生不管是男是女，小名都叫小鱼。”赵国慧说：“什么小鱼小鱼，还不如叫娃娃鱼呢！”明灯吓了一跳，他从没跟她提到过娃娃鱼呀，以为秘密外泄。赵国慧说：“娃娃鱼比小鱼值钱嘛。”明灯擦掉吓出的一身冷汗，笑着说：“要不叫鱼娃？”

八

一阵北风过后，下起小雨，雪粒夹杂在雨中打得屋脊噼噼啪啪响。到半夜，雨雪声音小了，北风又来了。第二天早上，山顶结冰，灰白灰白的。昨夜的雨不大，持续时间不长，加之北风猛刮，结冰并不厚。地面还好，干干爽爽。山区里每年有两三场雪，有时候下大雪，持续一周以上。保护野生动物意识不强的年月，寒冷的冬天，男人便进山打猎捉鸟。近年，这里的男人进山是为了巡山。

明灯将人分成三组，往三个方向巡视，最后到野狗山会合。雪下得不够爽，山里人不喜欢。要下，请下个痛快，要么就别下。大雪天巡山，直接好处就是，容易发现盗猎盗伐者足迹。珍贵植物分布在哪个山岭，哪些动物通常在哪几个山头，他们一清二楚。当然，有些动物你永远弄不清它们固定的居所，它们喜迁徙，今天在此，明夜就到了彼处。“居无定所”的动物也有好运，它们基本能逃过偷猎者的魔掌。而那些找到理想之地就当驻地的动物，行踪被偷猎者摸清，极易死于非命。山区太宽，山高林密，沟壑纵横，巡山难度大，有了大雪覆盖，就省了许多事。

中午过后，三支巡山队伍都到达野狗山，他们没发现异常。明灯关心黑山羊小瓦，希望巡山能巡到。巡山队员都说没发现小瓦。巡山队员重点关注外来人的痕迹，不关注动物的行踪，碰上了就打招呼，没碰上，也不主动寻找。明灯救过小瓦的命，对它有特别的感情，人们理解。吃过干粮，三支队伍按既定路线再巡山，傍晚在上边村集合。集合的目的是工作交流和聚餐。一到寒冷的冬天，山里人终于找到休息的借口，聚会喝酒，打油茶，谈天说地。

九

冷风不停，冷雨不断，人们猜测，第二场大雪即将来临。可是大雪并未到来，猛烈的北风刮走了冰雪和乌云，迎来了温暖的太阳。

明亮一家从东莞长安镇回来，外出打工的也回来大半。离过春节还早，这些外出务工人员为什么都集体回来了？说是好些工厂倒闭了，倒闭的直接原因是美国再度挑起新一轮中美贸易大战，大大限制进口中国产品。全球经济刚开始有所回暖，美国又来这一出。没倒闭的工厂，因为效益不好，大量裁员。

明亮一家回来，住下边村，上边村老屋九桑住着，明灯有时候去住。明亮一家回来了，赵国慧想住到上边村老屋去。她固执地认为，上边村的老屋利于产妇。明亮一听是这个理由，不同意赵国慧搬到上边村去。赵国慧肚子越来越大，需要按时到镇卫生院做孕检，上上下下不方便，特别到了预产期，挺个大肚子怎么下山？明亮倒是想住到上边村老屋去，他从小的记忆全在老屋里。明灯妈出来调解说：“都不要争了，全住下边村，九桑也搬下来。”

两个儿子两个小家，组成一个大家，很热闹。家里从没这么热闹过。明灯妈想天天看到这种热闹。明亮那个四川凉山老婆亲切和蔼，与赵国慧一见如故。明亮打算在老家待一段时间，因为回广东一时也找不到合适的工作。回到老家不干活，就会坐吃山空。冬天，在山区，即便去镇上去县里，又能找到什么工作呢？家里的荒田，明灯已撒上了萝卜籽、油菜籽，估计过几天就会发芽，待春节时，就可以卖萝卜，春天可以收油菜籽了。剩下的就只有打家里鱼塘的主意。鱼塘不算太大，每年冬季清一次塘，捉光鱼，放开水，让太阳暴晒塘底的泥土。太阳大，而且天气预报说，未来数天都是大太阳，清理鱼塘是最佳时机。

明亮带领老婆清塘，明灯只在一旁指导，不参与劳动。清鱼塘这点事，明灯插手，很快就会干完，这样，明亮又将陷于无事可做的困惑之中。鱼塘水快要放干时，明亮撒网捕鱼，捕到的鱼由老婆一桶桶挑回老屋。明灯电话叫来的买鱼人，集中在家门外，他们晒着暖和的太阳，耐心等着。

明亮用三天时间才清干净鱼塘，塘底泥巴露出来，明灯叫明亮往泥土表面撒一些石灰杀菌。来年，鱼生活在干净的环境中，将会健康生长。明亮的石灰撒完，塘底白白的，像打过霜。杀完菌，明亮又去水田里看种鱼。太阳照在水田里，明晃晃刺眼。种鱼全身贴近水面，享受温暖的阳光。明灯说了，明年春天到来时，如果明亮还在老家，育鱼苗的事交由他来做，明灯只做技术指导。

对于未来，明亮私下里谋划，项目一个个从脑子经过，却一个个被否定。现在政策好，山区脱贫容易，但要走向更稳固的富裕，得有强劲的产业。那天明灯明山谈起小瓦，明亮脑中便闪出养殖黑山羊的念头。他从网上查了资料，分析了家乡的地理环境，自然环境，认为养殖黑山羊切实可行。

明灯给明亮提起周开林，即那个曾经想买小瓦当种羊的周开林。附近一带没人养黑山羊，只有四十公里外的周开林养黑山羊，周开林的黑山羊销路不错，但并不能完全满足市场需要。周开林的黑山羊销往桂林南宁柳州，时常断货。周开林养黑山羊有一套。明灯明山晓巷得罪过他，他可能会报复，不传授养羊技术。明亮还是决定去找周开林试试。

周开林的养殖场在沱巴山区，那里有一条著名的沱巴河，沱巴河是湘江支流，流入湘江，北上至长江。湘江上游地区盛产禾花鱼，有名菜醋血鸭，有名小吃红油米粉。漓江流域很少有人养禾花鱼，边村附近这几个村例外。人们猜想，历史上这一带一定跟沱巴山区有某种亲密的关联，因为这一带的人也爱养禾花鱼，爱吃红油米粉，也会做醋血鸭。明亮出发前，明灯杀好一只鸭，九桑炒成醋血鸭。九桑边炒边说："这么好的鸭子送给周开林吃，我这么好的手艺让周开林享受，太便宜他了。"明亮用一个大碗装了醋血鸭，蒙上保鲜膜，去找周开林。

周开林一眼认出明山，周开林说："又拦下一只受伤的公羊？"明山说："我给你带好吃的来了，九桑伯伯炒的醋血鸭。"周开林说："九桑只会唱山歌，不是，他山歌都没唱好，还会炒醋血鸭？"明亮揭开保鲜膜，让周开林闻香。冬天气温低，从边村到沱巴山区经过三四十公里路，早凉了，但香味犹存，尽管微弱。周开林伸出手指捏出一块送进嘴里，仔细嚼，吞进肚里，并没作评价，却说："屋里坐。"

明亮开门见山，提出跟周开林学习养黑山羊技术，双方合作，在边村养殖黑山羊。周开林说："合作不好，各养各的吧，而且两地相隔那么远，也不方便合作。技术嘛，我不会轻易教给你。"明亮说："我养好了，打你的牌子，绝不抹黑你。"周开林说："打我的牌子需要加盟费，每卖一只羊我要按比例抽成。"明亮说："好谈，好谈。"

周开林黑山羊养殖场规模不算大，可能正是苦于规模小了，年出栏五百只左右。成年母羊重平均七十斤，公羊重平均八十斤，年产值二百多万元，收入相当可观。周开林利用沱巴山区地广人稀的特点，基本采取区域内放养模式。看了他的养殖山场，明山说："你的羊把山林破坏了。"周开林说："养羊不给羊吃草，难道让羊吃空气？"明山说："既要养羊，又不破坏山林才好。"周开林说："野草，黑羊吃不尽，春风吹又生。"

谈了半天，周开林不同意合作，也不答应卖幼羊种羊给明亮。周开林担心明亮成为他最大的对手，影响他的生意。俗话说，教会徒弟，饿死师父。周开林留明山明亮兄弟吃了饭，用黑山羊肉招待，明山带来的醋血鸭他留到晚上独享。周开林养的黑山羊肉质细嫩，膻味轻，加入沱巴山区特有的去膻味植物茎叶，再用特有的香料当蘸料，几乎没有膻味，比较适合桂林人的口味。去羊膻味各地有各地的高招，各个厨师也各自有高招。倒不一定非得采用沱巴山区的茎叶调料。但能研究出自己的秘籍，周开林算个聪明人。

明亮行走这趟，没有白走，他趁机了解到周开林养殖场的布局，黑山羊草料用法用量。明亮给村里人讲养殖黑山羊计划，大家一致赞成，愿意入伙的占去大半。再说，深山里有野黑山羊，证明边村的环境条件，适合黑山羊生存。明灯明亮兄弟在村里寻找养殖场地。上边村倒有一个天然养殖场，是一条狭长山谷，有起伏的坡度，这里只长杂草，不长树木，面积达百亩。有次小瓦下山，明灯见它爱吃那里的草。

周开林不提供幼羊，外地可供应，还包发货；周开林不卖公羊母羊，外地也有货。幼羊六百元左右一只，种羊一千二百元到一千四百元一只，如果前期试养幼羊一百只，公母种羊各两只，加上牧草种子以及山羊爱吃的大蒜大豆玉米等，投入并不算大，村里人集资便可解决经费问题。待试养成功，再逐渐扩大养殖规模。明灯明亮确定的养殖地盘，大家认可，为了不让山羊跑进森林造成破坏，他们建议用铁丝将养殖场围起来。同样的场地，在山里还可以找到两三处，待养出经验，扩大规模，年出栏可达几千上万头。养山羊前景广阔。

明亮请来动物专家，环保专家，经过他们的论证，上边村科学养殖黑山羊可行。荒山荒地可以种植牧草以及黑山羊爱吃的农作物，这些年中青年人大多外出务工，荒了不少田地，现在发展养殖业了，有能力有理由捡回来。黑山羊在百亩高低起伏的草场行走吃草，相当于被放养。报告打到镇里县里，上面对明亮牵头养殖黑山羊非常支持，走绿色通道，很快批准了上边村黑山羊养殖项目。养殖场采取股份制，并成立了“灯亮黑山羊有限公司”。

周开林听说明亮真刀真枪地干起来，免不了好奇，他进来看热闹。明亮带他参观养殖场，周开林说：“位置理想。”明亮向他通报养殖数量，周开林说：“科学。”明亮笑起来：“有专家考察和评估过的，当然科学。”明亮请周开林喝酒，周开林喝到高兴处，也忘记了竞争对手这个事，将自己养黑山羊的经验和盘托出。

在县里专家及有关人员帮助下，明亮跟山东菏泽一家黑山羊基地联系上，那边迅速派人来考察。来人经过对气候等诸方面的考察分析，仍然不敢确定菏泽的黑山羊能否适应。但菏泽方面表示，对口支援，按市场半价卖给灯亮公司一百头，在漓江上游试点养殖。山东菏泽方面很有诚意，灯亮公司愿意承担这个风险。因为不管从哪里进货，都存在同样的风险。有的公司只管出售，不管技术，不管买家风险。山东菏泽这家基地，服务到位，化解掉灯亮公司一半风险。

没几天，山东菏泽发货来的黑山羊到了，其中有三头成年母羊，一头公羊，九十六头幼羊。技术员跟车来，指导灯亮公司人员养殖，前后待了十天才返回。

在外务工失业的村民，全都成为公司员工。养殖一旦成功，他们便可实现在家创业。村里有了年轻人，各项事业增加了有生力量。有了活力有了力量，便有了振兴乡村的基础。

灯亮公司股份原则上以户为单位，一家最多一人参股。因为灯亮黑山羊公司的开业，上边村又热闹起来。那些被抛弃的老屋旧房，重新被主人修缮利用。人一多，上边村回到从前时光，有人气，有活力。明灯妈发现，上边村人少有人少的好，人多也有人多的好。尤其现在，上边村里的年轻人比她那个年代的活跃得多，生活丰富得多。于是有村里年轻人打趣说，上边村是工作区，下边村是生活区。果真是这样。田地山林大都在上边村，下边村能用来发展经济的田地少。

也许是气候问题，也许是养殖技术问题，不到两个月，公羊被养死了，接着养死了二十来头幼羊。山东的技术员又赶来，调查后发现，不是喂养问题，是山区气候问题。山东菏泽，广西桂林，相隔千山万水，气候水土差别大，黑山羊不适应，甚至生病死亡，也在情理之中。技术员转达基地总经理的话，安慰灯亮公司员工说，不用担心，等来年春天，基地还半卖半送，直到菏泽的黑山羊能在上边村健康成长，繁衍生息。一旦黑山羊在这里扎根，财富价值不可估量。

又一场小雪光临之后，这个冬天将过去，春节也将临近。晓巷从桂林回来探亲，明灯带她参观黑山羊养殖场。他们走在养殖场草地上。枯萎的杂草有一人多高，低矮的杂草却是青青的。黑山羊圈附近有一堆堆新鲜牧草。这些野生草是村民割来的。村民种植的牧草，还没长高，但过不了多久，春天到来，就可收割了。

黑山羊三五成群吃草，绿草地上好像撒了黑珍珠。目前只有不到七十头，待试养成功，将出现遍地是山羊的景象。

晓巷走近一只幼羊，抚摸它，调皮地将头靠在幼羊身上，问："我的头发，羊的毛，谁的黑？谁的亮？"

明灯明亮明山齐声说："黑山羊！"

晓巷撒娇："你们讨厌！"她直起身子，突然惊叫起来："小瓦，看，小瓦！"

明灯明亮顺着晓巷的手指向前看去，野黑山羊小瓦果真在那儿，小瓦脖子上的护身符依旧。小瓦旁边有一头种母羊，它俩很亲热。明灯明亮晓巷会心地笑了。听到呼叫，小瓦丢开那只母羊走过来，像见到久别的亲人，用鼻子嗅明灯明山晓巷的手。这些手曾经喂过它中药、食物，为它包扎过伤口，抚摸过它的身子，这一切，它还记得。养殖场四周围着铁丝，小瓦是如何潜入的，明灯他们一时没弄明白。但只要小瓦有心，办法总比困难多。

小瓦在养殖场待两天，离开，然后又出现。养殖场员工都见到了小瓦。他们都喜欢小瓦，但又希望小瓦回到山里，因为它的身份毕竟不一样。

春天归来，百花争艳，漓源河两岸柳树绿了，山山岭岭的新叶，正替代陈年老叶。

跟踪服务的养殖专家来了。专家发现三只母羊都已怀孕。公羊死去两三个月了，母羊怀孕才一个多月，这怎么可能呢？专家不解。

明灯给专家讲述小瓦的故事。专家半信半疑。但母羊怀孕的事实摆在面前，专家又不得不信。有了野黑山羊配种，将来，就不用担心家养的黑山羊不能存活了。不仅如此，新一代黑山羊还将成为少有的优质品种。

人们都说，小瓦报恩来了。

三只母羊如期产下幼崽。过了两天，传来晓巷生育二胎的好消息；接着，赵国慧也为明灯生下二宝。一个月后，晓巷回边村，与大嫂一起办满月酒。宴席还没开始，明山手机上显示一个陌生号码，他出门，接通，是个熟悉的女声。